# 双轮马车谜案

The Mystery of a Hansom Cab

[澳] 费格斯·休姆——著

田 慧——译

上海文艺出版社
上海故事会文化传媒有限公司

# 名家导读

/吴宝康

吴宝康，博士，上海海关学院外语系退休教授。英国皇家特许语言家学会中国分会专家委员会委员，上海对外经贸大学澳大利亚研究中心校外研究员，上海市翻译家协会会员，上海市外文学会会员。澳大利亚墨尔本乐卓博大学访问学者和澳大利亚悉尼大学访问学者。

《双轮马车谜案》的故事系英国作家费格斯·休姆在澳大利亚的墨尔本市旅居期间写作的第一部侦探推理小说，也是他的成名作。虽然该谜案纯属虚构，却因休姆对墨尔本市的地理了如指掌，尤其他对贫民区小伯克街的生动描述，使故事读来极具真实感。而他在小说中对破案过程的描写，呈现出一种严谨细致，环环相扣的推理分析，但又不失谜案的神秘性。作者几度让读者通过书中对人物貌似合理的推理，误导读者和书中人物一样做出错误的判断，最终揭开谜底，才让读者恍然大悟谁是真正的凶手。休姆采用了传统的现实主义叙事手法，塑造了众多栩栩如生的人物，增强了故事的可信度和真实感。而小说的情节线索相互交叉曲折，进一步增强了扑朔迷离的氛围，引人入胜。同时，休姆制造悬念的手法高明，吸引着读者兴趣盎然地随着故事情节而进入推理探案过程，使读者充分享受到一种阅读的快感。

费格斯·休姆出生于1859年，卒于1932年，是一位多产的英国作家，在澳大利亚文学史上却占有通俗文学的一席之地。休姆出生于英国，三岁时随全家移居新西兰，从奥塔戈男子高中毕业，随后进入奥塔戈大学攻读法律，并于1885年获得在新西兰从事法律事务的资格。但大学毕业后不久，他却去了澳大利亚的墨尔本，并在一家律师事务所获得一份职员工作。他曾写过剧本，但均未被墨尔本各剧院接受，遂改写小说。

如作者自叙，《双轮马车谜案》的写作纯属偶然。当时，法国侦探小说作家埃米尔·加博里奥的作品在墨尔本十分畅销，休姆仔细阅读这些作品之后，深为这些作品的写作风格所吸引，也决定一试身手，写一部相同类型的小说。于是休姆动笔写出了《双轮马车谜案》，该小说以墨尔本为背景，描写了一桩虚构的蹊跷奇案，书中既有谜案、凶手，还有墨尔本贫民区的生活写照。小说由休姆于1886年自费出版，不意立刻成为维多利亚时期畅销的推理侦探谜案小说，休姆由此一举成名。此后，此书在英国出版，亦获巨大成功，当时英国的知名评论家克莱门特·斯科特对此书推崇备至，大力推荐。英国知名学者和专栏作家约翰·萨瑟兰在1990年仍盛赞该小说为“19世纪最为轰动的犯罪探案通俗小说”。而在出版于1988年、由劳里·赫根汉主编的《新澳大利亚文学史》中,伊丽莎白·韦比指出该通俗小说“已成为国际畅销小说”。在2009年由彼德·皮尔斯主编的《剑桥澳大利亚文学史》里，坦亚·达尔齐尔认为该小说的出版是个“杰出的成功”，而彼德·莫顿则提出了更为具体的数字来说明这部小说的“巨大成功”：仅最初的两版就在澳洲市场销售了一百万册，伦敦的出版商则印了超过五十万册。据说，此书的出版和巨大成功启迪了柯南·道尔的写作，最终其出版了侦探小说《福尔摩斯探案集》。但是，虽然《双轮马车谜案》的出版给出版商带来非常可观的收益，作为作者的休姆仅从英美出版商处获得50英镑！

在费格斯·休姆的第一本小说和第二本小说《布兰凯尔教授的隐秘》获得成功后，休姆于1888年返回英国。他在伦敦居住了几年之后，迁居埃塞克斯乡村地区，在桑德斯雷生活了30年。最终出版了一百多部长篇小说和短篇小说。他在完成了最后一部作品《最后的稻草》之后不久，于1932年7月12日在桑德斯雷逝世。

《双轮马车谜案》里这桩虚构的凶杀谜案发生在澳大利亚的墨尔本市，说的是在某日凌晨1时，马车夫马尔科姆·罗伊斯顿驾着马车途经伯克和威尔斯的纪念碑时，有位身穿浅色轻薄短外套的先生招呼用车，他正扶着一位醉汉。他让马车夫把醉汉送回家去，本来已经走了，后来又返回，说要送醉汉回家。但在圣基尔达路附近，此人要下车，他告诉马车夫醉汉会告诉他确切地址。马车夫赶了一段路回头向醉汉问路，发现醉汉嘴上盖了一条手帕，已经死去。由于浅色轻薄短外套当时在墨尔本十分流行，穿者甚众，所以确定凶手身份绝非易事。一桩谜案由此展开。

《双轮马车谜案》虽属休姆一时兴发，心血来潮的处女之作，却也构思严谨，人物刻画比较生动。其中塞缪尔·戈比、布莱恩·菲茨杰拉德、马克·福瑞特波利、玛奇·福瑞特波利、邓肯·卡尔顿等人尤为令人印象深刻。

塞缪尔·戈比是个侦探，他接手这桩棘手的案子后倒是非常的尽心尽责。经过他坚持不懈的努力，他借助勘查现场，排查疑点，分析推理等手段，并通过蒙在死者嘴上的白色丝绢手帕上的英文姓氏首字母找到了死者的房东太太，成功地确定了他的身份。

布莱恩·菲茨杰拉德确有绅士风度，他虽然身陷囹圄，但甘冒被判死刑的风险，对案发那夜扶起醉醺醺的奥利弗·怀特之后的去向守口如瓶。而事实上，那夜的去向事关一位女士的秘密，而这秘密又涉及到另一个更为重要人物的声誉。菲茨杰拉德发誓保守秘密，所以宁死也不说，即使命悬一线也不改初衷，搞得前来想救他性命的朋友邓肯·卡尔顿律师也毫无办法，只能另想他策。由此，布莱恩·菲茨杰拉德先生的诚信和人品可见一斑。此外，他对于爱情始终忠贞如一，出于真心地爱着大富豪马克·福瑞特波利先生的女儿玛奇·福瑞特波利小姐，并尽一切努力来捍卫自己的爱情。在这一点上，他与奥利弗·怀特有着本质的不同。怀特追求玛奇是靠着一封要挟信件，迫使福瑞特波利先生同意把女儿嫁给他，他不仅是垂涎玛奇的美貌，更是觊觎福瑞特波利先生的财富。当然，菲茨杰拉德为保守秘密内心始终不平静，既愧对玛奇的真情，又深感良心不安，甚至产生了强烈的负罪感。作者传神地刻画出菲茨杰拉德的心理起伏状态，轻而易举地使读者误认为菲茨杰拉德是在为其凶杀犯罪行为而害怕慌张，叙事手法甚是高明。

马克·福瑞特波利是墨尔本地区首屈一指的大富豪，为人正直，夫人已离世，膝下尚有一女玛奇·福瑞特波利。福瑞特波利先生对女儿视如掌上明珠，希望女儿能嫁个如意郎君。他对菲茨杰拉德的人品十分赏识，心里早就期待着女儿玛奇能与之喜结连理。但是，福瑞特波利先生性格软弱，喜好面子。所以，当奥利弗·怀特持信恐吓威胁时，他不敢声张，违心地同意让怀特娶玛奇。第二次，怀特的狐朋狗友罗杰·莫兰手持一份文件前来敲诈，因虑及名声，福瑞特波利先生又一次忍气吞声地让其阴谋得逞。事后，他的良知让他深感必须道出实情，把自己一生的得失如实告诉女儿。他在自杀前手书一份文件，把涉及他的一切事情详细说明。他不惜用生命的代价来维护家族的荣誉和女儿的幸福，并不加隐瞒地说清自己的过错之处，确实令人敬佩。

玛奇·福瑞特波利小姐虽然出身富贵之家，却无门户之见。她爱慕菲茨杰拉德，并对其人品确信不疑。在菲茨杰拉德被指控为凶杀疑犯时，她坚信他绝不可能犯下凶杀大罪。为此，她积极奔走，极尽所能洗刷他的冤屈。她还很有主见和勇气。当父亲受到怀特的讹诈，被迫同意将女儿嫁给怀特时，玛奇立刻奋起反抗，为维护纯真的爱情而行动。此外，玛奇为人善良，真诚待人。萨拉·罗尔斯被送到她身边当侍女时，玛奇与其相处宛如亲姐妹一般，丝毫没有因为萨拉来自贫民区而鄙视她。由此可见，玛奇具有高贵的品德。

当然，故事中最为重要的人物可以说是邓肯·卡尔顿律师。卡尔顿是当时墨尔本地区大名鼎鼎的律师，又是福瑞特波利先生和菲茨杰拉德的朋友，但更重要的是，他为人诚实，认真负责，对待案子悉心处理，反复斟酌，凡有疑点必定打破砂锅问到底。他极其聪明，擅长推理分析，并且仔细耐心，头脑冷静，勤于勘察，不放过任何一处疑点，他勘探细致到找出关键证人来证明菲茨杰拉德的房东太太的钟是否准确。在侦探基尔斯普的协助下，几度深入贫民区，找到了关键证人，为案件的侦破打下了基础。当公众逐渐忘却这件凶杀案之时，卡尔顿仍然给予关注，以找到真凶为己任。其维护法律公平和法律尊严的精神令人敬佩。

行文至此，读者可能急于知道，真凶究竟是谁呢？仔细品读一下这个充满了曲折谜团的破案故事，一探究竟，享受一下推理破案的乐趣吧。

# Contents

## 《阿格斯[1]报》的报道

18××年7月28日，星期六，《阿格斯报》上刊登了一则新闻：

人们说现实比故事更离奇。周四晚上——更确切地说，是周五凌晨——发生在墨尔本的这桩不同寻常的谋杀案极好地印证了这个说法。距这座大都市的主干道不远处，一个身份不明的凶手犯下了一桩罪行。这桩案件被重重疑云笼罩着，让人无法看清真相。的确，从犯罪的性质、犯罪现场的位置，以及凶手逃之夭夭且没有留下任何蛛丝马迹这个事实来看，这桩案件简直仿佛出自加博里欧[2]的侦探小说，只有他笔下大

1　阿格斯，希腊神话中的百眼巨人。

2　埃米尔·加博里欧，法国作家，小说家，记者和推理小说先驱，以《勒沪菊命案》闻名。

名鼎鼎的侦探勒考克1才能破解。案件相关的事实只有这些：

7月25日凌晨一点四十分，一辆双轮马车驶进圣基尔达格雷街的警察局，车夫的一番话令人震惊：他的车上躺着一个男人的尸体，而且他有理由相信死者是被人谋杀的！

被带到督察面前后，车夫——他自称马尔科姆·罗伊斯顿——讲述了下面这个离奇的故事：

凌晨一点，他驾着马车沿着柯林斯东街前行，经过伯克和威尔斯的纪念碑时，站在苏格兰教堂拐角处的一位先生招手叫住了他。他立刻赶着马车上前，看到那位叫他的先生正扶着看似酩酊大醉的死者。两人都身穿晚礼服，但死去的那位先生没有穿大衣，另一位则穿着一件浅黄褐色的芝麻呢短大衣，扣子没有扣上。罗伊斯顿走上前，穿短大衣的先生说："车夫大哥，听着，这儿有个人醉得不省人事，你最好把他送回家！"

罗伊斯顿便问他这位醉酒的先生是不是他的朋友，他否认了，说他只是把这个倒在人行道上的醉汉扶了起来，他根本不认识这人。这时，死者仰起脸，朝向路灯的方向——他俩正站在路灯下——这时，穿短大衣的先生似乎认出了他，因为那位先生立即后退一步，任凭醉汉瘫

1 加博里欧的侦探小说中的主人公。

倒在地上，同时惊呼一声："是你？"然后拂袖而去，沿着罗素街朝南疾步前行，朝伯克街的方向去了。

罗伊斯顿盯着那位穿短大衣的先生的背影，对他奇怪的行为惊讶不已，这时死者的声音让罗伊斯顿回过神来。死者已经挣扎着站起身，扶着路灯的柱子，身子摇摇晃晃。"我要回家，"他含糊地说道，"到圣基尔达。"说着，他试着爬上马车，但因为醉得太厉害，爬不上去，最后又瘫坐到人行道上。见此，罗伊斯顿爬下车扶起他，费了九牛二虎之力才帮助他进了车厢。死者躺倒在马车里，似乎进入了梦乡。关上车门后，罗伊斯顿转身想爬回自己的驾驶座，却发现之前扶起死者的那个穿短大衣的先生就在面前。罗伊斯顿开口说："噢，您回来了。"对方回答道："是的，我改变主意了，我要送他回家。"说着，那先生打开车厢门，走到死者身边，并让罗伊斯顿驾车到圣基尔达。见死者的朋友回来照顾，罗伊斯顿很高兴，便按照吩咐朝圣基尔达驱车而去。但快到圣基尔达路的英国教会文法学校时，那位穿短大衣的先生大喊停车，罗伊斯顿便停下车，只见那先生走出车厢，随手关上车门。

"他不让我送他回家。"他说，"那么我就步行回城里，你可以送他到圣基尔达。"

"送到哪条街，先生？"罗伊斯顿问道。

"我想大概是格雷街。"对方回答，"不过，到路口时我的朋友会告诉你的。”

罗伊斯顿满腹狐疑：“他不是喝醉了吗，先生？”

“哦，不碍事！我觉得他可以告诉你他住哪儿——不是格雷街就是阿克兰街，我猜的。我说不准。”

然后，他打开车厢门往里望。“晚安，老兄。”他说。对方显然没有回答，因为穿短大衣的先生耸了耸肩，低声咕噜了一句“粗鲁的东西”，便关上了门。然后，他付给罗伊斯顿一枚半英镑金币，点了一支香烟，赞美了几句夜色好美，就快步朝墨尔本的方向走去了。驾车来到路口后，罗伊斯顿便停下来，根据那位先生的吩咐，请车厢里的客人指路。问了好几次，对方都没有反应，罗伊斯顿以为他醉得没法答话，便爬下驾驶座，打开车厢门，却发现死者躺在角落里，嘴上围着一条手帕。罗伊斯顿以为他睡着了，便伸出手，想摇醒他。可车夫的手刚碰到死者，死者就向前栽倒在地，一检查，车夫惊恐地发现他已经没气了。由于对发生的事情惊恐万分，加上对穿短大衣的先生充满怀疑，车夫便驾车赶到圣基尔达警察局，在那里做了上述口供。死者的尸体被抬出马车，送进警察局，同时马上有人去请医生。医生一到就立刻查验，却发现死者已经毫无生命迹象，他还发现轻轻地围在死者嘴上的手帕浸透了三氯甲烷。医生毫不犹豫地断定，从手帕的位置、三氯甲烷的存在来看，死者是被谋杀的，而且从所有迹象来看，死者死得很安详，没有半点挣扎迹象。死者身材苗条，中等身高，皮肤黝黑，身着晚礼服——这会使辨认工作难以展开，因为晚礼服上没有任何明显标志，也难以引起旁人注意。死者身上没有发现写了名字的纸张或卡片，衣服上也没有任何标识。不过，系在他嘴上的白色丝绸手帕的一角，却用红色丝线绣着“O.W.”两个字母。谋杀者可能是利用自己的手帕来实施犯罪的，所以，如果这两个字母是他的姓名首字母缩写的话，那么这可能就是破案的线索。今天早上将会进行尸检，毫无疑问，将会得出一些可以解开谜团的证据。

星期一早上，《阿格斯报》上刊载了与本案相关的另一篇报道。报道如下：

> 在上周六的报纸上，我们对一桩发生在一辆双轮马车上的神秘谋杀案做了详尽报道，接下来发现的另一个证据可能会对案件的侦破有所启示：另一辆双轮马车的车夫来到警察局，提供了一条线索，这条线索对于警察们追查真凶无疑具有一定价值。车夫说，周五凌晨一点半左右，他正沿着圣基尔达路驱车前行，突然一位身穿短大衣的先生叫住了他，那先生上了车，吩咐他到东墨尔本的坡勒特街。车夫照做了。到地方后，那位先生付完钱，在威灵顿大道和坡勒特街的交

叉口下了车，并慢悠悠地沿着坡勒特街走了，车夫则驾着马车回到了城里。

至此所有线索都断掉了，但毫无疑问，那位身穿短大衣，在圣基尔达路下了罗伊斯顿的马车的先生，和上了另一辆马车，并在坡勒特街下车的先生是同一个人，对此我们的读者都没有疑问了。谋杀发生时肯定没有任何打斗，因为如果有任何打斗，车夫罗伊斯顿肯定会听到声音。因此，人们推测，酩酊大醉的死者已经毫无抵抗之力，见此良机，凶手便把浸透了三氯甲烷的手帕围在死者嘴上。然后，或许经过几次徒劳无益的挣扎后，死者便因吸入三氯甲烷而死去。至于身穿短大衣的男人，从他进入车厢之前的行为举止判断，他似乎是认识死者的，但是他认出死者后先是立刻拂袖而去，继而半路折回，这表明他对死者的态度并不那么友善。

要寻找这个似乎是蓄意谋杀的凶手，难就难在不知从何处着手，因为死者似乎身份不明，而且嫌疑犯已逃之夭夭。但是，如果没有人来认领尸体，那么长期保存尸体是不可能的。不过，尽管墨尔本是一个大城市，但它又不如巴黎或是伦敦那么大——在这两座大城市里，如果一个人消失在茫茫人海中，那可能再也听不到他的音讯了。目前的当务之急就是确认死者的身份，然后顺藤摸瓜，总能找到线索破解短大衣男子的身份，他似乎就是本案的凶手。最重要的是，要驱散笼罩着本案的神秘疑云，不仅是为了伸张正义，也是为了公众的利益——因为这件凶案发生在公共交通工具上，就发生在大马路上。想到一桩谋杀案的凶手正逍遥法外，藏身于我们之中，并且可能正在预谋第二件凶案，就足以使我们中最坚强的人心生寒意。在加博里欧的一篇名为“马车谜案”的小说中，一件类似这桩惨案的谋杀就发生在一辆公共马车上，但我们怀疑即使是加博里欧这样的作家，也不一定有勇气构思一桩发生在双轮马车上的凶杀案，因为这种地方实在不太可能实施谋杀。这桩悬案没准是一个能让某位侦探一举成名的良机，我们敢肯定，侦探们会竭尽全力来追捕那个以这种卑鄙的懦夫手段实施谋杀的凶手。

# 审讯中的证词

在审讯双轮马车谋杀案时，从死者身上发现的这些东西被拿到了桌上：

1. 两英镑十先令，一枚金币，一枚银币。

2. 一条浸透了三氯甲烷的白色丝绸手帕，当时绑在死者嘴上，一角有红色丝线绣的字母“O.W.”。

3. 一个俄罗斯皮革香烟盒，装了半盒“老法官”牌香烟。

4. 一只白色小羊皮手套，是左手的，有些脏，黑色接缝一直延伸到底部。

侦查处的塞缪尔 · 戈比在审讯现场，想从目击者的证词中发现与谋杀动机或凶手有关的线索。

第一个被传唤的目击证人是马尔科姆·罗伊斯顿，惨案就发生在他的马车里。他讲述的事情经过和《阿格斯报》上的报道一模一样，以下是法医与他的问答：

问：你能描述一下那个穿短大衣的先生吗，就是你把车开过去时正扶着死者的那位？

答：我没有很仔细地看他，因为我的注意力都被死者吸引了，而且当时穿短大衣的先生站在阴影里。

问：根据你看到的描述一下他的样子吧。

答：我猜他是金发，因为我能看到他的胡子颜色很浅；他个子很高，穿着晚礼服，外面罩着一件短大衣。我不能看清楚他的脸，因为他戴着一顶软毡帽，帽檐拉得很低，挡住了眼睛。

问：他戴着什么样的帽子——阔边呢帽？

答：是的。帽檐拉下来了，我只能看到他的嘴巴和胡子。

问：你问他是否认识死者时，他怎么说？

答：他说他不认识，他只是碰巧把死者扶了起来。

问：后来他好像认出死者了？

答：是的。当死者抬头往上看时，他说了一句“是你！”然后就把死者扔在原地，自己朝伯克街走了。

问：他回头看了吗？

答：我没看见。

问：你盯着他的背影看了多久？

答：大概一分钟。

问：你再次看见他是什么时候？

答：我把死者扶进马车后，一转身，就发现他在我身边。

问：他说了什么？

答：我说："噢，你回来了。"他回答说："是的，我改变主意了，我要送他回家。"然后他进了车厢，并吩咐我驾车到圣基尔达。

问：他这样说，似乎认识死者。

答：是的。死者仰头看的时候，我就觉得他认出死者了，也许他和死者不和，所以走开了，不过想了想又回来了。

问：你看到他转身回来了吗？

答：没有。当我一转身发现他在我面前时，我才发现他。

问：他是什么时候下车的？

答：就在我拐到圣基尔达路上的文法学校时。

问：驾车时，你有没有听到车厢里有任何打斗或挣扎的声音？

答：没有。路面很颠簸，车轮轧过石头的声音很大，我听不见任何别的声音。

问：穿短大衣的先生下车时是否显得心神不宁？

答：没有。他脸色非常平静。

问：你怎么知道？

答：因为月亮升起来了，我能看得很清楚。

问：当时你看到他的脸了吗？

答：没有。他的帽檐拉得很低，和当时他在柯林斯街上车时一样。

问：他的衣服是否有某种被撕扯或凌乱的迹象？

答：没有。和之前唯一的不同，是他把外套的扣子系上了。

问：他进车厢时外套是否敞开着？

答：不是。但是他当时扶起死者时外套是敞开着的。

问：那么，他在回来之前把扣子扣上了，然后进了车厢？

答：是的，我猜是这样。

问：他在圣基尔达路下车时说了什么？

答：他说死者不让他护送回家，他说自己宁愿走回墨尔本。

问：你问过他要把死者送到哪里？

答：是的。他说死者不是住在格雷街就是住在阿克兰街，不过到了路口死者会告诉我怎么走的。

问：你难道没想到死者已经醉得不省人事，没法告诉你怎么走了吗？

答：我想过。不过死者的朋友说，等到了路口，他睡上一觉，加上马车的摇晃，会让他清醒一些。

问：穿短大衣的先生显然不知道死者住在哪里？

答：他不知道。他说死者不是住在格雷街就是住在阿克兰街。

问：你不觉得这很可疑吗？

答：不，我以为他可能是死者在俱乐部认识的朋友。

问：那个穿短大衣的先生和你聊了多久？

答：大概五分钟。

问：这段时间里你没有听到车厢里的声音？

答：没有。我以为死者已经睡着了。

问：穿短大衣的先生对死者道“晚安”之后，他还做了什么？

答：他点燃一支香烟，给了我一枚半英镑金币，然后朝着墨尔本走去了。

问：你发现穿短大衣的先生随身带手帕了吗？

答：哦，他带着呢，因为他用手帕掸了掸靴子上的灰尘。马路上尘土很厚。

问：你是否发现他身上有什么特别引人注目的地方？

答：哦，没有，除了他戴着一只钻石戒指。

问：这有什么特别奇怪的地方？

答：他把戒指戴在右手食指上，我从没见别人这样戴过。

问：你什么时候注意到的？

答：在他点香烟时。

问：到了路口后，你叫死者叫了几次？

答：三四次。然后我爬下座位，发现他已经死了。

问：他是怎样躺着的？

答：他卷成一团躺在车厢里面的角落，几乎就躺在我扶他躺下的地方。他的头耷拉在一边，嘴上系着一条手帕。我一碰他，他就倒向了另一个角落，然后我发现他已经死了。我立刻赶着马车到圣基尔达警察局报了警。

罗伊斯顿陈述证词时，戈比一直在做笔记。罗伊斯顿说完后，罗伯特·钦斯顿被传唤来。他宣誓作证：我是一名有行医资质的医生，居住在柯林斯东街。星期五我对死者尸体进行了尸检。

问：尸检是在死者死后几个小时之内进行的吗？

答：是的，从手帕的位置和发现的三氯甲烷判断，死者死于麻醉，我知道这种毒药挥发得非常快，就马上做了尸检。

验尸官：请继续，先生。

钦斯顿医生：从外观来看，死者生前很健康，营养良好，没有任何暴力迹象。双腿和躯干背部较为明显的淤青是死亡后血液淤积造成的。从内部组织来看，大脑有充血，而且有大量淤血，在表浅血管尤为明显。没有脑部疾病。肺部健康，但有轻微淤积。打开胸腔，可嗅到微弱的酒精气味。胃部有大约一品托完全消化的食物。心脏松弛。右心房含有大量黑色可流动的血液。该器官有脂肪变性的倾向。我认为死者死于吸入三氯甲烷或次甲基等类似气体。

问：你说死者心脏有脂肪变性倾向，这与死者的死有什么关系吗？

答：单独不会致死。但是，心脏脂肪变性时，吸入三氯甲烷是死亡的决定性因素。同时，我还要指出，三氯甲烷中毒的验尸指标大多是阴性的。

说完，钦斯顿医生获准退下。下一个传唤的是克莱门特·兰肯，另一个双轮马车司机。他的证词如下：

“我是一个车夫，住在伍德，平时驾驶一辆双轮马车。我记得上个星期四，我赶着马车送一群人到圣基尔达，凌晨一点半钟左右才回来。刚经过文法学校不远处，我被一位穿着短大衣的先生招手叫住了。他抽着香烟，叫我送他到东墨尔本的坡勒特街。我照做了，他在威灵顿大道和坡勒特街的交界处下了车。他付给我一枚半英镑金币作为车费，然后沿着坡勒特街走了，我就驾车回城里了。”

问：你在坡勒特街停车的时候是几点？

答：两点整。

问：你怎么知道?

答：因为当时夜里静悄悄的，我听见邮局的钟敲了两下。

问：你有没有发现穿短大衣的人有什么特别的地方?

答：没有。他看起来和别人没什么两样。我觉得他就是一个出去找乐子的城里人。他的帽檐拉得很低，遮住了眼睛，我几乎看不到他的脸。

问：你注意到他戴戒指了吗?

答：是的，我看到了。他递给我一枚半英镑金币时，我看到他右手食指上戴着一枚钻石戒指。

问：他没说为什么这么晚还在圣基尔达路上逗留?

答：没有，他没说。

说完，克莱门特·兰肯获准退下证人席，然后验尸官作了半个小时的总结陈词。他指出，毫无疑问，死者并非自然死亡，而是死于中毒。迄今为止，仅获取了极少量与本案有关的证据，而唯一的犯罪嫌疑人，就是星期五凌晨在伯克和威尔斯纪念碑附近的苏格兰教堂拐角处和死者一起进入马车的不明身份男子。事实证明，死者进入马车时，从各方面来看，他尽管酩酊大醉，但健康状况良好；但在穿短大衣的男子下车后，马车夫罗伊斯顿却发现他嘴边系着一条浸透三氯甲烷的手帕，这个事实似乎表明死者死于吸入的三氯甲烷，而这种吸入是人为造成的。本案所有可获得的证据都是推测得出的，但是，无论如何，证据确凿，死者死于谋杀。因此，案件的所有证据都指向一个结论，陪审团也只能根据这个结论做出裁决。

陪审团在四点退席，一刻钟之后，陪审团返回席位，并宣布下列判决：

死者，姓名不详，死于 7 月 27 日，死因为中毒，即吸入某不明身份男子出于恶意所投的三氯甲烷。陪审团宣布，该不明身份的男子出于犯罪目的而故意、恶意地谋杀了死者。

# 悬赏一百英镑

公告

谋杀案

悬赏一百英镑

7月27日星期五，警方在一辆双轮马车里发现了一无名男尸。7月30日，在圣基尔达对本案进行了审讯，陪审团宣布该男子死于蓄意谋杀，系某名不明身份的凶手所为。死者中等身材，深肤色，黑头发，胡子刮得很干净，左太阳穴处有一颗黑痣，身穿晚礼服。据推测，谋杀嫌疑人为7月27日凌晨在柯林斯街和罗素街路口处与死者一同进入马车车厢的男子。为破获本案，政府将悬赏一百英镑获取该嫌疑人的线索。特此声明。

# 戈比先生初显身手

“嗯，”戈比先生对着穿衣镜中的自己说道，“这二十年来我也破了不少案子，但毫无疑问，这个案子是个谜团。”

和往常一样，戈比先生一边刮胡子，一边和穿衣镜中的自己说话。作为一名侦探，加上天性极其内敛，他从不在外谈论自己的工作，也没什么心腹之交。实在憋不住心里的话时，他就回到卧室，对着镜中的自己说话。他发现这个办法十分奏效，因为这能令他有时负荷过重的头脑得到放松，同时还绝对保密。不是有这么一个传说吗？古代迈达斯国王的理发师发现了国王王冠下的秘密，他因为心中深藏的秘密而如坐针毡，终于，一天早晨，他偷偷来到河边的芦苇丛中，悄声吐露：

“迈达斯……迈达斯国王长了一对驴耳朵。”有时，戈比先生也渴望倾吐心底的秘密，可他不喜欢对着空气喋喋不休，便把镜子中的自己当作倾吐对象。迄今为止，它还没有背叛过他，而且看到闪亮的镜面上自己那张愉快的红脸庞严肃地点头赞同，像个政府要员似的，他就感到很开心。今天早上，面对他的镜子时，这位侦探先生因自信满满而显得格外意气风发。但时不时，一种迷惑的神色也会从他脸上一掠而过。双轮马车谋杀案已交由他处理，他正在设法找到破案的切入点。

“见鬼！”他一边在皮带上磨着刮胡刀，一边思考着，“一件事情要有结局就要有开始，如果我不开始，怎么能有结果？”

镜中人没有答话。戈比先生便往脸上涂好肥皂泡，以一种略显机械的方式刮起胡子来，因为他的心思都在破案上。他是这么想的：

“有一个男人——唔，一位先生——喝醉酒了，不省人事。另一位先生恰好出现，还为醉酒男子叫了辆马车。起初后来的那位先生说不认识醉酒男子，可后来他的行为却表明他们其实是认识的，他一怒之下拂袖而去，接着又改变了主意，回来后，他进了马车，还让马车夫驾车到圣基尔达。随后，他设法用三氯甲烷迷晕了醉酒男子，然后下了马车，上了另一辆马车，在坡勒特街下车后，他就消失了。这就是我要破解的谜题，斯芬克斯的谜题也不会比它更难。这个案子有三个有待破解的问题：第一，醉酒男子是谁？第二，谋杀的动机是什么？

第三，谁谋杀了他？

“只要我解决了第一个问题，后面两个就会迎刃而解，因为了解了一个人的生活，就可以弄清楚他的死会对谁有利。谋杀死者的凶手肯定有强烈的动机，我必须找出他的动机是什么。情杀？不，不会是情杀——现实生活中，恋爱中的男人不会如此出格——这只出现在小说或戏剧中，我在现实生活中还没见过这样的先例。抢劫？死者的钱包里还有很多钱呢。仇杀？嗯，可能是——复仇会让大多数人铤而走险。没有使用暴力的迹象，因为死者的衣服并不凌乱，所以他死得很突然，还不知道凶手要下毒手了。说到这里，我觉得我检查他的衣服时还不够仔细，衣服上肯定还有什么线索。不管怎样，还应该再检查一下衣服。那么我就从他的衣服开始着手。”

戈比先生换好衣服，吃完早餐，然后快步走到警察局，要求再次检查死者的衣物。取到衣物后，他退到一个角落，开始全面彻底地检查。

外套上没有任何值得注意的地方，只是一件裁剪合体、做工精良的外套而已。戈比先生不满地嘟哝一声，把它扔到一边，然后拿起了西装背心。背心上的某个地方引起了他的兴趣：在背心内里的左侧有个口袋形状的东西。

“嘿，这究竟是个什么东西？”戈比先生挠着头说，“据我所知，晚礼服背心的内里缝个口袋，这可不怎么常见。”侦探先生变得极度兴奋，他继续说道，“这可不是裁缝的手艺，是他自己缝的，而且缝得那么蹩脚！他费心费力地亲手缝了这个口袋，就是不想让别人知道，那么这是用来放某件重要物品的——重要到他穿晚礼服的时候都必须贴身带着。啊！背心这儿有个裂口，就在靠门襟的这边——有东西被硬扯出来了。现在我开始明白了。死者拥有一件另一个人梦寐以求的东西，而且那人知道死者贴身带着那东西。凶手看到死者喝醉了，便趁机和他上了马车，试图抢走那东西。死者竭力反抗，见此，凶手便用随身带着的三氯甲烷谋杀了他。因为担心马车随时会停下来，凶手便扯开死者的背心，抢走东西，然后溜之大吉。事情够清楚了，但问题是，凶手想要的那个东西是什么？一只装着首饰的盒子？不！不可能是这么笨重的东西，否则死者绝不会将它放在背心里贴身带着。肯定是一件扁平的东西，可以轻而易举地放在口袋里——一份文件——一份令凶手梦寐以求的珍贵文件，为了它凶手不惜杀人。

“进展非常顺利。”说着，戈比先生扔下背心，站起身来，“我先找到了第二个问题的答案。再来看第一个问题：被谋杀的男人是谁？他在墨尔本是个陌生的面孔，这点很清楚，否则早就有人根据悬赏令上的描述认出他来了。现在，我想知道他在这儿是否有亲戚朋友。哦，不，不会，否则他们肯定早就开始四处打探了。嗯，有件事情可以肯定，他肯定有个房东太太或房东先生，不然就得露宿街头了。他不可能住在旅馆里，因为墨尔本的旅馆老板肯定会根据描述认出他来，更何况现在这件谋杀案在墨尔本已经传得沸沸扬扬了。他更像是租住在私宅里，而且有个不读报纸、不爱八卦的房东太太，否则到现在她肯定知道整件事情了。如果我猜得不错，如果他生前的确租住在私宅里，那么他突然凭空消失，他的房东太太肯定无法保持沉默。谋杀案发生整整一个星期了，听不到访客的动静，看不到他的人，房东太太自然会到处打听。不过，正如我推测的，访客刚到墨尔本不久，她肯定不知道到哪里去打听消息。因此，这种情况下，她最正常的举动就是登报寻人，所以，我应该看看报纸。”

戈比先生拿了一叠各种各样的报纸，在寻人启事栏里仔细搜寻起来。一般有朋友或亲人失踪，都会上这里登寻人启事。

“他是周五凌晨一点至两点被害的，”戈比先生自言自语道，“所以，即使他周一之前不露面也不会引起怀疑。但到了周一，房东太太可能开始感到不安；到了周二，她就去登报寻人。”戈比先生的胖手指沿着寻人启事栏向下移动，“那就是周三上报。”

然而，周三的报纸上没有相关信息，周四的也没有。但是在周五——谋杀案发生整整一周之后——的报纸上，戈比先生突然发现了如下一则广告：

如果本周末之前奥利弗·怀特先生不回到圣基尔达格雷街帕瑟姆庄园的话，他的房间将会被租给别人。

露碧娜·哈勃尔顿

“奥利弗·怀特，”戈比先生缓缓重复道，“被证明属于死者的那条手帕上的缩写正是O.W.（奥·怀），所以他的名字就叫奥利弗·怀特，不是吗？现在，我想知道露碧娜·哈勃尔顿是否知道与这桩谋杀案有关的线索。”戈比先生戴上帽子，说，“不管怎样，我想我应该去一趟，造访一下圣基尔达格雷街帕瑟姆庄园，反正我也喜欢吹吹海风。”

## 哈勃尔顿夫人敞开心扉

哈勃尔顿夫人是个怨愤不平的人，任何人只要碰巧和她熟悉起来，就会很快发现这点。正如比肯斯菲尔德在他的一部小说里写的，一个人最有趣的时候就是谈论自己的时候了。从这个角度来看，哈勃尔顿太太简直是个十足有趣的人，因为她根本没有机会谈论别的话题。只要令她怨愤的由头不消除，俄罗斯入侵的威胁对她来说也算不了什么——只有这个由头被消除了，她才有时间去关注这些正影响着殖民地的琐屑小事。

哈勃尔顿太太的怨愤源自缺钱。你可能会说，这绝对算不上什么特别令人怨愤的事情，但是她会暴跳如雷地告诉你，她知道这很平常，但是有些人就是和其他人不一样。很快,人们就能知道她说这话的意思。她在殖民地建立之初就来到了这里，那时候挣大钱可比现在容易。但因为有个不争气的丈夫，她没能攒下什么钱。哈勃尔顿先生早就过世了，他活着的时候是个酒鬼，在本该工作挣钱的时候，人们总能在一间简陋的酒肆里找到他，他正花着妻子的钱“呼朋唤友”呢。长期酗酒，加上维多利亚气候炎热，他很快就送了命。将丈夫安葬在墨尔本公墓之后，哈勃尔顿太太回到家，开始考虑自己的处境，计划怎样做才能有所改善。她变卖了所剩无几的财产，凑了一点钱，当时地很便宜，便在圣基尔达买了一小块地，建了一座房子。她靠着给人家做做临时女工,在家做做针线,照顾照顾病人来养活自己。靠做着各种活计,她的日子过得还不错。

事实上，生活对于哈勃尔顿太太有些残酷。因为在本该好好休息，享受早年辛勤劳动的丰硕果实时，她却不得不比以往更加辛苦地劳作。其实这类女人很多，她只是其中之一：她们自己又能干又节俭，嫁的男人却一无是处，是她们和家庭的噩梦。但对哈勃尔顿太太而言，这个事实并不能给她带来些许安慰。难怪哈勃尔顿太太会用一句苦涩的警句来概括她对男人的全部了解：“男人都是畜生。”

帕瑟姆庄园是个朴实无华的地方，正面有一扇弓形窗和一条狭窄的游廊。一座稀稀疏疏地开着花儿的小花园将房子环绕起来，哈勃尔顿太太特别喜欢这座花园。她喜欢将一条旧手绢绑在头上，到花园里给她心爱的花儿松土、浇水，直到这些花儿出于对命运无常的彻底绝望而放弃生存的所有努力。她的访客消失约一个星期之后，她正投入地干着这件最爱的事情。她心里想着他到底去了哪儿。

“我敢肯定，他肯定醉醺醺地躺在酒馆里。”她说着，毫不留情地拔起一根杂草，“房租都花在买酒上了。唉，男人都是畜生，让他们见鬼去吧。”

她说着话，突然发现一条长长的影子落在花园里，一抬头，她看见一个男人倚着篱笆，正盯着她看。

“走开！”她尖声叫道，并站起身，对这个不速之客挥舞着小铲子，“我今天不买苹果，甭管你卖得多便宜。”

显然，哈勃尔顿太太把他当成了沿街叫卖的小贩，所以才大动肝火，但是她没看到小贩的手推车，便改变了主意。

“你在打这个房子的主意，你想打劫，对吗？”她说，“告诉你，没必要，因为没什么可抢劫的，我曾祖母传下来的银勺子早就被我丈夫拿去买酒喝了，我也没有钱去买新的。我是个孤苦的老婆子，还要忍受你这样的畜生欺负。请你离开用我自个儿赚的钱买的篱笆，我会很感激你的，走开。”

哈勃尔顿太太一口气接不上来，忙停下来，像条离开水的鱼儿大口喘气，但她仍站在那里挥舞着铲子。

“我亲爱的夫人，”篱笆边上的男人温和地问道，“您是——”

“不，我不是。”哈勃尔顿太太凶狠地反驳道，“我既不是什么上议院议员，也不是什么学校老师，我不会回答你的问题。我是个守法纳税、缴费的女人，不说三道四，不读什么垃圾报纸，也不关心什么俄罗斯人。现在，请你滚出去。”

“不读报纸？”那男人满意地重复道，“啊！这就说得通了！”

哈勃尔顿太太满腹狐疑地盯着这个不速之客，他是一个身材魁梧的男人，长着一张快活的红脸庞，胡子刮得很干净，一双敏锐、狡黠的灰色眼睛像星星一样闪烁着。他打扮体面，穿着一套轻便的衣服，套一件浆得笔挺的白色背心，围着一条粗粗的金链子。总的来说，他最终留给哈勃尔顿太太的印象是一个富有的商人。她想不明白他要干什么。

“你要干什么？”她突然问。

“奥利弗·怀特先生住这里吗？”陌生人问。

“他在这里住，但是也不在。”哈勃尔顿太太像引用警句似的回答，“我已经一个星期没看到他了，我猜他出去喝酒了，就像别的男人一样。但是我在报纸上登广告了，我已经说得很明白了，我要让他知道，我可不是一块任人随意践踏的破毯子。如果你是他的朋友，你可以告诉他，他是个畜生，这是我说的。男人都是这样，我对他也没什么指望。”

陌生人平静地等待这阵爆发过去，哈勃尔顿太太又一次停下来喘气时，他慢条斯理地问：

“我能跟你谈一会儿吗？”

“谁不让你说话了？”哈勃尔顿太太挑衅地说道，“继续说，我可不指望男人会说什么真话，不过你讲吧。”

“噢，”男人抬头看看万里无云的蓝天，又掏出一条花哨的红色丝手帕擦擦脸，说道，“天真热啊，你知道——”

哈勃尔顿太太不等他说完，便走到门口，猛地把门推开。

“迈开你的腿，进来吧。”她说。陌生人进了门，跟着她进了房子，来到一间小而整洁的起居室，房间里似乎塞满了各种椅套、羊毛垫子和蜡花。壁炉台上摆着一排鸸鹋蛋，墙上挂着一把短弯刀，一个书架上摆着一排满是灰尘的小书，可能是装饰用，因为看外观这些书不会引起人们的阅读兴致。

家具是马毛做的，一切都硬邦邦、亮闪闪的，所以陌生人在哈勃尔顿太太推过来的滑溜溜的扶手椅上坐下时，他忍不住想，椅子下面肯定塞满了石头，所以坐下去硬邦邦、凉冰冰的。老太太坐在他对面的一张硬椅子上，解开了头上的手帕，仔细叠好，放在膝头，眼睛直视着这位不速之客。

“告诉我，”她说道，嘴巴飞快地一张一合，给人的感觉好像有绳子牵着似的，就像牵线木偶，“你是谁？干什么的？你想要什么？”

陌生人把他的红丝绸手帕放进帽子，然后把帽子放在桌子上，从容不迫地回答：

“我叫戈比。我是个侦探。我要找奥利弗·怀特先生。”

“他不在这儿。”哈勃尔顿太太回答道，心想怀特先生肯定惹麻烦了，现在有遭到逮捕的危险。

“我知道。”戈比先生回答。

“那么他在哪里？”

“他死了。”戈比先生突然说道，同时观察这句话产生的效果。

哈勃尔顿太太脸唰地白了，她把椅子往后推了推。“不！”她叫道，“他没有杀他，是吗？”

“谁没有杀他？”戈比先生尖锐地问道。

哈勃尔顿太太显然知道很多，但她不想说，因为她极其努力地恢复了镇定，闪烁其词地回答：

“他没有杀他自己。”

戈比先生目光锐利地盯着她，她则以强硬的眼光瞪回去。

“聪明。”侦探先生在心里自言自语道，“她知道很多，但是不愿意说。不过我会让她说出来的。”他顿了顿，平静地继续说道：“哦，不！他不是自杀。你怎么会这么想？”

哈勃尔顿太太不回答，但是站起身，走到一个坚硬而闪亮的餐具柜边上，拿起一瓶白兰地和一只小酒杯。她倒了半杯酒，一饮而尽，然后回到座位。

“我一点也不关心那档子事。”看到侦探先生好奇的眼光定在她身上，她说，“不过你吓了我一跳，我得喝点东西镇定一下我的神经。你想要我干什么？”

“把你知道的全都告诉我。”戈比先生继续盯着她的脸。

“怀特先生是在哪里被杀的？”她问。

“在一辆双轮马车上，就在圣基尔达路上。”

“大马路上？”她惊讶地问道。

“是的，就在大马路上。”

“啊！”她深吸一口气，紧紧地闭上嘴唇。戈比先生一言不发，他看得出她在考虑到底说不说，这时候他多说一个字都会让她闭口不谈。作为一个聪明人，他保持沉默。他的回报来得比他想的快。

“戈比先生，”她终于开口了，“我这辈子过得很苦，这得怪我那个不成器的男人，他是个畜生！酒鬼！所以，上帝知道，对于你们男人，我可没什么好话。但是，谋杀——”她轻轻打了个寒战，但是屋子里足够温暖，“我可没想到到了这个地步。”

“与谁有关？”

“当然是怀特先生。”她匆忙回答。

“还有谁？”

“我不知道。”

“再没有别人了？”

“哦，我不知道——我不敢肯定。”

侦探先生困惑了。

“你这话是什么意思？”他问。

“我会把我知道的都告诉你，”哈勃尔顿太太说，“如果他是无辜的，上帝会帮助他的。”

“如果谁是无辜的？”

“我会从头到尾把所有的事情都告诉你，”哈勃尔顿太太说，“你可以自己判断。”

戈比先生同意了，她开始讲述：

“两个月前，我才决定开始收租客，因为做零工很辛苦，做针线又伤眼睛，我一个孤老婆子，又被一个畜生虐待过——他现在死了，他生前我一直对他很好——我想，收租可以帮我贴补一点家用，所以我登了个出租房子的广告。两个月前，奥利弗·怀特先生租下了几间房。”

“他长什么样子？”

“不是很高，肤色很黑，没有胡子，一副绅士派头。”

“他有什么特别的地方吗？”

哈勃尔顿太太思索了一会儿。

“对了，”她最后说，“他左太阳穴有颗黑痣，不过被头发挡住，很少有人看到。”

“正是此人，”戈比先生自语道，“我找对路了。”

“怀特先生说他刚从英国过来。”女人说。

戈比先生心想：“这就解释了为何没有亲友来认领尸体。”

“他租下了房间，说要住上六个月，预付给我一个星期的租金，然后定期交租金，像个值得尊敬的人。不过我不信任他。他说他有很多朋友，每天晚上都要出去。”

“他的朋友都是什么人？”

“我可没法告诉你。他出了门，我就不知道他要去哪里，就和那些男人一样，他们说他们要去工作，结果你在酒馆里找到了他们。怀特先生告诉我，他要娶一位女继承人。”

“啊！”戈比先生惊呼道。

“我就看到过他的一个朋友，一位莫兰先生——莫兰先生和他一起来过这里，而且总是和他在一起——像好兄弟似的。”

“这位莫兰先生长什么样子？”

“很英俊，”哈勃尔顿太太酸溜溜地说道，“不过他的行为可不如他的脸蛋漂亮。行为漂亮才是真漂亮，我是这么认为的。”

“我想知道这个人是不是知道些什么。”戈比先生心想。他问道：“可以在哪里找到这位莫兰先生？”

“不知道，说不好。”这位房东太太回答说，“他之前倒是经常来这里，但我已经一个星期没看到他了。”

“诡异！十分诡异！”戈比先生摇摇头，“我应该去见见这位莫兰先生。我猜他还会再来拜访？”

“我猜他会。”房东太太回答，“他随时都会上门，大多数时候都是晚上。”

“啊！那我今晚会过来碰碰运气。”侦探先生回答说，“无巧不成书，现实生活中也有很多巧合。咱们提到的这位先生可能会在关键时刻出现。那么，关于怀特先生你还知道什么？”

“两个星期还是三个星期之前，我记不清了，一位先生上门来找怀特先生，他个子很高，穿一件短大衣。”

“啊！晨礼服？”

“不是，他穿着晚礼服，外面套着一件短大衣，戴着软毡帽。”

“正是他，”侦探先生屏住气说，“请继续。”

“他走进怀特先生的房间，关上门。我不知道他们在一起谈了多久，我当时就坐在这个房间，听见他们的声音越来越生气，然后他们开始相互骂对方，这就是男人们的处事方式。畜生！我站起来，走到走廊里，想叫他们不要这么吵。这时，怀特先生的门开了，那个穿短大衣的先生走出来，砰的一声把门关上。怀特先生走到门口，大声说：'她是我的，你什么也做不了。'另一个转过身，说：'我可以杀了你。如果你和她结婚，我就杀了你，即使在大马路上。'"

"啊！"戈比先生深吸一口气，"然后呢？"

"然后他把门砰的一声关上——自那以后这门不好关，我一直没钱修。怀特先生走回房间，开始大笑。"

"他对你说什么了吗？"

"没有，他只说他因为一个疯子发愁。"

"那陌生人叫什么名字？"

"我没法告诉你，因为怀特先生从没告诉过我。他非常高，留着金色小胡子，他的穿着打扮我已经告诉你了。"

戈比先生很满意。

"就是那人。"他自言自语道，"他进了双轮马车，谋杀了怀特。毫无疑问，怀特和他是情敌，他们都想得到那个女继承人。"

"这事你怎么看？"房东太太好奇地问。

"我想，"戈比先生紧盯着她，缓缓地说，"我想，这桩谋杀案的最深处有个女人。"

## 戈比先生的进一步发现

毫无疑问，戈比先生离开帕瑟姆庄园时，心里一直在思考到底谁是凶手。穿短大衣的先生威胁说要杀了怀特，即使是在大马路上——这最后一句话显得尤为重要——毫无疑问，他已经实施了他的威胁。他谋杀怀特，只不过是兑现了他的气话。现在侦探先生要做的，就是找出穿短大衣的先生是谁，他在哪里住，然后确定谋杀当晚他的行踪。哈勃尔顿太太描述了那人的外貌，但对他的名字一无所知，而且她的描述非常含糊，在墨尔本符合其描述的年轻人有好几十个呢。根据房东太太的话，戈比先生推断只有一个人知道那个穿短大衣的先生的名字，那就是死者的好友莫兰。根据房东太太的话推断，怀特和莫兰交往甚密，怀特很有可能告诉过莫兰所有关于这个怒气冲冲的来访者的事情。此外，莫兰很熟悉死者的生活和习性，可能会为侦探先生提供线索，帮助他弄清这两点：一，怀特的死对谁最有利；二，死者扬言要娶的那位女继承人是谁。然而，尽管各家报纸对谋杀案的报道铺天盖地，而且悬赏令详细描述了死者的外貌，可莫兰对好友的惨死却一无所知，这个事实令戈比先生困惑不已。

只有一个理由可以解释莫兰先生不同寻常的沉默，那就是他出城了，既没看到报纸，也没听到别人谈论谋杀案。如果是这样，他可能会离开一段时间，也有可能几天后就回来。不管怎样，当晚有必要去一趟圣基尔达，也许莫兰今晚会回城里，也有可能会来拜访朋友。因此，喝完茶后，戈比先生就戴上帽子，来到帕瑟姆庄园碰碰运气。但老实说，他自己也觉得机会渺茫。

哈勃尔顿太太给他开了门，然后默默地在前面带路，这次没有去她的起居室，而是进了一间装潢颇为奢华的套房。戈比先生立刻猜到，这是怀特先生的房间。他仔细环视整个房间，马上对死者的性格特征有了一个粗略的推测。

“此人头脑灵活，挥霍无度。”他自言自语道，“在人群中容易结交朋友，也容易树敌。”

房间里的陈设透露了怀特的生活方式，所以戈比先生才会发表上述看法。房间装饰华丽，家具上铺着猩红色的天鹅绒，窗帘和地毯也全都是这种有些阴沉的色调。

“我办事很妥当。”见此，哈勃尔顿太太说，她板着的脸上露出一丝满意的笑容。“你要想吸引年轻男子来租你的房子，房间就要装修得华丽点，怀特先生房租付得很高，而且他对食物非常挑剔，可是我的厨艺很一般，不会给他们做那些法国菜。”

瓦斯灯的灯罩是淡粉色的，因为知道戈比先生今晚要来，哈勃尔顿太太已经预先点亮了灯，整个房间洋溢着一种温柔的玫瑰色光芒。戈比先生把双手插进宽大的口袋里，悠闲地在房间里踱着步子，好奇地检查着每件东西。墙上挂满了名驹和著名骑师的照片，另外还有一些著名女演员的照片，大多是伦敦女星，譬如内莉 · 费伦、凯特 · 沃恩，还有一些滑稽剧名角，显然都是怀特先生生前追捧的对象。壁炉台上方装着一个架子，上面摆着两把交叉放置的剑，下面则摆着五颜六色的相框，嵌着很多漂亮女子巧笑倩兮的照片。有一点很特别：这些照片都是女子的照片，不管是在墙上挂的还是相框里嵌的，都没有男人的照片。

“他喜欢女人，我发现了。”戈比先生说着，对壁炉架点点头。

“一群荡妇。”哈勃尔顿太太冷笑一声，然后紧紧地闭上了嘴巴。“每次给这些照片掸灰尘，我都羞得无地自容，我可不相信女孩子会几乎一丝不挂地拍照——就像刚从床上爬起来似的，但是怀特先生似乎很喜欢她们。”

“大多数年轻男人都喜欢。”戈比先生冷冷地说着，走到了书架边。

“禽兽。”房子的女主人说，“我宁愿把他们都淹死在雅拉河[1]里。我说到做到。一个个宣称自己是创造之神，好像女人生来就是要赚钱给他们买酒喝似的，像我丈夫，好像从来都喝不够似的，结果喝死了，抛下我一个孤苦伶仃的穷老婆子，连个孩子都没有——感谢上帝，否则他也要染上他父亲酗酒的坏毛病。”

戈比先生并不理会这番对男人的长篇控诉，而是站在那里审视怀特先生的藏书，书柜里似乎大部分都是法国小说和体育报纸。

“左拉，”戈比先生取下一本破破烂烂的黄色薄册子，“我听说过他，如果他的小说和他的名声一样恶劣，那么我宁可不读。”

这时，前门传来一阵响亮而坚定的敲门声。听到敲门声，哈勃尔顿太太一跃而起：“这可能是莫兰先生。”侦探先生迅速将左拉的小说放回书架子上。哈勃尔顿太太说：“我是个老寡妇，晚上不会有客人上门的。如果是莫兰先生，我就把他带过来。”

她出去了，留下戈比先生聚精会神地听着。他听到一个男人的声音问怀特先生在不在家。

1　流经墨尔本的一条河流。

“不，先生，他不在。”房东太太回答说，“但有一个绅士在他的房间里，想打听他的事情。你要进来吗，先生？”

“好的，我进来坐坐。”客人回答。紧接着，哈勃尔顿太太领着奥利弗·怀特先生生前最好的朋友出现了。他是个身材高大、体型修长的男人，皮肤白里透红，金黄的头发卷曲着，蓄着麦秸色的小胡子，一副十足的贵族派头。他穿着一套考究的格子西装，表情冷漠、淡然。

“怀特先生今晚在哪儿？”客人一屁股坐在一把椅子上，对侦探先生毫不理会，仿佛他是一件家具。

“您最近见过他吗？”侦探先生立刻问。莫兰先生傲慢地盯着他看了一会儿，似乎在思考是否应该回答。最后，他显然决定了应该做出回答，便缓缓脱下一只手套，靠回椅背上。

“没有，我没见过他。”他打了个哈欠，说，“我到乡下去待了几天，今天晚上才回来，所以我已经有一个多星期没见到他了。你为什么这么问？”

侦探先生没说话，而是站在这个年轻人面前，若有所思地望着他。

“我希望，”莫兰先生漫不经心地说道，“我希望你能再介绍一下自己，我的朋友。我竟然不知道怀特先生趁我不在的这段时间开了一家疯人院。你是谁？”

戈比先生走上前，站在瓦斯灯下方。

“我的名字叫戈比，先生，我是一名侦探。”他平静地说道。

“啊！真的吗？”莫兰先生冷冷地上下打量着他，“怀特干了些什么？和有夫之妇私奔了？我知道他在这方面是有些小弱点。”

戈比摇摇头。

“你知道在哪里可以找到怀特先生？”他谨慎地问道。

莫兰笑起来。

“我不知道，朋友。”他轻松地回答说，“我猜他就在附近，这里就是他的大本营。他到底在做些什么？不管他做出什么来，我都不会感到吃惊，我向你保证——他总是行踪不定，而且——”

“定期交房租。”哈勃尔顿太太插了一句，噘噘嘴。

“他拥有最令人嫉妒的名声，”莫兰不无嘲讽地说，“这种名声我估计我这辈子都无法享有。但是，为什么净问些有关怀特的问题？他出什么事情了？”

“他死了！”戈比突然说。

听到这话，莫兰的漫不经心一下子消失了，他从椅子上站起身来。

“死了！”他木然地重复道，“你说什么？”

“我说奥利弗·怀特先生在一辆双轮马车上被谋杀了。”莫兰有些迷惑地盯着侦探先生，一只手去扶前额。

“抱歉，我的头有点晕，”他又坐回椅子，“怀特被谋杀了！大概两个星期前我离开他的时候，他还好好的。”

“你看过报纸了吗？”戈比问道。

“最近两个星期没看。”莫兰回答说，“我去乡下了，今晚回到城里，我才听说这桩谋杀案，我的房东太太提过这事，她讲得很混乱，但我从没想到被害者会是怀特。我来这里看他，是因为走之前答应他的。可怜的家伙！可怜的家伙！可怜的家伙！”他把脸埋在双手中，无法自持。

见他如此悲伤，戈比先生也有所触动，就连哈勃尔顿太太也流下了一小滴眼泪，眼泪顺着她一边僵硬的脸颊流下来，表达了她的悲伤和同情。这时，莫兰先生抬起头，哑着嗓子对戈比先生说话了。

“全都告诉我。”他说着，用一只手撑起脸颊，“把你知道的全都告诉我。”

他把双肘支在桌上，再次把脸埋在手中。戈比先生坐下来，把所知道的有关怀特之死的情况都讲了一遍。听完，莫兰抬起头，悲伤地望着侦探先生。

“如果我留在城里，”他说，“这个悲剧就不会发生，因为我总是在他身边。”

“先生，您和他非常熟悉？”侦探先生满怀同情地问道。

“我们情同手足。”莫兰悲哀地回答。

“我从英格兰来时，和他乘坐同一艘轮船，我从前总到这里拜访他。”

哈勃尔顿太太点点头，表示莫兰说的属实。

“事实上，”莫兰思考片刻后，说道，“我相信，他被害的那个晚上，我们曾经一起见过面。”

哈勃尔顿太太低声尖叫一下，然后用围裙捂住脸，但侦探先生纹丝不动地坐着，尽管莫兰的最后一句话显然让他大吃一惊。

“怎么了？”莫兰转向哈勃尔顿太太问道。

“别害怕，我没有杀他——但是上周四我见过他。然后我周五早上六点半就去乡下了。”

“周四晚上什么时候和怀特见面的？”戈比问道。

“让我想想。”莫兰跷起二郎腿，沉思着望向天花板，“大约是九点半。我当时在伯克街的东方酒店。我们一起喝了一杯，然后出门去了罗素街的一家酒店，在那儿又喝了一杯。事实上，”莫兰冷静地说，“我们还喝了好几杯。”

“禽兽！”哈勃尔顿太太低声嘀咕了一句。

“是的。”戈比先生神色泰然地说，“请继续。”

“哦！说出实情很难。”莫兰一边说，一边微笑着看看他俩，“但关于这件事，我觉得我有义务抛开所有顾虑。我们俩都醉得一塌糊涂。”

“啊！据我们所知，怀特进入马车时已经醉倒了——那么你？”

“我醉得没有怀特那么厉害。”莫兰回答说，“我还算神志清醒。我想他是在星期五凌晨一点差几分时离开酒店的。”

“那么你在做什么？”

“我还在酒店里。他把外套落下了，我马上把衣服拿起来，跟上他，准备把外套还给他。我醉得太厉害，看不清他是朝哪个方向走的，就靠在面朝伯克街的酒店大门上，手里拿着外套。但是有个人过来，从我手中抢过外套就跑，我记得的最后一件事情就是，我大声喊：‘站住，小偷！’然后我一定是跌倒了，因为第二天早晨我发现自己穿着前晚的衣服躺在床上，而且衣服上满是泥泞。起床后，我就坐六点半的火车去乡下了，所以对今晚我回城之前发生的事情，我一无所知。这就是我知道的全部。”

“当晚有人跟踪怀特先生吗？你有印象吗？”

“没有。”莫兰直率地说，“他当时兴致很高，不过一开始他还火冒三丈呢。”

“他为什么事火冒三丈？”

莫兰站起身，走到一张边桌旁，拿起怀特的相册放在桌上，默默地翻开。相册里的照片和房间墙上的照片大同小异，大多是滑稽剧和芭蕾舞女演员。莫兰一直翻到最后，在一张六英寸大幅照片处停下来，并把相册推向戈比先生。

“这就是原因。”他说。

这是一个漂亮迷人的女孩的肖像，她一袭白裙，一顶水手帽下露出金色的秀发。她拿着一只草坪网球拍，弯着腰，微笑着，背景是一片郁郁葱葱的热带植物。见此，哈勃尔顿太太惊讶地叫出声来。

“啊，这是福瑞特波利小姐，”她说，“他怎么认识她的？”

“他认识她的父亲——通过一封介绍信，诸如此类的东西。”莫兰先生从容地回答。

“啊！的确如此。”戈比先生慢条斯理地说，“那么怀特先生认识百万富翁马克·福瑞特波利。可是，怀特是怎么得到他女儿的照片的？”

“福瑞特波利小姐送的。”莫兰说，“事实上，怀特先生深深地爱上了福瑞特波利小姐。”

“那么她——”

“她爱上了别人。”莫兰继续说道，“一点不错！是的，她爱上了一位叫布莱恩·菲兹杰拉德的先生，他们现在订婚了。那位菲兹杰拉德先生疯狂地爱着她，怀特和那人常常为这位小姐吵得天翻地覆。”

“当真！”戈比先生问道，“你认识这位菲兹杰拉德先生吗？”

“哦，我不认识。”莫兰冷冷地回答，“怀特的朋友并不是我的朋友。他是个有钱的年轻人，而且有贵人相助。我只不过是一个社会边缘的可怜虫，试图在这个世界上闯出一条路来。”

“你对那人的外貌很熟悉，这是当然的？”戈比先生问道。

“哦，是的。我能描述他的外貌。”莫兰说，“事实上，他和我并非一点也不像，这句话对我而言算是恭维，因为别人说他很英俊。他个子很高，皮肤白皙，说话时带点厌倦的语气，总的来说，人们会说他很有趣。不过，你肯定见过他。”莫兰转向哈勃尔顿太太说，“他三四个星期之前来过这里，怀特跟我说过。”

“噢，那就是菲兹杰拉德先生？”哈勃尔顿太太惊讶地问道，“是的。他很像您。他们为一位小姐争吵，那可能就是福瑞特波利小姐。”

“很有可能。”莫兰先生站起身来，“噢，我得走了。这是我的地址。”他递给戈比先生一张名片，说，“如果我能对您有任何帮助，我将会很高兴，因为怀特先生是我最亲爱的朋友，我会竭尽全力帮助您找出凶手的。”

“我不认为这是一桩非常难以破解的案子。”戈比先生慢慢说道。

“哦，你已经有怀疑的对象了？”莫兰先生盯着他问。

“是的。”

“那么，您认为是谁杀了怀特？”

戈比先生顿了一下，谨慎地说：“我有个猜想——但是我不能确定——证实之后，我会告诉你的。”

“您认为菲兹杰拉德谋杀了我的朋友？”莫兰说，“我从您的表情看出来了。”

戈比先生笑了。“也许吧，”他模棱两可地说道，“等我证实。”

## 羊毛大王

传说古希腊的迈达斯国王有个金手指，能点物成金。这个故事可比大多数人想得更真实。中世纪迷信将拥有这种点石成金的人变成了魔法石——在那个黑暗的年代，数不胜数的炼金术士都渴望找到这块石头。但到了十九世纪，这种神奇的能力又被送还到了人类手中。

但我们并不将这种点物成金的能力归于希腊神祇的恩典，也并不称之为某种迷信。拥有幸运的人就会拥有幸福，但这句谚语却暗示着相反的意思。幸运不仅仅意味着财富——大多数情况下它意味着幸福，拥有幸运的人可以选择去拥有这些幸福。如果他做投机生意，那么他肯定能大获成功；如果他要结婚，那么他的妻子肯定十全十美，无可挑剔；如果他向往某个社会地位或政治地位，他不仅能获得它，而且会轻而易举地获得它。世间的财富、家庭的幸福、高贵的地位和完满的成功，所有这些，都属于那个拥有幸运的人。

马克·福瑞特波利就是这些幸运儿中的一个，他的好运气在澳大利亚家喻户晓。只要马克·福瑞特波利参与任何投机行为，其他人肯定纷纷尾随，而且每次都能获得满意的收益，很多情况下甚至远远超乎预期，在殖民地建立初期，他带着为数不多的一笔钱来到了这里，但他的不屈不挠和屡试不爽的好运气很快让他的几百英镑变成了几千英镑，现在他五十五岁了，就连他自己都不知道自己的收入有多大的规模。他的大农场遍布整个维多利亚殖民地，为他带来了极其可观的收入。他有一座漂亮迷人的乡间别墅，每年的某些时节，他都会在这里盛情招待朋友。在圣基尔达，他还有一座富丽堂皇的城市宅邸，在公园街也算得上是颇有名气的豪宅。

他的家庭生活也很美满。他的妻子优雅迷人，是墨尔本最有名望、最受欢迎的夫人之一；他的女儿同样迷人，不仅容貌美丽，还是富可敌国的女继承人，自然吸引了众多追求者。但玛奇·福瑞特波利是位任性的大小姐，拒绝了无数求婚者。作为一个极其独立的年轻人，又极有主见，她决定保持单身，因为她还没有遇到喜欢的人。于是她仍然留在家中，和母亲在圣基尔达的宅邸里招待客人。

但每个女孩最终都会遇到童话中的王子，玛奇·福瑞特波利的王子终于在注定的时刻降临，他就是布莱恩·菲兹杰拉德，一个高大英俊、金发碧眼的年轻人，是从爱尔兰来的。

他抛下了老家一座颓败的城堡和几英亩贫瘠的土地——租种这些土地的佃农总是心怀不满，他们拒付地租，还会阴沉着脸谈起土地联盟和其他有趣的事情。这种情况下，既没有地租收入，也看不到未来的希望，布莱恩便抛下祖先留下的城堡，任其成为老鼠和报丧女妖[1]的老巢，自己只身来到澳大利亚碰运气。

他带着介绍信去见马克·福瑞特波利，这位先生很赏识他，并尽一切力量帮助他。在福瑞特波利的指导下，布莱恩买下了一座大农庄，令他惊异的是，几年之后他发现自己富起来了。菲兹杰拉德家族向来以入不敷出闻名，如今只见财源滚滚而来，进的多出的少，令这个家族最后的子嗣又惊又喜。他想起了爱尔兰的那座古堡、那几英亩贫瘠的土地和不满的佃农，便开始沉迷于搭建他的空中楼阁。在他的脑海里，他看到那座古堡从废墟中崛起，恢复了昔日的显赫；他看到那贫瘠的土地得到了精耕细作，佃农们过上了满意、幸福的日子——对这最后一点他很是怀疑。不过，二十八岁的轻率和自负令他下定决心，即使

---

1　爱尔兰传说中以哀号预报死讯的女妖。

不可能也要尽力一试。

搭建并装潢好他的空中楼阁之后，布莱恩自然想到要为它找个女主人，而这次幻想化身为了现实。他爱上了玛奇·福瑞特波利，认定只有她才配得上他想象中那座重现辉煌的城堡。他瞅准机会，表露了心迹。出于女孩的天性，玛奇起先并不怎么认真对待他的求爱，但终于抵挡不住这位爱尔兰情人的猛烈攻势，她脸上挂着甜美的微笑，低声承认自己已经不能没有他了。鉴于这是一对性格保守，习惯了遵循传统求爱方式的恋人，我们能轻而易举地猜到故事的结局。布莱恩以天底下情人的无比殷勤跑遍了墨尔本的珠宝店，最终物色了一枚绿松石戒指，戒指上镶嵌的绿松石碧蓝碧蓝的，就像他自己的眼睛。把戒指套上玛奇的纤纤玉指之后，他终于觉得自己大功告成，订婚已成既定事实了。

下一步就是去向姑娘的父亲提亲。就在他鼓足勇气准备去经受这炼狱般的严峻考验时，突然出了一件事，使提亲的事情无限期推后了。福瑞特波利夫人乘车外出时，马匹突然受惊狂奔，车夫和马倌都平安脱险了，只有福瑞特波利夫人被甩出车外，香消玉殒。

这是马克·福瑞特波利第一次真正遭遇命运的巨大打击，他似乎被彻底打倒了。他把自己关在房间里，拒绝见任何人，甚至包括女儿。葬礼上，他脸色苍白、憔悴不堪地出现在众人面前时，每个人都惊呆了。当奢华无比的葬礼仪式结束，福瑞特波利夫人的遗体入土为安之后，这位失去爱妻的丈夫骑着马回到家，恢复了从前的生活。但是他再也不是从前的他了。从前他的脸总是那样和蔼、快活，现在变得严厉而悲伤。他很少笑，偶尔一笑，也只是淡淡地凄然一笑，木然极了。他把对生活的全部热情都集中在了他女儿身上。她成了圣基尔达的这座宅邸里唯一的女主人，是她父亲的珍宝。显然，她是这个世界留给他的唯一能使他感受到生之欢乐的东西。事实上，如果不是因为有她这样阳光般的存在，马克·福瑞特波利宁可与他那死去的妻子并肩躺在安静的坟墓里。

过了一段时间，布莱恩再次决定向福瑞特波利先生求婚，请求把他女儿的手交给自己。但是命运再次伸出干预之手，一个情敌出现了，布莱恩的爱尔兰火暴性子令他对对手火冒三丈。

几个月之前，奥利弗·怀特从英格兰来到澳大利亚，也带了一封介绍信来见马克·福瑞特波利先生，并得到了后者的热情款待——他一向如此。借此机会，怀特不失时机地让自己在圣基尔达的这座宅邸里进出自如，就像在自己家里一样。

布莱恩从一开始就不喜欢这个新来的家伙。他是看相大师拉瓦特的学生，并以自己看相准而自傲。在他看来，怀特只会一味地奉承福瑞特波利先生，玛奇也同样讨厌这个新来的家伙。

怀特先生很善于使手腕，否则也无足可惧。他假装注意不到玛奇的冷淡，相反，他极其热情地对待她，这令布莱恩厌恶不已。最后，他竟要求玛奇嫁给他，而且不顾她的当即回绝，他竟然向玛奇父亲提起此事。令玛奇大吃一惊的是，福瑞特波利先生不仅同意怀特继续来找玛奇，而且还告诉玛奇自己很看好这桩婚事。

不管玛奇怎么反对，福瑞特波利先生都拒绝改变自己的决定。怀特见自己已经站稳脚跟，便开始傲慢无礼地对待布莱恩，这令天性高傲的布莱恩备感屈辱。他跑到怀特的寓所，大吵一顿后不欢而散，走时他还发誓如果怀特胆敢强娶玛奇，他就杀了怀特。

当晚，菲兹杰拉德约见了福瑞特波利先生。他承认自己爱着玛奇，而且这份爱得到了回应。玛奇帮着布莱恩恳求自己的父亲，面对两人的恳求，福瑞特波利先生发现自己无法拒绝，于是同意了他们的订婚。

与布莱恩的那场激烈争吵后，怀特离开城里到乡下住了几天，回来后才知道玛奇已经与他的情敌订婚了。他见到福瑞特波利先生，听到福瑞特波利先生亲口说出实情，他立刻拂袖而去，并发誓再也不踏进这个门。谁知一语成谶，当晚他就在那辆双轮马车上被害了。他从这对情侣的生活中消失了，而他们也庆幸他再也不会来打扰自己的生活了，但是，他们从没有怀疑过罗伊斯顿的马车里发现的无名男尸就是奥利弗·怀特。

大约在怀特消失两周后，福瑞特波利先生为女儿举办了生日晚宴。那是一个愉快的夜晚，面向游廊的宽阔的法国落地窗敞开着，让温柔的海风吹进来。窗外是一排屏风似的热带植物，透过浓密枝叶的缝隙，宴席上的宾客只能看到港湾里的海水在淡淡的月光下一闪一闪。布莱恩坐在玛奇的正对面，他时不时能越过桌上陈列的水果和鲜花的阻挡，看到她那张容光焕发的脸。马克·福瑞特波利先生坐在餐桌上首，看起来兴致昂扬。他那严肃的神情看着柔和了很多，酒也喝得比平时多。

汤刚撤下，一位迟到的宾客出现了，他一边道歉一边入座。他叫菲利克斯·罗尔斯顿，是墨尔本最有名的年轻人之一。他有自己的收入，还会为报纸撰写一些文章，在墨尔本有钱人家的房子里总是能看到他的身影。他总是活力满满、高高兴兴，而且消息灵通。你要是想了解任何一桩丑闻的细节，问他准没错。他对一切动向——不论是国内的还是国外的——都了如指掌。他的知识即使不是很准确，也至少是非常广博的。他的谈话非常辛辣，有时也显得机智诙谐。据墨尔本市最杰出的一名律师卡尔顿说，罗尔斯顿让他想起了比肯斯菲尔德笔下退尔宫廷里的一位人物。那人不是一位智识界的克利萨斯，但是口袋里总是装满了六便士。菲利克斯总是很随意地用着他的六便士。

在他到来之前，谈话本来有些冷场的迹象，现在席面上又开始谈笑风生。

“非常抱歉。”菲利克斯一边挨着玛奇坐下，一边说，“你们知道吗？但是像我这样的人得对时间精打细算，因为太多人召唤我了。”

“你是说太多人约你吗？”玛奇反驳着，露出不相信的笑容，“你快说，你是一直在赶场子吗？”

“哦，是的。”罗尔斯顿表示同意，“这就是有一个大的熟人圈子的坏处。他们用淡茶、薄面包和黄油款待你，但是——”

“但是你宁愿来点别的什么。”布莱恩接过话头。

这时响起了一阵笑声。但罗尔斯顿对此不屑一顾。

“五点钟下午茶的唯一好处，”他继续说，“就是可以让人们聚在一起，听听发生的事情。”

“啊，是的，罗尔斯顿。”福瑞特波利先生带着戏谑的微笑看着他。“你听到了什么新闻？”

“好新闻，坏新闻，还有你从没听说过的新闻。”罗尔斯顿严肃地说道，“是的，我有一条新闻——你们听说过没有？”

罗尔斯顿感觉自已把惊天新闻掌握在了自己手中。他最喜欢这种感觉了。

“嗯，你们知道吗？”他说着，严肃地调整了一下眼镜，“他们已经知道死在双轮马车上那家伙的名字了。”

“当真！”每个人都热切地大声问道。

“是的。”罗尔斯顿继续说道，“而且，你们都认识他。”

“不会是怀特吧！”布莱恩惊恐地问道。

“见鬼！你怎么知道？”因为被别人抢先说出了答案，罗尔斯顿非常不悦，“我刚刚在圣基尔达警察局听说这个消息。”

“噢，很简单。”布莱恩有些困惑地回答，“我前段时间经常见到怀特。这两个星期他一直没露面，所以我猜他可能是受害者。”

“他们是怎么发现的？”福瑞特波利先生一边漫不经心地晃着酒杯，一边问。

“哦，一位侦探先生发现的。你知道的，”菲利克斯回答说，“他们无所不知。”

“很抱歉听到这个消息。”福瑞特波利先生说，他是指怀特被谋杀的事情，“他带着推荐信来见我，似乎是个聪明、上进的家伙。”

“一个该死的无赖。”菲利克斯低声嘀咕了一声。布莱恩恰巧听到，他似乎想要表示赞同。在接下来的晚宴时间，席间唯一的话题就是这桩谋杀案，以及笼罩着谋杀案的神秘面纱。女士们离开餐厅来到起居室之后，仍在聊着这个话题，但最后终于切换到了更为愉快的话题上。男人们呢，在桌布撤下，酒杯倒满后，他们仍然继续讨论这个话题，兴致丝毫不减。只有布莱恩没有参与讨论。他郁郁寡欢地盯着面前一口也没有喝的酒，深陷沉思。

罗尔斯顿一边敲着干果玩儿，一边说：“我弄不明白的是，为什么他们之前没有查到他的身份。”

“这个问题不难回答。”福瑞特波利先生把酒杯斟满，说，“这里几乎没什么人认识他，因为他刚从英格兰来，而且我猜除了我家，他也没有拜访过别人家。”

“再说了，罗尔斯顿，”卡尔顿说，他就坐在罗尔斯顿身边，“如果你发现一个人死在双轮马车里，身穿晚礼服——到了晚上，十个绅士里就有九个穿着晚礼服——口袋里没有名片，内衣上也没有写名字，那么我认为你也很难查清他的身份。我倒认为警方效率很高，这么快就查到了他的身份。”

“这让人想起了‘莱文沃思案’，还有诸如此类的案件。”菲利克斯说，他就喜欢读这种消遣读物。“有趣极了，就像拼七巧板一样。嘿！我去当个侦探也不错。”

“我担心，如果你真当了侦探，”福瑞特波利先生戏谑地笑道，“罪犯们可就安全了。”

“哦，那说不准。”菲利克斯机灵地回复说，“有些人就像宴会上的葡萄酒蛋糕，上面泛着奶泡，但是底下还是藏着好东西的。”

“多么贪心的比喻。”卡尔顿呷了口啤酒，说，“不过，我觉得要查出凶手恐怕更难。我觉得凶手是个非常聪明的家伙。”

“那么，你觉得警方发现不了他？”布莱恩从沉思中惊醒过来。

“哦，我可没那么说。”卡尔顿回答说，“不过他的确没有留下半点蛛丝马迹。即使是跟踪能力如此之发达的北美印第安人，也需要某种线索来帮助他追踪敌人。”卡尔顿回到自己的话题，继续说：“我敢说，谋杀怀特的凶手绝非普通罪犯，他选择的这个犯罪现场实在是非常安全。”

“你当真这么认为？”罗尔斯顿说，“我倒认为在大街上的一辆双轮马车里杀人非常危险。”

“最危险的地方就是最安全的地方。”卡尔顿反驳道，“你要是读过德·昆西对伦敦马尔被害案的描述，你就知道在公众场所犯罪被发现的风险更低。你看，那个谋杀怀特的短大衣男子就没有引起罗伊斯顿的任何怀疑。他和怀特一起进了马车，也没有发出任何可疑的声音或响动，然后就下了车。罗伊斯顿自然继续赶车，丝毫没有怀疑怀特已经死了，直到到了圣基尔达，进了车厢并碰了碰怀特，才发现他死了。至于穿短大衣的男人，他根本不住在坡勒特大街——也不住在东墨尔本。”

“为什么？”罗尔斯顿问道。

“因为他不会蠢到这个地步，会在自家门前留下线索。他就像狐狸经常干的那样，他会故弄玄虚。我认为，他要么右拐直接穿过东墨尔本到菲茨罗伊，要么转身穿过菲茨罗伊花园回到城里。子夜时分街上空无一人，他可以安然无恙地回到自己的住所、酒店或是他藏身的任何地方。当然，这个推断可能是错的，但是从人性的角度来看——我的职业让我拥有这种视野——我认为我的想法是正确的。”

在座的所有人都赞同卡尔顿先生的想法，因为这的确似乎是一个希望逃脱警察追踪的人最合情合理的举动。

“跟你说，”在去起居室的路上，菲利克斯对布莱恩说，“如果谋杀怀特的那个家伙被逮捕了，他一定要让卡尔顿为他辩护。”

# 布莱恩的夜间历险

男士们走进客厅时，一位年轻的女士正在演奏一曲令人生厌的沙龙小品练习曲，它的曲调并不讨人厌，只是各种变奏点缀其中，在八分音符和三十二分音符的不停颤抖中，辨认音调成了一种极端的痛苦。这首曲子是萨姆帕尼尼先生的变奏曲《花园围墙之上》。演奏的年轻女子就是这位著名的意大利音乐家的学生。男士们进入起居室时，演奏正好进入低音部分，力道极大（也就是踩下了强音踏板），颤音不绝于耳，几乎淹没了本来的曲调。

“嘿！这简直是在雹暴中翻越花园围墙。”菲利克斯一边说，一边踱到钢琴旁，因为他发现弹钢琴的正是多拉·费泽威特，他正在追求这位女继承人，希望她有一天能冠以“罗尔斯顿”的姓氏。当美丽的多拉发出最后一声重击和连续短促的颤音时，观众们彻底惊呆了，仿佛这群翻越花园围墙的绅士们跌入了黄瓜架子，只有菲利克斯在高声喝彩。

“你知道的，费泽威特小姐，这样的力道真是令人惊叹。”他一边说，一边一屁股坐到一张椅子上，“你的演奏中倾注了你的整颗心。”“还有你的所有力量。”他在心里补充道，因为他怀疑在最后的喧闹声中有琴弦被弹断了。

“这不过是在练习。”费泽威特小姐回答说，脸上露出谦逊的红晕，“我每天都要在钢琴上练习四个小时。”

“我的老天！”菲利克斯心想，“家里人可怎么熬过这段时间！”但是他没有说出声，只是用左眼瞄准眼镜，叹息道：“多么幸运的钢琴！”

费泽威特小姐不知如何应对，便红着脸低下头。真诚的菲利克斯则抬起头，叹息着。

在房间的一个角落里，玛奇和布莱恩正谈论着怀特之死。

“我从没有喜欢过他，”玛奇说，“但想到他那样死去，简直太可怕了。”

“我不知道。”布莱恩忧郁地回答说，“据我所知，被三氯甲烷毒死还是比较轻松的。”

“死亡从来不是一件轻松的事情。”玛奇回答说，“尤其是对于像怀特先生这样健康、有活力的年轻人来说。”

“我想，听说他死了你肯定很难过。”布莱恩不无嫉妒地说。

“你不难过？”她有些惊讶地问。

“对于死者唯有称美。”布莱恩说，“但是他活着的时候我就讨厌他，所以你可别指望我对他的死表示遗憾。”

玛奇没有回答，只是迅速扫视了一眼他的脸，她这才发现他看起来不太舒服。

“亲爱的，你怎么了？”她问道，把手放在他的胳膊上，“你看起来不太好。”

“没有——没有。”他急忙回答，“我最近一直在担心生意上的事情。来吧。”他站起身，说，“让我们出去走走，因为我看见你父亲和那个唱歌像鸣汽笛的女孩要合唱了。”

那个唱歌像鸣汽笛的女孩是朱莉亚·费泽威特，罗尔斯顿梦中情人的姐姐。和菲兹杰拉德一起走上游廊时，玛奇忍不住发笑了。

“真为你感到丢人，”当两个人来到外面时，玛奇终于憋不住大笑起来，“她的老师们可是最优秀的音乐大师。”

“我真可怜她们。”布莱恩反驳道。这时传来朱莉亚的大叫声，“再与我相会”，声音尖利刺耳。

“我宁可听古老的报丧女妖嚎叫，也不要‘再和她相会’，见一次足矣。”玛奇没有回答，而是斜倚在游廊高高的栏杆上，眺望着月光下美丽的夜景。有许多人正沿着滨海大道漫步，其中一些人停下脚步，聆听朱莉亚发出的尖利刺耳的音符。有个男人似乎特别喜欢音乐，他的目光越过篱笆一直望向这边。布莱恩和玛奇聊了很多，可每次玛奇抬起头，都能看见那个人望向这边。

“那个人想要干什么，布莱恩？”她问道。

“什么人？”布莱恩一惊。“哦，那个人。我猜他是被音乐迷住了，没什么。”他漠不关心地回答。这时偷窥者已经离开大门，穿过大马路，走到对面的人行小道上。

玛奇什么也没说，但她总觉得没那么简单。这时，朱莉亚的歌声停下来了，她打算回到屋子里去。

“为什么？”布莱恩问道，他背靠着一把舒服的椅子，吸着香烟，“这里很舒服。”

“我必须招待我的客人们。”玛奇回答着，站起身来，“你留在这儿，把烟吸完。”她愉快地笑着，快步进了房子。

布莱恩坐在那里抽着烟，凝视着窗外的月光。是的，那个人肯定是在看这所房子，因为他坐在了滨海大道的一个座位上，眼睛一直盯着这边灯火通明的窗户。布莱恩扔掉香烟，微微颤抖了一下。

“有人看到我了吗？”他喃喃说道，不安地站起身来。

“算了吧！当然没有。车夫绝不会认出我来。该死的怀特！真希望我从没有见过他。”

他瞥了一眼那个座位上的黑影，不由打了一个寒战。他赶紧走进温暖明亮的房间，但并没有感觉舒心一些，要是他知道那人是墨尔本最聪明的侦探之一的话，恐怕他更不会觉得舒心了。

戈比整晚都在监视福瑞特波利先生的豪宅，最后他变得恼火极了。莫兰不知道布莱恩住在哪里，但因为这是戈比想确定的主要事实之一，于是他决定观察布莱恩的行踪，并跟踪他回家。

“如果他是那个美丽的姑娘的情人，那我就等他离开房子。”戈比坐在滨海大道的座椅上自言自语，“他不会待太久，一旦他离开这个房子，找到他的住所就不是什么难事。”

傍晚早些时候布莱恩出现时，他正在去往马克·福瑞特波利的宅邸的路上。他穿着晚礼服，套着短大衣，戴着一顶软帽。

“天哪，真该死！”布莱恩的身影刚消失，戈比先生就大喊起来，“如果他不是傻瓜，我都不知道谁是傻瓜了。他穿着干掉怀特时的那身衣服走来走去，还以为别人认不出他来。墨尔本可不是巴黎或是伦敦，容不得他这么粗心大意。等我把手铐铐在他手上时，他准会大吃一惊。”

他点燃烟斗，在滨海大道的一个座位上坐下："啊，好吧。我猜我会一直等到他出来。"

戈比的耐心受到了严峻的考验。一个又一个小时过去了，没有一个人出现。他抽了好几斗烟，看着人们在柔和的银色月光下漫步。一群少女走过去，她们都搂着彼此的腰。然后是一对年轻男女走了过来，显然是情侣。他们挨着戈比坐下，直直地盯着他，示意他走开。但侦探先生丝毫不理会，而是始终注视着对面的豪宅。最终这对情侣很不情愿地起身离开了。

接着，戈比看见玛奇和布莱恩走到游廊上，并听见宁静的夜空中传来一个怪异、恐怖的声音。那是费泽威特小姐在唱歌。他看见玛奇进了房子，不一会儿布莱恩也进去了，进去之前还转身朝他的方向看了一会儿。

"啊，你正在经受良心的拷问，对吗？"戈比一边重新点燃烟斗，一边自言自语，"再等一等，我的小伙子，等我送你进牢房。"

这时，宾客们纷纷走出房子，握手告别后，他们的黑影子一个接一个消失在了月光下。

不一会儿，布莱恩也走下人行道，福瑞特波利先生走在他身边，玛奇则挽着父亲的胳膊。福瑞特波利打开大门，伸出一只手。

"晚安，菲兹杰拉德。"他用低沉的嗓音说，"有空就过来。"

“晚安，布莱恩，亲爱的。”玛奇吻了吻他，说，“别忘了明天。”

父女俩关上大门，把布莱恩留在外面，然后朝房子走去。

“啊！”戈比先生自言自语道，“如果你们知道我知道的事情，你们就不会对他那么好了。”

布莱恩沿着滨海大道慢慢走着，然后穿过马路，经过戈比面前，一直走到滨海大道酒店对面。然后，他靠在篱笆上，脱下帽子，欣赏着夜晚平静的美。

“多么英俊的家伙。”戈比遗憾地低声说道，“我简直不敢相信是他干的，但是证据确凿。”

夜里一片寂静，没有一丝风的气息的搅动，因为微风早已平息。但布莱恩可以看到白色的涟漪轻轻地撞碎在沙滩上。狭长的码头像一条黑线，沿着闪闪发亮的银色海面延伸开来，远处威廉斯敦的一行灯光闪烁着，仿佛仙界的光。

悬在这片安宁的陆地和海水上方的，是一片保罗·古斯塔夫·多尔[1]喜欢的天空——大朵大朵的积雨云层层叠叠地堆积在一起，就像十二提坦企图登上奥林匹斯山而垒起的石块似的。偶尔云毯裂开一个口子，露出一小块蔚蓝的夜空和闪闪发亮的星星，宁静的月亮在夜空

1 十九世纪法国的插画家、版画家。

穿行，将月光洒在下方的云海，给它染上一道银边。

布莱恩凝视着天空，欣赏着空中光影婆娑的美妙景色。好几分钟过去了，他一动不动。这令戈比先生有几分心烦，因为他根本没有心情欣赏美景。终于，布莱恩点燃了一根烟，走下台阶，到了码头上。

“哦，自杀，是吗？”戈比先生嘀咕道，“除非我帮忙，不然死不了。”他点燃了烟斗，跟着布莱恩。

他发现布莱恩俯身靠在码头边的护栏上，望着下面波光粼粼的水面，海水以梦幻般的节奏不断起伏，抚慰和迷惑着人的耳朵。“可怜的姑娘！可怜的姑娘！”侦探先生走过去时，听见他喃喃自语道，“如果她知道这一切，如果她——”

这时，布莱恩听到有人走近的脚步声，急忙转过身来。侦探先生看到他的脸在月光下如死人般惨白，眉头愤怒地皱成一团。

“你他妈的到底想要干什么？”他大吼一声，戈比先生停下脚步。

“你一直跟着我，到底想要干什么！”

“他看见我在监视那座房子了。”戈比心里说道。“我没有跟踪你，先生。”他大声回答说，“我想这码头应该是公共区域吧。我只不过到这里来呼吸一口新鲜空气。”

布莱恩没有作声，只是迅速转身，快步走上了码头，留下戈比先生在后面望着他。

“他害怕了。”侦探先生自语道。他一边轻松自在地漫步，一边监视着眼前的黑影，“我必须盯紧他，否则他会溜出维多利亚。”

布莱恩迅速走到圣基尔达站，因为他看了看表，发现刚好来得及赶上最后一班火车。他到了车站，几分钟之后火车就来了。他登上离站台较近的一端的吸烟车厢，然后点上一根烟，靠在座位上，望着后面的人涌进火车站。就在最后一声铃响时，他看见一个男人冲过来，想要赶上火车。正是跟踪了他一整晚的那个男人，这时布莱恩很确信自己被跟踪了。

然而，他安慰自己说这个执着的尾随者可能会赶不上火车。他坐在最后一节车厢里，一直观望着站台的情况，希望这个来自滨海大道的不速之客会上不了火车，失望而归。看不见他了，布莱恩倒在了座位上，为不能摆脱这个严密监视自己的男人的厄运而悲哀。

“该死的！”他轻声嘀咕道，“我猜他会跟踪我到东墨尔本，直到找到我的住所。我可不能让他如愿。”

车厢里除了他没有其他人，他感到如释重负，因为他可没心情听别人的喋喋不休。

“在一辆出租马车里被谋杀，”他说着，又点燃了一支香烟，吐出一团烟雾，“现实生活中的故事简直完胜布雷登·空空小姐的小说。不过有一点可以肯定，他再也不会插足于玛奇和我之间了。”他不耐烦地叹了口气，“可怜的玛奇。如果她知道这一切，我们的婚事就没什么希望了。但是她永远也不会知道的，我想其他任何人都不会知道。”

一个念头突然冒出来，他不由得从座位上跳起来。他走到车厢的另一端，然后狠狠地坐在坐垫上，仿佛想逃离自己。

“那个人凭什么怀疑我？”他大声说道，“没人知道那晚我和怀特在一起，警察不可能找到任何证据来证明这一点。呸！”他不耐烦地扣上外衣的扣子，继续说道，“我像一个害怕自己影子的小孩——码头上的那家伙只是一个想要呼吸新鲜空气的人，正如他自己说的——我很安全。”

但他的心仍然无法得到安宁，走下车，踏上墨尔本站的站台时，他忧心忡忡地环视四周，仿佛他隐约期望着侦探先生把手放上他的肩头。但是他没有看到任何一个像是圣基尔达滨海大道上见到的那个男人的身影。他如释重负地叹了口气，离开了车站。然而，戈比先生并没有远离。他一路跟踪而来，保持着安全的距离。布莱恩沿着弗林德斯大街缓步前行，显然深陷沉思中。他走上罗素街，直到发觉自己走近伯克和威尔斯纪念碑时才停下来——这里正是怀特被害当晚他帮忙叫马车的地方。

“啊！”侦探先生站在街对面的阴影里，自言自语道，“你要看看这里，是吗？——如果我是你，我就不会这么做——这很危险。”

布莱恩在拐角处站了几分钟，然后走到柯林斯街。他仍怀疑自己被人跟踪，于是到了墨尔本俱乐部对面的出租马车车站后，他招来一辆双轮马车，坐着马车朝司普林大街的方向走了。戈比对他这突如其来的举动颇为不解，但他也毫不迟疑地叫了一辆马车，告诉车夫跟上前面的车，直到前面的车停下来为止。

"两个人可以玩这个游戏。"他说着，在车厢里安顿好自己，"我会击败你的，尽管你很聪明——你的确很聪明。"他以一种钦佩的语气继续说着，一边环视双轮马车里豪华的内饰。"你选择了这样一个方便的地方实施谋杀，没人打扰，而且杀人后有足够的时间逃脱。追捕像你这样的家伙的确是一桩乐事，可比追踪那种蠢货有趣多了。"

侦探先生自言自语时，他的马车正循着前一辆马车的行踪，拐上了司普林大街，然后快速沿着威灵顿大道朝东墨尔本的方向去了。接着马车上了坡勒特大街，见此戈比先生很高兴。

"可不像我想得那么聪明，"他自言自语道，"直接暴露了他的老巢，完全没想到要隐藏。"

然而侦探的如意算盘又落空了，因为前方的马车一直前行，无休无止地穿行在迷宫般的城市街道，布莱恩似乎决定了坐一晚上的马车。

"先生！"戈比的车夫透过双轮马车车厢顶部的活动门望进来，他大声喊道，"这个游戏要玩多久？我的屁股都颠疼了，我的老腿也撑不住了。”

“跟上！跟上！”侦探先生不耐烦地回答说，“我会给你个好价钱。”

听了这话，车夫提振了精神，他又是哄骗马儿又是甩鞭子，设法使那匹筋疲力尽的马跑得快起来。这次他们到了菲茨罗伊，但两辆马车又从格特鲁德街转到了尼科尔森街，然后又上了伊芙琳街和司普林街，最后布莱恩的马车在柯林斯街的拐角停下来。戈比看到布莱恩下了车，打发马车走了，然后沿着柯林斯街前行，消失在了国库花园。

“该死！”侦探先生骂道。他也下了马车，付了车费，这可不是一笔小数，但他没时间斤斤计较。“我们兜了个圈子，但是不管怎样，我相信他住在坡勒特大街。”

他走进花园，看见布莱恩就在他前面不远处快步行走。月光很亮，他可以轻易分辨出布莱恩的短大衣。

他走上了那条宏伟壮观的大道，两旁的榆树已经穿上了冬季礼服，月光透过它们的枝丫照下来，在光滑的柏油路上织成一扇梦幻般的花饰窗格。大道的两旁都是古老的希腊男神和女神的模糊的白色身影，有手拿苹果的胜利者维纳斯（戈比先生因为不了解异教的神话，以为那是手拿禁果的夏娃，正要把它递给亚当），有脚边盘旋着猎犬的戴安娜，还有酒神巴克斯和阿里阿德涅（侦探先生以为他们是林中的婴孩）。他知道每尊雕塑都有一个奇怪的名字，但以为都只是随便取的。经过那座桥——桥下轻轻荡漾着涟漪——布莱恩踏上了那条光滑的黄色小道，这条小道通往那尊栩栩如生、手持酒杯的青春女神的雕像，在它旁边屹立着跳舞的牧神的雕像，前方一圈鲜红的天竺葵像一团火似的，仿佛一座祭坛。然后，布莱恩踏上了威灵顿广场，转向坡勒特大街，在凯恩斯纪念教堂附近的一座房子前停了下来。这让戈比先生感到欣慰，他就像哈姆雷特似的，“胖得喘不过气来”——他发现自己已经筋疲力尽了。戈比先生安全地藏身于阴影中，他发现布莱恩最后四处环视了一圈，然后消失在房子里。戈比先生便像阿里巴巴的故事里的强盗头子，仔仔细细地观察了这座房子，在脑中记录下了它的位置和外观，因为他打算次日早晨来登门拜访。

“接下来，”他一边慢慢地朝墨尔本走去，一边说，“我要趁他外出时见见他的房东太太，问问谋杀案当晚他是什么时间回家的。如果他回家的时间与他走下兰肯的马车的时间相契合，我就去申请一张逮捕令，直接逮捕他。”

## 戈比先生满意而归

尽管走了很长的路，还坐了更长时间的马车，但那晚布莱恩并没有睡好。他不停地辗转反侧，不然就是躺在床上睡意全无，只是茫然地盯着眼前的黑暗，想着怀特的事情。直到东方破晓，清晨第一缕微弱的亮光透过百叶窗照进来时，他才迷迷糊糊地小睡了一会，但睡眠中总是噩梦连连。朦胧中，他觉得自己正坐在一辆双轮马车里，突然他发现怀特就在身边，穿着白色的寿衣，咧着嘴朝着他胡言乱语，还露出诡异的微笑。突然马车从悬崖上冲出去，他从很高的地方跌落下来……下坠，下坠……可那嘲讽的笑声仍在他耳边萦绕，直到他大叫一声，从梦中惊醒。这时他才发现已经是大白天了，他的额头上都是汗水。再勉强自己睡一会儿也无济于事了，于是他疲倦地叹了口气，站起身来，走到浴室里。因为担忧和缺觉，他觉得自己已经筋疲力尽了，洗个澡让他感觉好了一点。冷水使他恢复了一点活力，也打起了精神。然而照镜子时，他看到自己的脸又衰老又憔悴，还有两个黑眼圈，不禁吓了一跳。

“要是这种情况继续下去，我将会过上非常愉快的生活。”他苦涩地说道，“真希望我从没见过或听说过怀特这个人。”

他仔细地梳洗穿衣。他不是一个邋里邋遢的人，不管内心多么不安，多么没精打采，他也要把自己收拾干净。然而，不管他怎样努力，他外表上的变化都没有逃脱房东太太的眼睛。她是个瘦小、干瘪的女人，长着一张皱巴巴的黄脸。她似乎被时光烤干、烤脆了，只要一动，就会发出嘎吱嘎吱的声音，旁人总是在担心她枯槁的四肢会像枯树的枝条似的折断。她说话的声音尖利刺耳，简直就像蟋蟀在唧唧叫。当她那干瘦的身体穿上一件褪色的褐色丝绸长裙时——她经常这么穿——她和那种活泼的昆虫的相似之处就更加明显了。

那个早晨，她拿着《阿格斯报》，端着布莱恩的咖啡，嘎吱嘎吱地走进他的起居室，见到他陡然憔悴的面容，一脸惊愕的表情顿时浮现在她那僵硬、瘦小的脸上。

“天哪，先生！”她用尖利的声音唧唧叫着，一边将手中的重负放在桌子上，“您生病了吗？”

布莱恩摇摇头。

“没有睡好而已，萨姆森太太。”他一边回答，一边展开《阿格斯报》。

“啊！那是因为你大脑里血气不足。”萨姆森太太明智地说道，因为她对健康有自己的一套理论，“如果你大脑里血气不足，你就睡不好觉。”

萨姆森太太说这话时，布莱恩一直盯着她看，因为她的血管里显然血气不足，所以他很想知道萨姆森太太这辈子是否睡过一个好觉。

“我父亲的兄弟——当然，也就是我的叔父，”房东太太倒了一杯咖啡给布莱恩，“他脑袋里的血气可了不得了，他睡眠太好了，每天早上人家要给他放点血，他才能醒过来哩。”

布莱恩用《阿格斯报》挡着脸，躲在后面悄悄地笑起来。

“他的血像河水一样哗哗流下来，”房东太太继续说着，一边从她的想象力宝库里调出各种有趣的故事，“见到他的血像尼亚加拉瀑布一样喷涌而出，医生都吓得目瞪口呆——但是我自己的血气可没那么充沛。”

布莱恩再次抑制住了笑声，心里诧异着难道萨姆森夫人不害怕遭遇亚拿尼亚和撒菲喇的厄运。然而，他没说什么，只是暗示萨姆森夫人离开房间，好让他享用早餐。

“如果你还要什么东西，菲兹杰拉德先生，”萨姆森夫人走到门口时说，“你知道怎么按铃，我也知道怎么做饭。”伴着最后一声唧唧叫，她嘎吱着走出了房间。

门一关上，布莱恩就放下手中的报纸爆笑起来，虽说他仍然忧心忡忡的。他拥有那种极具活力的爱尔兰脾性，那种脾性能使一个人把所有烦恼抛在身后，全身心地享受当下。房东夫人和她那些《天方夜谭》似的传奇故事给他带来了很多乐趣。今天早上，她那些幽默的故事大大地提振了他的精神。然而，过了一会儿，他的笑声停止了，烦恼也随之再次涌上心头。他喝掉了咖啡，但把面前的食物全都推到了一边。他浏览着《阿格斯报》，想了解有关谋杀案的最新报道，可读到的新闻使他的脸色变得比之前更加惨白，他甚至能感觉到心脏在剧烈地跳动。

“他们发现了一条线索，是吗？”他喃喃自语道。他站起身来，心神不宁地来回踱步。“我想知道那是指什么线索？我昨晚已经甩掉那个人了，但是如果他怀疑上我了，那么他就能轻易地找到我的住所。呸！我在胡说八道些什么！我只不过是胡思乱想，自己吓自己罢了。我和那桩谋杀案没有任何干系，我没必要害怕自己的影子。我有个好办法：先离开城里一段时间，但是我担心这个举动会招致怀疑。噢，玛奇！我亲爱的，”他疯狂地喊着，“要是你知道我所遭受的痛苦，我知道，你一定会可怜我的——但是你必须永远不能知道真相——永远！永远！”说着，他在窗台旁的一把椅子上坐下，双手捂住脸。他保持着这个姿势，深陷阴郁的想法中，几分钟以后，他站起身按响了铃。远处传来了微弱的嘎吱声，表明萨姆森太太已经听到了铃声，很快她进了房间，她那副模样比以往更像一只蟋蟀。布莱恩这时已经走进卧室了，他从卧室朝着萨姆森太太喊话。

“我要去一趟圣基尔达，萨姆森太太，”他说，“可能整个白天都不会回来。”

“这样也好，”她回答说，“因为你什么都没吃，吹吹海风说不定能帮你开开胃口。我妈妈的兄弟是个水手，胃口可棒了，每当他吃完一顿饭，那桌上就像是遭过一场螳灾似的。”

“一场什么？”布莱恩一边问，一边扣上手套的扣子。

“螳灾！”房东夫人回答，诧异着布莱恩的无知，“我在《圣经》里读过，施洗者约翰就很喜欢吃它们，认为它们很饱肚子，说真的，他肯定很爱吃甜食，都是配着蜂蜜吃的。”

“哦！你是说蝗虫。”布莱恩现在恍然大悟。

“不然是什么？”萨姆森夫人愤慨地说，“我虽说不是读书人，但是我懂英语呢，我妈妈的堂兄还在一次拼写比赛中得到了一等奖呢。不过他很早就得脑膜炎死了，他的脑子就是一本活字典呢。”

“天哪！”布莱恩木然地回答说，“多么不幸！”他根本没有听萨姆森太太在说什么。他突然想起玛奇安排的一件事情——他现在才想起来。

“萨姆森太太，”他走到门口时转身说，“我要带福瑞特波利先生和他女儿到家里来喝下午茶，所以要请您准备一些茶点。”

“只要您开口，一切照办。”萨姆森太太殷勤地回答，她全身的关节都随之发出欣慰的嘎吱声。“我会沏好茶，先生，我还会做一些独家烹制的蛋糕，是一种只有我才会做的特别的蛋糕。是一位夫人教我母亲做的，我母亲再传授给我。这位夫人得了猩红热，我母亲照顾她时学会的，这位夫人病得很虚弱，没多久就去世了，她总是会感染上任何可能接触到的疾病。”

为了躲避萨姆森太太喋喋不休的爱伦·坡似的故事，布莱恩急匆匆地离开了，不然萨姆森太太还会讲出更多这类有关藏骸所的恐怖故事。

这个瘦小的女人在生命的某个阶段做过护士，听说，她曾经在夜里讲从前安置尸体的故事，把其中一个病人吓得惊厥过去了。事实证明，她这个对恐怖故事的嗜好对她的职业发展产生了致命性障碍。

布莱恩一走，她就跑到窗口，望着他慢慢地沿着街道前行———个高大、俊朗的男人，每个女人都会为拥有这样的男人而自豪。

“多么可怕，想到有一天他也会变成一具尸体。”她愉快地自言自语道，“当然了，他会躺在自己的坟墓里，拥有一座漂亮的、通风良好的墓室，那可比封闭的、满当当的公墓要舒服得多，即使上面还有墓碑和紫罗兰。那是谁，竟然这么无礼？”她的思绪突然被打断，因为看见一个穿着短大衣的矮胖男人穿过街道，走到门口来按门铃，“这么使劲地按门铃，难道那是个水泵把手吗？”

门口的这位先生不是别人，正是戈比先生。他没有听到房东太太的话，自然没有回答。于是，她不得不飞快地走下楼梯，嘎吱声中透着怒气——因为自家门铃被粗鲁对待。

见布莱恩出了门，戈比先生认为这是个打探情况的好机会，便抓紧时间开工了。

“你差点把我家的门铃按坏了！”萨姆森太太说着。她单薄的身子和皱巴巴的脸出现在了侦探先生面前。

“非常抱歉，”戈比先生温和地回答说，“下次我会敲门。”

“哦，不必了。”房东太太摇着头说，“我不喜欢别人敲门，因为您的手会把我家大门的漆都刮掉，这漆刷了才不到六个月，是我请姐夫的侄子帮忙刷的，他是个漆匠，在菲茨罗伊开了家店，对颜色很有品味。”

“请问菲兹杰拉德先生住这里吗？”戈比先生平静地问道。

“是的。”萨姆森太太回答说，“但是他出门了，要到下午才回来，您可以给他留个口信，他一回来我就告诉他。”

“很高兴他不在家。”戈比先生说，“您可以允许我和您聊一会儿吗？”

“聊什么？”房东太太问道。她的好奇心被激发了。

“我们进去说。”戈比先生回答说。

房东太太用她那双尖锐的小眼睛盯着他看了一会儿，见他的样子光明磊落，便领着他上楼了。她一路发出巨大的嘎吱声，这响声让戈比先生惊异不已，他一直在寻思这是怎么一回事。

“是因为关节需要润滑了。”他得出了结论，“但是我从没有听说过这样的事情，看她的样子，她似乎就要啪的断成两截了，太脆弱了。”

萨姆森太太把戈比带到布莱恩的起居室，然后关上门坐下，准备听戈比先生要怎么说。

“我希望不是关于钱的事情。”她说，“菲兹杰拉德先生在银行里有的是钱，他一言一行都像绅士那样值得尊敬，很有可能他不知道收到了您的账单，他可不把这事放在心上，因为不是每个人都会有我姨妈那么好的记性，她能记得很多历史上的日子，更别说背九九乘法表或别人家的门牌号了。

“不是关于账单。”戈比先生回答。他试图截住老太太那滔滔不绝的话语，但徒劳无功，便只好温和地等她说完。他说：“我只想了解关于菲兹杰拉德先生的生活习惯的一些事情。”

“为什么？”萨姆森太太义愤填膺地问道，“你是记者吗——把人家不愿意公开的隐私发表在报纸上？我知道你们的那一套。我死去的丈夫从前是报纸的印刷工，那家报纸倒闭了，没有钱发工资，后来，他们给了他一英镑七块钱六分半便士，我是他的寡妇，本来应该拥有这笔钱，而不是看着它进了坟墓——哦，天哪，不！”然后，她发出了一声尖利的、非人的笑声。

见此情形，戈比先生觉得如果再不当机立断直击主题，他就永远也得不到自己想要的信息。他有些绝望了。

“我是一个保险代理，”他迅速说道，以免房东太太又插话，“菲兹杰拉德先生在我们公司投了寿险，因此，我想要了解他的身体是否健康，是否符合投保条件。他的生活是否有节制？是否早起早睡。事实上，可否告诉我有关他的所有情况？”

“我很高兴回答您的任何问题，只要对您有用，先生。”萨姆森太太回答说，“据我所知，保险对于一个家庭非常有用，如果一家之主遭了祸，抛下妻子——据我所知，菲兹杰拉德先生马上就要结婚了，我祝他幸福快乐，尽管我会失去一个总是准时交房租、像绅士一样行事的房客——”

“那么他是一个生活节制的人吗？”戈比先生小心翼翼地探问道。

“是的。”萨姆森太太说，“我从来没见过他喝醉酒，他总是自己带钥匙开门，上楼后就脱掉靴子准备睡觉。一个女人对她的房客的期待也就是这些了。”

“他每天早起早睡吗？”

“每天在时钟敲响十二下之前回家。”房东太太回答说，“我敢肯定。不过我这么说，只是打个比方，屋子里所有的时钟都不会报时，除了一面钟，不过这钟要修理了，拧得太多，给拧坏了。”

“他总是在十二点之前回家吗？”戈比先生问道。听到这个回答，他感到钻心的失望。

萨姆森太太滑稽地瞅了他一眼，一抹笑容爬上她那布满褶皱的小脸。

“年轻人可不是老人家，”她谨慎地回答，“罪人可不是圣人。把钥匙拿来做装饰品而不用来开门，这可不正常。而且，菲兹杰拉德先生是墨尔本最英俊帅气的小伙子之一，所以可别指望他的大门钥匙会生锈。不过他品行端正，用起钥匙来也很有节制。”

“不过我猜，如果他回来得确实很晚，你也不知道，你多半睡着了。”

“那可没个准，”萨姆森太太强调说，“我睡觉很沉，而且喜欢睡觉，不过我听到过他十二点以后才回家，上次是周四。”

“噢！”戈比先生长吸一口气，因为周四晚上正是谋杀案发当晚。

“因为我那天头疼得睡不着，”萨姆森太太说，“要怪我那天整天都在太阳底下洗衣服，所以晚上不像平常那样容易入睡，于是我下床到了厨房，想着弄点亚麻籽膏敷敷后脑勺，据说这样可以止疼。当年我做护士时，医院里的一个医生告诉我的，现在他在吉隆自己开业行医了。他有一大家子人，结婚也很早。就在我准备离开厨房时，我听见菲兹杰拉德先生进门了，于是转身看了看钟——这是我的习惯，因为我丈夫生前如果凌晨才回家，我就要看看时间准备早饭。”

“是几点？”戈比先生屏住呼吸问道。

“两点差五分。”萨姆森太太回答。戈比先生思索了一会儿：“叫到马车时是一点——准备出发到圣基尔达时是一点十分左右——到达文法学校时，大概是一点二十五——然后，菲兹杰拉德和车夫谈了五分钟，就到了一点半——这就是说，他等了十分钟，等另一辆马车出现，这就到了两点差二十——乘车到东墨尔本大概要花二十分钟——步行到这里需要五分钟——这就到了两点过五分，而不是两点差五分——见鬼。”

“你厨房的钟准吗？”戈比先生大声问道。

“哦，我觉得是准的。”萨姆森太太回答，“它有时候会慢一点，如果一段时间不校准的话。我的侄子是个钟表匠，我经常让他帮忙校准。”

“毫无疑问，那天晚上钟慢了。”戈比先生胜利地说道，“他肯定是两点过五分进门的——这就对了。”

“什么对了？”房东太太厉声问道，“你怎么知道我的钟慢了十分钟？”

“哦，就是慢了，不是吗？”戈比先生热切地问道。

“我不否认，”萨姆森太太说，“钟表可不比男人和女人更可靠——不过这应该不会影响他的保险，因为他一般在十二点之前回家，不是吗？”

“噢，没有影响。”因为打探到重要消息，侦探先生愉快极了，“这是菲兹杰拉德先生的房间吗？”

“是的，是他的房间。”房东太太回答，“不过是他自己装潢的，有点奢侈。他的品位很好，我也不否认我帮助他挑选了一些东西。我还有另外一间相同的房间要出租，您要是有朋友要寻找漂亮的房间，可以考虑，大家对我的评价很高，而且我的厨艺不错，如果——”

这会儿前门的门铃响了，萨姆森太太便去应门，她向戈比匆匆解释一句之后，便嘎吱着下楼了。房间里只剩戈比先生一人了，他站起身环视四周。房间装饰得很优雅，装饰画也很有品位。房间的一端靠近窗户的地方，有一张覆盖着纸张的写字台。

“估计找不到他从怀特口袋里拿走的文件了。”侦探先生一边自语，一边翻看着几封信，“因为我不知道那是什么文件，所以就算我看见了那份文件，也不知道就是它。不过，我想搜寻丢失的另一只手套和盛放三氯甲烷的瓶子——除非他把这些东西都处理掉了。这里找不到任何迹象，所以我要看看他的卧室。”

没有时间可浪费了，因为萨姆森太太随时可能回来。戈比先生迅速走进卧室，门就在起居室旁边。首先映入侦探先生眼帘的是一幅镶在豪华相框里的大照片，照片中的人是玛奇·福瑞特波利。照片放置在梳妆台上，与他在怀特家里看到的那张照片有些相似。他笑着拿起照片。

“你真是个漂亮的姑娘，”他看着照片说，“但是你把照片送给两个小伙子，这两个小伙子都爱上了你，而且脾气都很火爆。结果呢，一个死了，另一个也活不了多久。这就是你干的好事。”

戈比先生放下照片，环视整个房间，发现门口挂着一件芝麻呢短大衣和一顶软帽。

“啊！”侦探先生朝房门走去，“这就是你杀死那可怜虫时穿着的那件外套，让我瞧瞧你口袋里有什么。”他把手探入口袋，从一边口袋掏出一张用过的戏票和一双棕色手套。但是在另一边口袋里，戈比先生有所发现——正是那只遗失的手套。就是它，一只右手的白色手套，背部有黑条纹。侦探先生满怀感激地笑着把手套仔细地放进了自己的口袋。

“今天早晨可没白费功夫。”他自言自语道，“我有两点发现：一，他回家的时间正好与周五凌晨一点之后他的所有行动时间吻合；二，这只遗失的手套显然属于怀特。要是能找到那只盛放三氯甲烷的瓶子就好了。”

尽管他非常仔细地搜寻，那只三氯甲烷的瓶子仍然不见踪影。最后，他听见萨姆森太太再次上楼的声音，便放弃了搜寻，回到了起居室。

“我猜是被扔掉了。”他说着，坐回到了原来的座位。“不过没关系。我想，根据我的发现，我可以形成一条完整的证据链，这就足以定他的罪。此外，我希望他被捕时能承认一切，他似乎很为自己的所作所为而懊悔。”

门开了，萨姆森太太义愤填膺地走进了房间。

“又是一个中国小贩，”她解释说，“一个劲儿想让我高价买下他的胡萝卜——好像我不知道什么是胡萝卜似的——我跟他说就给一先令，可他只顾胡说八道，就好像他是在一个不懂什么是先令的地方长大的似的。自从一个法国人偷走我母亲的一个银茶壶之后——这个银茶壶是放在餐具柜上的——我就再也忍受不了外国人了。”

戈比先生打断了萨姆森太太这些对家族琐事的回忆，他说既然萨姆森太太已经提供了所有必要信息，那么他就要告辞了。

“希望如此，”萨姆森太太一边为他开门，一边说，“如果您再有任何需要，欢迎您再来。”

“哦，我们会再见的。”戈比先生幽默地说。“不过你不会喜欢我们下次见面的方式的——你可以称之为出庭作证。”他心里说道。他继续问道：“我是不是听您说过，萨姆森太太，菲兹杰拉德先生今天下午会在家？”

“哦，是的，先生，他下午会在家。”萨姆森太太回答说，“他要和他的小姐——也就是福瑞特波利小姐一起喝下午茶，这位小姐的钱多得用不完，但是要是我也生在有钱人家里，我也能有那么多钱。”

“您不必告诉菲兹杰拉德先生我来过。”戈比先生一边说，一边关上大门，“今天下午我可能亲自登门拜访。”

“这个人多么矮胖啊。”看着侦探先生离开，萨姆森太太自言自语道，“就像我那已经去世的父亲，他一直很胖，吃得很多，喜欢喝酒。不过我像我妈妈家里的人，他们都很瘦，而且以保持苗条的身材为荣，他们喝的醋可以证明这点，可不是我一个人沉迷于喝醋。”

房东太太关上门，上楼撤下了早餐，戈比则雇车快速赶到警察局，申请了一张逮捕布莱恩的逮捕证，罪名是蓄意谋杀。

# 以女王的名义

这是炎热的一天，万里无云，炽热的太阳无情地照射在干燥的街道上，投下一道道深沉的黑影子——这是货真价实的澳大利亚的十二月的一天，这都是掌管天气的职员的错，把十二月硬生生地变成了八月中旬。前一周一直很阴冷，但更受人们欢迎。

这是个星期六的早晨，时髦的墨尔本人都在柯林斯街闲逛。柯林斯街之于这座南半球的城市，就好比邦德街和萨维尔街之于伦敦，或是林荫大道之于巴黎。

在街上，人们可以炫耀新衣服、寒暄聊天、问候朋友或是打击敌人。在古罗马帝国的时髦大街古亚庇路上也发生着同样的事情：在那里，卡图卢斯和莱斯比亚愉快地闲聊，贺拉斯欣然接受朋友们对他新出版的一本社会诗歌的恭贺。历史总是相似的，受制于文明的所有法则，每座城市都有一条独特的街道，吸引着时尚信徒云集于此。

当然了，柯林斯街可比不上上文提及的那些富丽堂皇的商业街，但是宽阔的人行道上川流不息的行人打扮得非常迷人，和漫步在那些名城的大街上的时髦男女不相上下。艳阳催开了美丽鲜艳的花朵，炎热的天气诱使所有女士换上了绚丽多彩的长裙，让这条长长的街道看起来宛如一道躁动不安的彩虹。

街上的马车川流不息，车厢里的乘客不时朝人行道上的朋友点头微笑。结束了一周的辩护工作的律师们手执黑色的公文包悠闲地漫步；发福的商人们暂时忘却了弗林德巷的繁杂事务和即将到来的船只，正与他们漂亮的女儿们并肩走在街道上；上流社会的代表人物们则和往常一样，戴着有卷曲帽檐的帽子，穿着高领子和整洁无瑕的套装，沿着大街高视阔步。总之，这是一幅生机勃勃、喜气洋洋的画面，可以让任何一个人心情愉快起来——只要他不是一个消化不良的人或坠入爱河的人，因为消化不良的人和坠入爱河中的人（当然指爱情不顺遂的人）习惯用愤世嫉俗的眼光来打量这个世界。

玛奇·福瑞特波利正沉浸于一件每个女人都钟爱的事情——购物。她在莫布雷、洛恩和希克斯商店挑选着丝带和蕾丝，忠实的布莱恩则在商店外面等她，这会儿他正靠着观察人行道上涌动的人潮解闷呢。

他和大多数男性一样讨厌购物，虽说他觉得自己作为一位情人应该做一点自我牺牲，但仍然很难摆脱去舒适的俱乐部里坐坐的诱惑，在俱乐部里他可以读书、吸烟，也许还可以来一杯冰凉爽口的饮料。

在买了十几件甚至更多件并不需要的东西后，玛奇想起了布莱恩在等她，便急忙赶到门口。

“我是不是逛了很久，亲爱的？”玛奇轻轻地碰碰布莱恩的胳膊，问道。

“哦，亲爱的，没有很久。”布莱恩看了看手表，“只有三十——这算不了什么，对于探讨一件新款连衣裙来说。”

“我觉得我逛了不止三十分钟吧。”玛奇展开了愁眉，“不过，我还是觉得你肯定感觉无聊透顶。”

“完全没有，”布莱恩握着她的手，把她送上了马车，“我很开心。”

“胡说，”她笑着撑开遮阳伞，让布莱恩挨着她坐下，“这只不过是一种社交辞令，每个人这么说都是出于一种责任感。我担心让你久等了——不过，我真的觉得自己只走开了几分钟。”这是一种真正的女性时间感。

“然后呢？”布莱恩说着，嘲弄般看着她那张漂亮的脸蛋，在她那顶宽大的白色帽子的映衬下，她的脸红透了，显得十分迷人。

玛奇对于布莱恩的插嘴不屑一顾。

“詹姆斯，”她朝着车夫叫道，“开车去墨尔本俱乐部。”她对布莱恩说：“爸爸会在那里，你知道的。我们带上他一起去喝茶。”

“可现在才一点。”布莱恩说，因为恰好市政厅大楼上的时钟出现在他们眼前，“萨姆森太太还没有准备好。”

“哦，随便吃点就行。”玛奇回答说，“准备一杯茶、一点薄面包和黄油并不是什么难事。我不喜欢吃午餐，爸爸中午吃得也很少，你呢——”

“任何时候都胃口大开。”布莱恩大笑着接上话头。

玛奇继续和往常一样活泼地闲聊，布莱恩愉快地听着。听着她欢快的话语，最近三周来一直萦绕心头的阴云顿时消散。突然，他发现马车正要经过伯克和威尔斯纪念碑，布莱恩吓了一跳，玛奇不由得认真地观察起他来。

“那不就是怀特先生上车的地点吗？”她问道，眼睛看着苏格兰教堂旁边的拐角，那里有个流浪音乐家用一张破旧不堪的六角风琴演奏着《妈妈，赴沙场前夕》。

“报纸上是这么说的。”布莱恩没精打采地回答，连头都没有抬。

“我想知道那个穿短大衣的先生是谁。”玛奇说着，重新坐好。

“似乎没人知道。”他闪烁其词地回答。

“噢，但是他们掌握了一条线索，”她说，“你知道吗，布莱恩，他的打扮和你一样，穿一件短大衣，戴一顶软毡帽。”

“多了不起的一条线索！”布莱恩尽可能保持平静，并以一种略带嘲讽的语气说道，“墨尔本的年轻人里，十个里面就有九个和他的穿着打扮一样。”

他以这种口气说话时，玛奇非常惊讶地看着他。这种口气与他平时漫不经心的口气实在大相径庭！她正要回答，马车在墨尔本俱乐部门口停了下来。布莱恩急于摆脱这个话题，便一跃而起，爬上台阶，跑进楼里。他发现福瑞特波利先生正怡然自得地抽着烟，读着《时代报》。布莱恩进门时，他抬起头，放下报纸，伸出一只手和布莱恩相握。

“嗨，菲兹杰拉德，”他说，“你离开了柯林斯街的诱惑，是要来俱乐部寻求更大的诱惑吗？”

“哦，不是。”布莱恩说，“我特地来接您，请您和玛奇与我共进下午茶。”

“我没有意见。”福瑞特波利先生站起身，回答说，“不过，一点半就喝下午茶是不是太早了？”

“那有什么关系？”两人一起离开房间时，布莱恩心不在焉地说，“整个早晨您在忙些什么？”

“我一直在这里，前半个小时在读报纸。”福瑞特波利先生漫不经心地回答。

“羊毛市场，我猜？”

“不是，双轮马车谋杀案。”

“哦，天——那件事情！”布莱恩有些慌乱，见福瑞特波利先生惊讶地望着他，他连忙道歉。“不过，”他继续说，“人们总是问我怀特的事情，这让我很烦恼——似乎我对他的事情无所不知，其实我一无所知。”

“你不需要知道。”和布莱恩一起走下台阶时，福瑞特波利先生回答，“他不是一个非常理想的朋友。”

听到这话，布莱恩差点问出口：“那你还要把女儿嫁给他！”但是他明智地忍住了。两人在沉默中走到了马车前。

等大家都在马车上坐定后，马车开始朝东墨尔本的方向平稳行驶。玛奇问道：“爸爸，你在做什么？”

“享受自我，”她父亲回答，“直到你和布莱恩跑过来，把我拖到这火热的太阳底下。”

“是这样的，布莱恩近来表现得很好，”玛奇说，“我必须得犒劳他。我知道，再没什么比让他做东道主更让他高兴的事情了。”

“当然了，”布莱恩从心不在焉中回过神来，“尤其是要招待如此富有魅力的客人。”

玛奇笑着做了一个小小的鬼脸。

“只要你的下午茶和你的恭维一样甜美，”她轻快地说道，“我敢说，爸爸肯定会原谅我们把他从俱乐部里拖出来。”

“爸爸会原谅任何事情，只要能让我躲开这火热的太阳。”福瑞特波利先生喃喃说着，一边把帽檐拉到眼睛那里，“我可没说过我喜欢在大夏天的墨尔本大火炉里扮演沙得拉、米煞和亚伯尼歌的角色[1]。”

“瞧，爸爸自己要做这个大火炉的主人了。”玛奇淘气地打趣道。这时，马车已经到了萨姆森太太家门口。

“不，你错了。”布莱恩先跳下马车，要扶玛奇下车，“这次是我做主人。”

“你知道我最讨厌什么事情吗？”福瑞特波利小姐平静地说道，“就是双关语，尤其是蹩脚的双关语。”

见到租客的客人们提早到达，萨姆森太太十分诧异，她毫不犹豫地表达了自己的惊异。

“太让我惊讶了。”她唧唧叫道，满含歉意，“做饭可比不了变魔术，我已经把火灭了，这么热的天，可不能一直生着火，今天可比哪天都热。说真的，我还记得我小时候天可真热啊，我姐姐的阿姨就习惯在太阳

1 《圣经·但以理书》中的人物，沙得拉、米煞和亚伯尼歌被扔进火窑里，不但没有被烧死，还在火窑中行走。

底下烤骨头。”

讲完这个故事，她就嘎吱嘎吱地下楼准备下午茶去了，抛下疑窦重重的客人们兀自思索那骨头究竟是某只动物的，还是她姐姐的阿姨的，还是她自己的呢？

“布莱恩，你家的房东太太真是个怪东西。”玛奇窝在一把巨大的扶手椅里，说道，“我深信她是一只来自菲茨罗伊公园的蚂蚱。”

“哦，不，她是个女人。”福瑞特波利先生嘲讽道，“你瞧她的舌头多么长！”

“这是一条广为流传的谬论，爸爸。”玛奇尖锐地反驳道，“我知道很多男人说的话远比任何女人多。”

“那我希望我永远不要见到那些男人，”福瑞特波利先生说，“因为我一旦见到他们，我就会倾向于同意德昆西的论断：谋杀是一门杰出的艺术。”

听到这话，布莱恩心里一抖，他忧虑地望向玛奇，见她没有理会父亲，而是专心地听着什么，顿时如释重负。

“她来了。”门口微弱的沙沙声宣告着萨姆森太太和下午茶的到来，玛奇问道，“布莱恩，我在想，你难道不担心这房子会着火吗——你听那不绝于耳的奇怪声音——她得上油啦！”

“是的，圣雅各的油。”布莱恩笑道。这时萨姆森太太进门了，将手中的重负摆放在桌子上。

“没有准备好蛋糕。”萨姆森太太说，“因为你们没有提前告诉我什么时候来——我不会经常这么大惊小怪的，就是经常头疼，当然了，每个人都会碰到头疼脑热的时候。我只准备了面包和黄油，我们有面包师和杂货商就够了。他们老是以为我把钱藏在屋子里，就像藏在阿拉丁的洞穴里一样，《一千零一夜》里就是这么说的，我还是个小女孩的时候，因为学习勤奋得了一个奖品，就是这本书。”

因为没准备蛋糕，萨姆森太太尖着嗓子向他们道歉，大家都表示理解。说完，她就蹦跶出了房间，玛奇把茶点摆好。茶具是一套精致的中国瓷器，是布莱恩过去四处游历时碰巧买到的，他只在特殊场合拿出来。看着玛奇，他不禁在心中感慨她是多么美啊，她那双在盘碟间灵巧地移动着的双手是多么灵巧，而盘坐在杯碟上那些黄色和绿色的龙纹又显得多么奇怪！他一边想，一边露出似笑非笑的表情 ：“如果他们知道所有这一切，我很怀疑他们是否还能这样坦然自若地和我坐在这里。”

看着爱女，福瑞特波利先生也微笑起来。他思念起死去的妻子，不禁叹了口气。

“噢，天哪，”玛奇说着，把茶点递给他们，自己则拿了一点薄面包和黄油，“你们两位先生真是世界上最令人愉快的同伴——爸爸像个熔炉似的叹着气，布莱恩呢，眼睛瞪得像两只中国瓷碟似的盯着我。真应该把你们俩都赶到葬礼上去，就像赶走忧郁一样。”

“为什么像赶走忧郁一样？”布莱恩懒洋洋地问道。

“菲兹杰拉德先生，”年轻的小姐那美丽的黑眼睛闪着笑意，“恐怕你没有读过《仲夏夜之梦》吧？”

“非常有可能，”布莱恩说，“这里的仲夏如此炎热，简直没有人能安眠，所以也就没有机会做梦了。我敢说，如果那两对被精灵迫克耍得团团转的恋人生活在澳大利亚，他们肯定睡不着，因为蚊子太多了。”

“你们两位年轻人在胡说些什么。”福瑞特波利先生带着愉快的笑容搅着茶水。

“适时地开开玩笑，才是有趣。”布莱恩严肃地回答，“一个不能践行这话的男人不大靠得住。”

“我不喜欢拉丁语。”福瑞特波利小姐摇摇她美丽的头，说道，“我同意海涅的观点，如果罗马人要从小学习拉丁语的话，他们将没有时间去征服世界。”

“征服世界是一项有趣得多的任务。”布莱恩说。

“而且也更有收益。”福瑞特波利小姐接上话头。

他们就这样漫无目的地闲聊了好大一会儿，直到玛奇站起身告辞，说他们得走了。

布莱恩提议和他们一起到圣基尔达共进晚餐，然后一起去布洛克看烟火。玛奇表示同意，她刚戴上一只手套，就听见前门有人按门铃，接着是萨姆森太太的尖声回答，语气很激动。

“我告诉你，你不能进来。”他们听见她尖利的声音喊道，“硬闯可没什么好处，因为我总听人说，英国人的房子就是一座城堡，你这样做是在触犯法律——别弄脏我的地毯，那可是刚刚铺上去的！”

有人做出了回答，紧接着，布莱恩的房门“砰”地被打开，戈比先生走了进来，后面还跟着一个人。布莱恩的脸“刷”地变白了，因为他本能地感觉到对方是为他而来。但他仍然鼓足勇气，用傲慢的语气质问对方闯入的原因。

戈比先生径直走到布莱恩前面，把一只手放在年轻人的肩膀上。

“布莱恩 · 菲兹杰拉德，”他朗声说道，“我以女王的名义逮捕你。”

“罪名是什么？”布莱恩镇定地问道。

“谋杀奥利弗 · 怀特。”

玛奇惊呼一声。

“这不是真的！”她疯狂地喊道，“天哪，这不是真的。”

布莱恩没有回答，他伸出了双手，脸色惨白。戈比先生把手铐铐在他的手腕上，尽管因为终于追捕到了敌人而狂喜不已，但他隐约有些内疚。布莱恩转身朝向玛奇站立的地方，只见她面无人色，一动不动，仿佛化为了石头。

“玛奇，”他用清晰而又低沉的声音说，“我要进监狱了，也许要被判死刑。但是我向你发誓，以我最神圣的东西发誓，我没有杀他，我是无辜的。”

“我亲爱的！”她向前迈出一步，但她父亲抢先一步挡在了前面。

“别动。”他厉声说，“现在你和那个男人没有任何关系了。”

她转过身，面如死灰，但是她清澈的眼睛中流露着自豪。

“你错了。”她回答说，声音中带有一丝鄙夷，“现在，我比从前更爱他了。”说着，她父亲还没来得及制止，她就已经跑过去搂住了爱人的脖子，开始疯狂地吻着他。

“我亲爱的，”她说着，泪水扑簌簌地从她白皙的脸上流淌下来，“不管全世界怎么说，你永远是我最珍爱的人。”

布莱恩热切地回吻了她，然后离开了。玛奇则倒在她父亲脚下，昏死过去了。

# 阶下囚的律师

布莱恩·菲兹杰拉德是在三点零几分被捕的，到了五点，臭名昭著的双轮马车谋杀案的凶手被捕的消息就已经传遍了墨尔本的大街小巷。各家晚报都登满了对本案的报道，而《先驱报》已经加印了好几个次，仍然供不应求。自歌瑞尔歌剧院枪击案以来，墨尔本还没有发生过如此轰动的案子，再加上本案疑云重重，更使其耸人听闻。在双轮马车上这种特殊的场合行凶本来就令人震惊，而凶手就是墨尔本最时髦的年轻人之一这一发现，更是让人瞠目结舌。布莱恩·菲兹杰拉德是这里有名的定居者，是维多利亚最富有、最美丽的女子的未婚夫，难怪他的被捕会引起如此大的轰动。《先驱报》有幸最先获得了凶手被捕的消息，因此大做文章，以最引人瞩目的方式刊发了一篇燃烧着怒火的文章，标题如下：

**双轮马车惨案谋杀嫌疑人被捕，人生巅峰的惊人内幕**

毋庸置疑，有些记者的报道堪称空穴来风，但是公众很愿意相信报纸上刊登的一切。

在布莱恩被捕的第二天，福瑞特波利先生和女儿促膝长谈了一番，他劝女儿去雅芭雅鲁克农庄避避风头，等公众的激情平息下来再回家。但玛奇断然拒绝。

“我绝不会在他最需要我的时候抛弃他。”她斩钉截铁地说，“每个人都背弃他了，他们甚至都还没有听到真实的案情呢。他说过他是无辜的，我相信他。”

“那就让他自证清白。”她的父亲在房间里踱来踱去，说道，“如果当时和怀特一起上马车的不是他，那么他当时应该在别的地方，所以他应该做出不在场的辩护。”

“这很容易。”一缕希望之光点亮了玛奇悲伤的脸，“周四晚上，他在这里一直待到十一点。”

“很有可能，”她父亲冷冷地反驳道，“但是周五凌晨一点他在哪里？”

“另外，在布莱恩走之前，怀特先生早就离开了。”她迅速说道，“你肯定记得——就是你和怀特先生吵架之后。”

“我亲爱的玛奇，”福瑞特波利先生在她面前停下来，露出不悦的神情，“你弄错了，怀特和我没有争吵。他问我菲兹杰拉德是不是真的和你订婚了，我说是。就这些，然后他就离开了房子。”

“是的，但是布莱恩两个小时之后才离开。”玛奇得意洋洋地说，“他那晚根本没有见过怀特先生。”

“他是这么说的。”福瑞特波利先生意味深长地说。

“我相信布莱恩胜于世界上其他任何人。”他女儿激动得脸颊通红，眼睛喷射着怒火。

“啊！你不相信法官吗？”父亲反诘道。

“你也已经背弃他了！”玛奇说着，双眼盈满了泪水，“你相信他是有罪的。”

“我没说他有罪，也没说他无罪。”福瑞特波利先生冷冷地说，“我已经尽我所能地帮助他了——我聘请了卡尔顿为他辩护，如果口才和技能可以拯救他的话。你可以安心了。”

“我亲爱的父亲，”玛奇搂着父亲的脖子，“我知道你不会彻底抛弃他的，就算为了我。”

“我亲爱的，”父亲颤抖着嗓音回答，同时吻了吻她，“在这个世界上，没有我不愿意为你做的事情。”

这时，布莱恩正坐在墨尔本监狱的牢房里，悲伤地思考着自己的处境。他只有一线希望，只是他不愿意利用这线希望。

“这会要了她的命！这会要了她的命。”他一边疯狂地说着，一边来回踱步，脚下的石板发出沉沉的回声，“宁愿让菲兹杰拉德家族最后的血脉就像个普通的小偷一样被处决，也不能让她知道这苦涩的真相。如果我聘请律师为我辩护，他肯定会首先问我那晚我在哪里，如果我告诉他真相，一切将会暴露，然后——不——不——我不能这样做。这样会要了她的命！我亲爱的！”说着，他倒在床上，用双手蒙住了脸。

打开牢门的声音惊醒了他。他坐起来一看，原来进来的人是卡尔顿。他是布莱恩的好友，见他好心来探望自己，布莱恩很感动。

邓肯·卡尔顿有一颗善良的心，他迫不及待地要帮助布莱恩，但是这么做他也是有一点私心的。他收到福瑞特波利先生送来的一张便条，请他为布莱恩辩护。他热切地同意了，因为他觉得为这个案子做辩护能让他有机会在整个澳大利亚扬名立万。的确，他已经是一名颇有声望的律师了，但他的声望仅限于在维多利亚当地。见对菲兹杰拉德的审判将会成为轰动整个澳大利亚甚至新西兰的大事，他决意借此机会向通往名誉、财富和社会地位的阶梯上更进一步。只见他身材高大、目光锐利,胡子刮得干干净净,嘴唇生动。他走进牢房,握住布莱恩的手。

“你来探视我，真是太好了。”菲兹杰拉德说,“真是患难见真情。”

“是的，当然了。”大律师回答说。他锐利的目光落在对方憔悴的脸上，仿佛读懂了可怜人的内心,“我一半是为了自己而来，一半是因为福瑞特波利先生请我为你做辩护。”

“福瑞特波利先生?”他木然地问道,“他真好，我还以为他相信我是有罪的呢。”

“在被证明有罪之前，任何人都不应该被当作是罪犯。”卡尔顿闪烁其词。

布莱恩觉察到这个答案是多么谨慎，便不耐烦地叹了口气。

“福瑞特波利小姐呢?”他犹豫着问道。这一次，他得到了一个明白无误的回答。

“她拒绝相信你有罪，而且听不得一句对你不利的话。”

“上帝保佑她,”布莱恩热切地说,“她是一个真正的好女人。我猜我的事已经传得满城风雨了吧?”

“人们都不谈别的了。”卡尔顿平静地回答,“现在，没有人去关心剧场表演、板球比赛或是球赛了，不管是在俱乐部还是起居室里，唯一的话题就是你的案子。”

菲兹杰拉德痛苦地扭动着身子。他是一个异常骄傲的男人，如今这样臭名昭著，他十分痛苦。

“但这都是无聊的闲谈。”卡尔顿坐下说。

“我们进入正题吧。当然，你必须同意我做你的辩护律师。”

“没有用的，”布莱恩阴郁地回答，“绞索已经缠在我脖子上了。”

“胡说。”大律师故作快活地说，“除非站在绞刑架上了，绞索才会缠在脖子上。”见布莱恩要开口，他举起一只手示意：“现在，你不需要说一个字。我决意为你辩护，不管你愿不愿意。我不了解所有的案情——除了报纸上刊登的那些，而且他们过于夸大其词，不值得信赖。不管怎样，我由衷地相信你是无辜的，你也必须作为一个自由的人走出牢房，即使只是看在那个深爱你的高贵的小姐的份上。”

布莱恩一语不发，只是伸出一只手，卡尔顿热情地将其握住。

“我不否认，出于职业习惯，我心存一点小小的好奇。这桩谋杀案极其不同寻常，我觉得我不能放弃这个机会而什么事也不做。我不在乎你玩扑克时那些拙劣的谋杀把戏，以及其他事情。但是这件事儿做得很聪明，也很有意思。等你安全出狱了，我们再一起去寻找真正的凶手，你想，我们把他找出来的话，是多么有趣和令人兴奋的一件事情。”

“我同意你说的一切。”菲兹杰拉德平静地说，“但是我没有什么可辩护的。”

“没有什么可辩护？你要承认是你杀了他？”

“不是。”菲兹杰拉德愤怒地涨红了脸，“但是因为某种情况，我不能为自己辩护。”

“什么鬼话！”卡尔顿严厉地反驳道，“难道还有什么情况能让一个人不去挽救自己的生命！不过没关系，我喜欢这些反对的理由，这让栗子更难敲碎——不过这种情况下，果仁更值得获取。现在，我想请你回答几个问题。”

“我不能答应你。”

“噢，让我们问问看。”大律师愉快地回答。他掏出笔记本，放在膝头：“第一个问题，谋杀案发生的前一个晚上，也就是星期四的晚上，你在哪里？”

“我不能告诉你。”

“哦，你可以的，我的朋友。你离开了圣基尔达，来到市里，搭上了十一点的火车。”

“十一点二十。”布莱恩纠正道。

卡尔顿记录下来，露出了欣慰的笑容。他心里想着：“只需要一点手腕就行了。”

“然后你去了哪里？”卡尔顿大声问道。

“我在火车上遇到了罗尔斯顿，然后我们一起乘马车从弗林德斯街站到了俱乐部。”

“什么俱乐部？”

“墨尔本俱乐部。”

“是吗？”律师疑惑地问。

“罗尔斯顿回家了，然后我进了俱乐部，玩了一会儿纸牌。”

“你是什么时候离开俱乐部的？”

“凌晨一点差几分。”

“然后呢，我猜你回家了？”

“没有。我没有回家。”

“那你去了哪里？”

“沿着大街往南走。”

“太模糊了，我猜你是指柯林斯街？”

“是的。”

“你要去见一个人，我猜？”

“我从没这么说。”

“可能吧，但是年轻人不会无缘无故地半夜走在街头。”

“我坐立不安，想走一走。”

“当真？你宁愿在尘土飞扬的市中心散步，也不愿意到你回家路上的菲茨罗伊公园散步？多么奇怪啊！这不对，你肯定是要去见一个人。”

“哦——呃——是的。”

“果然不出我所料。男人还是女人？”

“我不能告诉你。”

“那么我自己会查到的。”

“你查不到。”

“是吗？为什么？”

“你不知道去哪里找她。”

“她，”卡尔顿高兴地叫道，因为成功地套出了对方的话，“我知道那是个女人了。”

布莱恩没有回答，而是心烦意乱地咬着嘴唇。

“现在告诉我，这个女人是谁？”

布莱恩不说话。

“说吧，菲兹杰拉德，我知道，男人就是男人，当然了，你不喜欢谈论这些事。不过，在这件事情上，为了救命，你不得不有所牺牲。她的名字叫什么？”

“我不能告诉你。”

“噢！你知道的，然后？”

“哦，好吧。”

“你不会告诉我？”

“不会！”

不管怎样，卡尔顿很开心，因为他有两个发现：首先，菲兹杰拉德和别人有约；其次，那人是个女人。他决意追寻另一条线索。

“你最后一次见到怀特是什么时候？”

布莱恩犹豫不决地回答：“我是在苏格兰教堂那里看到他的，他喝醉了。”

“什么！你就是招手叫马车的那个人？”

“是的。”布莱恩表示同意，但略有些犹豫，“是我。”

一个念头闪过卡尔顿的脑海：面前的这个年轻人到底是不是清白的？而且，他必须承认，这一切似乎对布莱恩极为不利。

“那么，报纸上的哪些报道是正确的？”

“有一部分。”

“啊！”卡尔顿深吸一口气——还有一线希望。

“当你在苏格兰教堂附近发现醉倒在地上的怀特时，你并不知道就是他？”

“不，我不知道。如果我知道是他，我就不会扶他起来了。”

“当然了。你是后来才认出是他的吗？”

“是的，正如报纸上所说的，我抛下了他，离开了。”

“你为什么突然离开他？”

布莱恩有些惊讶地望着他。

"因为我憎恨他。"布莱恩没好气地回答。

"你为什么憎恨他？"

布莱恩不说话。

"是不是因为他喜欢福瑞特波利小姐，而且从所有迹象来看，他打算娶她？"

"对，是的。"布莱恩脸色阴沉地回答。

"那么，"卡尔顿说，"这就到了整个案子的关键转折点，你为什么要和他一起进马车？"

"我没有上马车。"

"车夫说你上了马车。"

"他弄错了。认出是怀特后，我就再没有回来了。"

"那么，和怀特一起上马车的那个人是谁？"

"我不知道。"

"你不知道？"

"一无所知。"

"你确定？"

"是的，十分确定。"

"他似乎和你的穿着打扮一模一样。"

"非常有可能。在我的熟人里头，和我一样戴着软毡帽，在晚礼服外面套件短大衣的大有人在。”

“你是否知道怀特有仇敌？”

“不，我不知道。我只知道他前不久从英格兰来，带了一封写给福瑞特波利先生的介绍信，还有，他非常鲁莽地要求玛奇嫁给他。除此之外，我一无所知。”

“怀特住在哪里？”

“圣基尔达街的南端，在格林街尽头。”

“你怎么知道？”

“报纸上有，而且——而且——”布莱恩犹疑不决地说，“我曾经去找过他。”

“为什么？”

“去看看他是否打消了娶玛奇的念头，并告诉他玛奇已经和我订婚了。”

“他怎么说？”

“他嘲笑我。我诅咒他！”

“显而易见，你们大吵了一顿？”

布莱恩苦涩地笑了。

“是的，我们大吵了一顿。”

“有人听见了吗？”

“房东太太听见了，我想。我离开房子的时候，她就在走廊上。”

“控方会请她出庭作证的。”

“很有可能。”菲兹杰拉德漠不关心地说。

“你是否说过对你不利的话？”

菲兹杰拉德转过头，低声说：“说过。我说得太过火了——说真的，我当时都不知道自己说了什么。”

“你是不是威胁他了？”

“是的。我告诉他，如果他坚持要娶玛奇的话，我就会杀了他。”

“啊！如果房东太太作证说听见你说过这话，这会成为强有力的对你不利的证明。在我看来，只有一种辩护方法，这很简单——你必须提供不在场的证明。”

布莱恩没有回答。

“你说你没有半路折回，也没有上马车？”卡尔顿认真地望着布莱恩的脸说。

“是的。上车的是另一个人，和我穿得一模一样。”

“你不知道那是谁吗？”

“不，我不知道。”

“你离开怀特后，就一直沿着罗素大街往前走？你去了哪儿？”

“我不能告诉你。”

“你当时喝醉了吗？”

“没有！”得到的是气愤的回答。

“那么你记得？”

“当然。”

“你去了哪里？”

“我不能告诉你。”

“你拒绝回答。”

“是的，我拒绝。”

“你慢慢考虑。你会为你的拒绝回答付出沉重代价。”

“如果必要，我愿意付出代价。”

“你不会告诉我你去了哪里？”

“不，我不会。”

卡尔顿开始有些生气了。

“你太愚蠢了！”他说，“为了某种虚假的正义感而白白断送自己的性命。你必须提供不在场证明。”

没有回答。

“你是几点钟到家的？”

“凌晨两点左右。”

“你是步行回家的吗？”

“是的，穿过菲茨罗伊公园。”

“回家路上是否见过任何人？”

“我不知道。我没有注意。”

“是否有人看见你？”

“据我所知，没有。”

“你还是拒绝告诉我周五凌晨一点至两点之间你在哪里？”

“坚决拒绝！”

卡尔顿思索了一会儿，考虑着下一步举措。

“你知不知道怀特随身带着某种重要的东西？”

菲兹杰拉德犹豫不决，脸色煞白。

“不！我不知道。”他迟疑着。

大律师想出一个妙招。

“你为什么不把东西从他手里抢过来？”

“什么！他随身带着吗？”

卡尔顿瞅准机会，趁热打铁。

“是的，他随身带着。你为什么抢走那东西？”

“我没有拿走，我甚至不知道他随身带着那东西。”

“很好！你是否愿意告诉我那东西是什么？”

布莱恩终于意识到自己中了圈套。

“不，我不会告诉你的。”他坚定地回答。

“是一件首饰？”

“不是！”

“是很重要的文件？”

“我不知道。”

“啊！是一张纸。我从你的脸色可以看出来。那张纸对你很重要？”

“你为什么这么问？”

卡尔顿锐利的灰眼睛死死地盯着布莱恩的脸。

卡尔顿缓缓地说道：“因为与这张纸有利害关系的人杀了怀特。”

布莱恩站起身，面如死灰。

“我的天哪！”布莱恩几乎是在尖声惊叫。他伸出双手，说：“这居然是真的！”说着，他倒在石板上，不省人事。

卡尔顿大惊失色，忙叫来狱卒，两人一起把布莱恩抬上了床，并在他脸上洒了点冷水。布莱恩清醒过来，无力地呻吟着。卡尔顿见他虚弱得无法说话，便离开了监狱。到了外面，他停下脚步站了一会儿，回头望了望监狱阴森森的灰色高墙。

“布莱恩·菲兹杰拉德，”他自言自语道，“你不是凶手，但是你知道谁是凶手。”

# 她是一个真正的女人

整个墨尔本都在为双轮马车谋杀案而深感不安。在发现凶手之前，人们仅仅将这桩案子看作是一桩普通的谋杀案，无需过于关注其具体案情。但是现在,墨尔本一个最时髦的年轻人被怀疑是凶手并遭到逮捕，那么它造成的影响就非常大了。格伦迪太太震惊不已，她公开表示她竟然把毒蛇揣在胸口，现在被反咬一口。

从早晨到中午，从中午到晚上，在图拉克的起居室和墨尔本的俱乐部里，这桩谋杀案一直是人们茶余饭后的中心话题。这案子让格伦迪太太惊恐万分。

有一个年轻人，“出身高贵——出生于菲兹杰拉德家族，亲爱的，这是一个爱尔兰家庭，血管里流淌着贵族的血液——他举止优雅，而且我向你担保，长相非常俊秀，与墨尔本最富有的一个女孩订了婚——而且她很漂亮，毫无疑问，他只想得到她的钱，狡猾的狗！”这个年轻人，备受女士们的宠爱，在男士们中间也评价甚高，他非常受欢迎，不管是在女士们的起居室里还是男士们的俱乐部里。但是，他犯下了一桩可怕的谋杀案——真是骇人听闻。如果不把年轻的菲兹杰拉德之流投进监狱或精神病院，不让他们继续杀人放火，那么这个世界会变成什么样，建设这些监狱和精神病院又有什么用？当然了，现在大家都在相互询问，到底这个怀特先生是谁，为什么从前没有听说过这个人。所有见过怀特先生的人都烦恼透了，因为总有人问起各种疯狂的问题，例如怀特是谁，他长什么样子，他为什么被杀等等，这简直就像是在经历某种社会性的折磨。到处都在谈论这事：在时髦的起居室里举行的五点钟茶会上，女士们一边品尝着薄面包、黄油和小种茶，一边谈论这事；在俱乐部里，男士们喝着白兰地和小苏打，吸着香烟谈论这事；工人们在中午休息时间喝着啤酒谈论这事，他们的妻子则在后院里洗衣盆边的愉快气氛里谈着这事。报纸上登满了这位臭名昭著的“凶手”的照片，社会版则登载了他们的特约记者采访犯罪嫌疑人的报道，这些报道都是记者先生们根据街头巷尾的流言蜚语和丰富的想象力凭空编造的。

每个人都确信布莱恩有罪。车夫罗伊斯顿曾宣誓并证明菲兹杰拉德和怀特一起进了车厢，等他出来后，怀特已经死了。再没有比这更有力的证据了，大家都认为犯人已经无从辩护，只能听凭法庭的裁判了。就连教会也这样认为，各路牧师——圣公会牧师、罗马天主教牧师、长老会牧师，以及其他更小的宗派的牧师——都把这桩双轮马车谋杀案作为布道的素材，用以谴责这个时代的堕落，并指出唯一能将人类从丧失忠贞和道德的洪水浩劫中拯救出来的诺亚方舟，就是他们自己的教会。“天哪！”在听完四五位牧师宣称自己的教会是唯一安全的方舟之后，卡尔顿不禁感慨：“简直来了一整个舰队的诺亚方舟！”

对于菲利克斯·罗尔斯顿先生而言——他会尽力了解所有他关心的事务——这段时期是一段愉快无比的时期，他以前所未有的兴奋添油加醋地向朋友们兜售任何浮出水面的新证据。他的目的就是让自己的讲述更为刺激——倘若不是更富戏剧性的话。如果你问他，对于被告是否有罪他是否有确切的观点，他却会明智地摇摇头，让你明白无论是他还是他亲爱的朋友卡尔顿——他知道卡尔顿会赞同他的观点——都尚未对本案做出定论。

“事实上，你知道的，”罗尔斯顿明智地评论道，“真相远比我们看到的要复杂，我觉得警察们有时候也会出错。我不认为菲兹杀了怀特，我也非常确定这点。”

这时，大家总是会异口同声地问："那么是谁杀了怀特？"

"啊哈，"菲利克斯把头歪向一边，像一只沉思着的麻雀，"警察先生没法找出凶手，这就是困难所在。聪明的头脑得自己思考了，天哪。"

"那么你知不知道怎么破案呢？"有人会问。

"噢，是的。"他在空中挥了挥手，"我读过加博里欧的小说，你知道的。侦探们过着多么有趣的生活啊！"

尽管罗尔斯顿表面推诿，但内心深处确信菲兹杰拉德是有罪的。但是他属于那种人，他们要么是天性善良要么是天性固执，因而认为拯救他人于苦难之中是自己义不容辞的责任——后一个原因恐怕更为普遍。毫无疑问，总有一些人认为尼禄是个令人愉快的年轻人，他的残酷暴戾只不过是兴奋过头的结果；总有人将亨利八世看作是一个不幸娶了六个妻子并患有严重的妻管严的男人。这些人乐于表达他们对耐德·凯利这种穷凶极恶之徒的怜悯，认为其是英雄主义的化身，却被那些狭隘地理解法律的人毫无怜悯、毫不光彩地迫害。总之，如果世界上有一半人在一个人栽倒时踢了他，那么另外一半人总会向这个趴在地上的人施舍半个便士，以示抚慰。

因此，尽管公众舆论对菲兹杰拉德极为不利，但也有人公开表示对他的同情，这对于玛奇是一种安慰。即使全国上下众口一词地谴责她的爱人有罪，她也绝不相信他是有罪的。理性的逻辑永远也进不了即使是最杰出的女人的头脑。她对男人的爱就足以将他托至半神的高位，她绝不愿意看到自己的偶像那双用黏土塑造的脚。当其他所有人都抛弃他时，她却始终不渝；当其他所有人对他不满时，她却欣然待之；当他死去时，她却像铭记圣人和殉道者似的将其铭记于心。现在的年轻人倾向于贬损女子，然而，当男人落难时，如果没有女人在一旁用话语鼓舞他，用爱抚慰他，那会是多么可怜！玛奇·福瑞特波利就是这样一个真正的女人，她已经表达了自己的坚定立场。她拒绝向任何人投降，拒绝在任何证据前面低头。他是无辜的，他的清白将会得到证实，因为她有一种直觉:他会在最后时刻得救。她本来要去探监，但她父亲坚决不允许她这么做，因此她只能指望通过卡尔顿获得所有有关布莱恩的消息，而且她希望得到任何有关的信息。

布莱恩固执地拒绝做出不在场证明的辩护，这让卡尔顿烦恼不已，他想不出任何足以解释布莱恩宁可赴死也不愿这么做的理由，这点尤其让他烦忧。

“如果说这是为了某个女人——我可不管她是谁，”他对布莱恩说，“那么这是一种堂吉诃德似的荒唐之举。自我保护是第一天性，如果我有掉脑袋的风险，那么我会顾不上任何男人、女人或孩子，只求自保。”

“我敢说，”布莱恩说，“如果你有和我一样的苦衷，你的想法就会不一样了。”

然而，大律师的心里有个猜想，他认为可以解释布莱恩固执地隐瞒谋杀当晚行踪的原因：因为布莱恩已经承认与某个女人有约，而且他是个英俊潇洒的小伙子，或许他的品行并不比其他年轻人更加端正、高尚，那么有可能他与某个有夫之妇有染，或许他当晚就和那个女子在一起，但是为了保全她的名誉，他拒绝说出来。

“即使这样，”卡尔顿反问道，“他也应当为了保全性命而舍弃名誉，而且那个女人自己也会出面作证。让她开口固然很难，但是如果一个人的生命危在旦夕，她肯定会义无反顾地出声的。”

带着满脑子这些令人费解的想法，卡尔顿去圣基尔达会见了玛奇。他打算请玛奇出面帮忙探听消息。他很敬重玛奇，认为她的确是一个冰雪聪明的姑娘。他想，布莱恩出于对玛奇深深的爱恋，可能会在玛奇的殷切恳求下坦白一切。他发现玛奇正焦急地等着他的到来。

“你去哪儿去了这么久？”双方坐下后，她问道，“自从上次见到你之后，每一秒对我来说都是煎熬。他怎么样？”

“还是老样子，”卡尔顿脱下手套，“依然一意孤行，拒绝挽救自己的生命。”他突然问：“你的父亲在哪里？”

“出城了。”玛奇不耐烦地回答，“这一个星期都不会回来——但是，你说他不愿意挽救自己的生命，是什么意思？”

卡尔顿向前探出身，握住她的手。

“你想救他的命吗？”他问。

“救他的命，”她重复着，突然从椅子上跳起来，叫道，“天知道，我愿意拿自己的命换他的命！”

“噢，”卡尔顿望着她涨红的脸和伸出的双手，心里嘀咕道，“这些女人总是很极端。”他大声说：“菲兹杰拉德本可以做出不在场证明，但是他拒绝这么做。”

“这是为什么？”

卡尔顿耸耸肩。

“他自己最清楚——因为某种堂吉诃德似的荣誉感，我猜。现在，他拒绝告诉我当晚他在哪里，或许他不会拒绝告诉你——所以，你必须出面，和我一起去见他，或许他会恢复理智，坦白实情。”

“但是我父亲……”她的声音有些颤抖。

“你不是说他出城了吗？”卡尔顿问。

“是的，”玛奇面露难色，“但是他不准我去。”

“如果是那样，”卡尔顿站起身，戴上帽子和手套，说，“我就不来求你了。”

她伸出手抓住他的胳膊。

“别走！这样做有什么好处？”

卡尔顿迟疑了片刻，因为他想，如果令布莱恩三缄其口的原因是与某个有夫之妇私通，那么就不该把这事告诉布莱恩的未婚妻——但是，或者还有其他隐衷呢？于是，卡尔顿决意委托玛奇调查实情。想着这些，他转过身子。

“有，”他大胆地回答说，“可以救他的命。”

“那么我就去，”玛奇不顾一切地说道，“对我来说，他比我的父亲更重要。如果我能拯救他，我就一定去。等着。”说着，她疾步跑出房间。

“多么勇敢的女孩！”大律师望着窗外，喃喃说道，“如果菲兹杰拉德不是个蠢货，他肯定会向她坦白一切——当然了，如果他能的话。女人真是奇怪的生物，我非常赞同巴尔扎克的话：难怪男人不懂女人，你瞧，创造了女人的上帝都无法理解女人。”

玛奇换好衣服回来，准备出发。她脸上罩上了厚厚的面纱。

“我要雇一辆马车吗？”她戴好了手套，手指不停地颤抖。

“当然。”卡尔顿冷冷地回答，“除非你希望看到你的照片刊登在报纸的社会版，让大家都知道玛奇·福瑞特波利小姐到牢房探视菲兹杰拉德——我们乘马车去。来吧，我亲爱的。”说着，他挽着玛奇的胳膊，带她出了门。

两人到了火车站，恰好赶在一趟火车出发前上了车，即使如此，玛奇仍然心急如焚。

“火车开得真慢啊！”她焦躁地说。

“安静，亲爱的，”卡尔顿用手按住她的胳膊，说，“你会泄露身份的——我们很快就到了——我们会救出他的。”

“噢，愿上帝保佑我们。”她低声喊着，双手紧紧交握在一起。卡尔顿看到泪水从她厚厚的面纱后面滚落下来。

“这样可不行。”卡尔顿几乎有些粗暴地说，“你会很快失去理智的——为了他，控制好自己。”

“为了他。”她喃喃地说着，用无比坚定的意志使自己平静下来。很快，火车抵达了墨尔本，他们雇了辆双轮马车，迅速到了监狱。办好例行公事的手续后，他们到了囚禁布莱恩的牢房。陪同他们的看守打开了牢门，他们发现年轻人正坐在床上。他抬起头，一见玛奇，便起身张开手臂，发出快乐的欢呼。玛奇跑上前，扑到他怀里低声抽泣。有一会儿大家都没有说话。卡尔顿则在牢房的另一头，忙着浏览从口袋里掏出的笔记，狱卒则退出去了。

“我可怜的爱人，”玛奇将布莱恩额前柔软的金发捋到后方——他的脸已经涨得通红，“你看起来多么憔悴。”

“是的！”菲兹杰拉德强颜欢笑道，“监狱的生活对健康毫无益处——不是吗？”

“别用这种语气说话，布莱恩。”玛奇说道，“这不像你。让我们坐下来，冷静地谈谈这件事。”

“我看不出这会有什么帮助。”他萎靡不振地回答。两人手牵手坐下了，他说：“我和卡尔顿谈过这件事，一直谈到我头痛欲裂——毫无益处。”

“当然毫无益处，”大律师也坐下了，他尖刻地回答，“除非你恢复理智，告诉我们当晚你在哪里。”

“我告诉过你，我不能。”

“布莱恩，亲爱的，”玛奇温柔地握住他的手，说，“你必须说出一切——为了我。”

菲兹杰拉德叹息着。这是他至今面对的最大的诱惑，他觉得自己几乎就要屈服了，就要吐露实情。然而，一看到玛奇纯洁无瑕的面孔，他就下定决心绝不松口。说出实情有什么好处？只能给那个他不惜用生命来呵护的人儿带来悲痛和懊悔。

“玛奇！”他再次握住玛奇的手，面色沉重地说：“你根本不知道你在问什么。”

“我知道！”她快速说道，“我求你拯救自己的生命——证明你不是这桩骇人听闻的谋杀案的真凶，不要为了——为了——”

她停下来，无助地望着卡尔顿，因为她不知道菲兹杰拉德拒绝开口的原因。

“为了一个女人。”卡尔顿直言不讳地说道。

“一个女人！”她颤抖着，但仍握着爱人的手，“这——这——这就是原因？”

布莱恩转过脸。

“是的。”他回答，嗓音低沉而沙哑。

一种痛苦万分的神色掠过她苍白的脸，她把头埋在双手间，痛苦地哭泣着。布莱恩望着她，竭力控制着自己。卡尔顿严峻地看着他们二人。

“你听我说，”他最终开口了，向布莱恩愤怒地说道，“如果你想让我对你的行为做出评价，那么我想说，你简直是禽兽不如——福瑞特波利小姐，请原谅我的用词。这儿有位高贵的姑娘，她全身心地爱着你，为了你愿意牺牲一切。她来到这里请求你拯救自己的生命，你却铁石心肠地转过身，承认有另一个女人存在。”

布莱恩傲慢地抬起头，脸涨得通红。

“你错了，”他突然转过身，“就是为了这个女人，我才保持沉默！”说着，他从床上站起来，指向痛哭抽泣着的玛奇。她扬起憔悴不堪的脸，惊诧不已。

“为了我！”她惊呼道。

“噢，他疯了。”卡尔顿耸耸肩，“我会申请精神失常的辩护。”

“不，我没有疯。”布莱恩疯狂地叫道，同时把玛奇搂在怀里，“我亲爱的！我亲爱的！我是为了你才保持沉默的，即使付出生命也在所不惜。我可以告诉你我当晚在哪里，也可以拯救我自己。但是如果我这样做，你就会知道一个让你痛不欲生的秘密，我不能说——我不能。”

玛奇望着他的脸，露出悲哀的笑容，泪如雨下。

“我最亲爱的！”她温柔地说，“不要考虑我，只要考虑你自己。我宁愿忍受悲惨的人生，也不愿意让你死去。我不知道这个秘密有多么可怕，但是如果说出它能救你的话，就请你毫不犹豫地说出来。”她跪倒在他脚下，哭着说道：“我给你跪下了——我求你看在对我全部的爱的份上，救救你自己，别管会对我造成什么后果。”

“玛奇，”布莱恩将她扶起来，“我一度可以说出这个秘密，但是现在已经太晚了。现在，为了另一个更强大的理由——一个我沦为阶下囚之后才知道的理由，我更要保持沉默。我知道，我关上了一扇通往被无罪释放的门，但是凭天堂里的上帝发誓，我绝不会开口。”

牢房里一片沉默，只能偶尔听见玛奇抽搐着的哭泣声，即使像卡尔顿这样愤世嫉俗的男人也不禁湿润了双眼。布莱恩扶着玛奇走到卡尔顿身边，把她送到他怀中。

“带她走吧，”布莱恩哽咽着说道，“否则我会忘了我是一个男人。”说着，布莱恩扑倒在床上，用双手捂住脸。卡尔顿没有回答，但是叫来了狱卒，准备带着玛奇离开。就在他们走到门口时，玛奇从他手中挣脱，跑回来，扑倒在情人的怀中。

“我亲爱的！我亲爱的！”她呜咽着，“你不会死的。即使你不愿意，我也会救你的。”说着，仿佛再也不能自持似的，她转身跑出了牢房，狱卒则紧随其后。

## 玛奇的发现

玛奇上了马车，卡尔顿沉默了片刻，然后让车夫驱车到火车站。突然，玛奇制止了他。

“叫他去布莱恩在坡勒特街的寓所。”她用手按住卡尔顿的胳膊。

“为什么？”大律师愕然。

“也务必经过墨尔本俱乐部，因为我想在那里停一下。”

“她究竟是什么意思？”卡尔顿喃喃自语道。他如此吩咐车夫后，就坐进了马车。

马车沿着街道快速前行，卡尔顿望向面纱罩着脸的玛奇，问道：“那么，你打算做什么？”

玛奇把面纱掀到后面，卡尔顿惊愕地发现她好像突然变了一个人似的。现在她已经拭去泪水，双唇紧闭，目光坚定而明亮，像是一个下定决心去做一件事情的女人，不惜一切也要达到目标。

“我打算去救布莱恩，不管他怎么想。”她斩钉截铁地说。

“但是怎么救？”

“啊，你认为呢？作为一个女人，我什么也做不了。”她悲哀地回答，“但是你瞧着吧。”

“不好意思，”卡尔顿凄凉地笑了，他反驳道，“我对你们女士的评价向来是很高的——每个律师都是如此，因为事实如此，据我所见，每十个案子里就有九个案子的背后藏着一个女人。”

“老生常谈。”

“然而却是事实。”卡尔顿说，“自人类始祖亚当的时代以来，人们就已经认识到，女人比男人更能影响这个世界，不管其影响是好还是坏。但是这不是重点。”

他继续说道，很不耐烦：“你打算怎么做？”

“很简单，”玛奇回答，“首先，我可以告诉你，我不明白布莱恩的话，他说因为我而保持沉默，可是我生活中并没有什么秘密值得他这么说。案情很简单：案发当晚十一点，布莱恩离开了我们在圣基尔达的家，他告诉我要去俱乐部看看有没有他的信，然后直接回家。”

“然而他这么说可能只是为了掩人耳目。”

玛奇摇摇头。

“不，我不这么认为。我没有问他要去哪里，他自己对我说的。我知道布莱恩的为人，他不会故意撒谎，尤其不会撒没必要的谎。我很肯定，他的确是要去俱乐部，然后直接回家。等他到了俱乐部，发现有一封信，而这封信使他改变了主意。”

“是谁写来的信？”

“你猜不出来吗？”玛奇不耐烦地回答，“是那个想把我的秘密当面告诉他的人，不管那人是男是女。他在俱乐部拿到了信，沿着柯林斯街一路朝南走，准备去见写信的人。在苏格兰教堂拐角他发现了怀特，认出怀特后，他厌恶地离开了，然后继续沿着罗素街向南走，准备赴约。”

“你觉得他没有半路折回？”

“我敢肯定他没有，正如布莱恩跟你说的，有很多年轻男人和他穿一样的外套，戴一样的帽子。我不知道进入马车的那人是谁，但是我发誓那绝不是布莱恩。”

“那么你要去找那封信？”

“是的，到布莱恩家里去找。”

“他可能已经烧毁了信。”

“他可能做一千件别的事情，但是他绝不会烧毁信。”玛奇回答说，

“布莱恩是世界上最粗心大意的人，他会把信随手放进口袋，或是扔进废纸篓，之后再也不会想起来。”

“不过，这一次他会。”

“不会。他会想起与写信人的谈话，但是不会想起那封信。相信我，我们肯定能在书桌里找到，或是他当晚穿的外套的口袋里。”

“还有一件事情，”卡尔顿若有所思地说，“这封信可能是从伊丽莎白火车站和俱乐部中间的某个地方寄出给他的。”

“很快我们就能找到答案了。”玛奇说，“因为罗尔斯顿先生当时和他在一起。”

“的确如此。”卡尔顿说，“你看，罗尔斯顿正从街那边走来。我们现在就去问他。”

马车正要经过伯克和威尔斯纪念碑，卡尔顿锐利的目光就捕捉到了正从左手边走过来的罗尔斯顿。最先吸引卡尔顿的是菲利克斯闪闪发光的穿着。他那刷得整洁一新的高顶礼帽闪耀着光泽，上过鞋油的靴子光可鉴人，戒指和胸针闪闪发亮。事实上，他的外表如此光彩照人，简直就像行走在耀眼的阳光下的一颗光芒四射的钻石。

马车在马路牙子边停下，罗尔斯顿马上停下脚步，卡尔顿从马车上跳下来，站在他面前。玛奇则把身子靠向车厢后部，拉下面纱，她不想被菲利克斯认出来，因为她知道如果被他认出，这事很快就会传得满城风雨。

“嗨！老朋友。”罗尔斯顿惊讶地问，“你从哪里蹦出来的？”

“从马车里蹦出来的，还用说。”卡尔顿笑着回答。

“就像天降救星？”

“千真万确。”卡尔顿说，“我问你，罗尔斯顿，你还记得怀特被杀当晚吗——那天晚上你在火车站碰到了菲兹杰拉德。”

“在火车上。”菲利克斯纠正道。

“好的，好的，无所谓，你和他一起去了俱乐部。”

“是的，在那里和他分了手。”

“你是否注意到他和你在一起的时候，是不是收到了什么信件？”

“什么信件？”菲利克斯说，“没有，他没有收到信。我们一直都在聊天，他没有和别人说过话。”

“他当时的心情好吗？”

“很好，逗得我乐死了——为什么问这些事情？”

“哦，没事。”卡尔顿回到了马车里，“我想找你了解一点信息，下次见面我再向你解释——再见！”

“可是我说——”菲利克斯开口说，可马车已经骨碌骨碌开走了，罗尔斯顿先生只得生气地转身走了。

“我从没见过像这些律师这么古怪的人。”他自言自语道，“天哪，他这人真是风风火火。”

这时，卡尔顿正和玛奇说话。

“你是对的，”他说，“在俱乐部里肯定有人给他留信了。”

“那么，我们现在应该怎么办？”听了罗尔斯顿与卡尔顿的对话后，玛奇没有反驳卡尔顿的话。

“去俱乐部问问，看看当晚是否有给他的信。”卡尔顿说。此时，马车在墨尔本俱乐部门口停下了。“我们到了。”他匆匆给玛奇留下一句话，便跑上了台阶。

他去了俱乐部的办公室，想知道当晚是否有给菲兹杰拉德的信。到了那儿，他看到了一个他很熟悉的侍者。

“听着，布朗，”大律师问道，“你是否记得双轮马车谋杀案发生的那个周四晚上，俱乐部是否有收到寄给菲兹杰拉德先生的信？”

“噢，说真的，先生，”布朗犹豫不定，“时间太久了，我都快忘了。”

卡尔顿给了他一枚一英镑金币。

“噢！不是这个意思，卡尔顿先生，”然而，这个侍者还是把金币放进了口袋，“但是我真的忘记了。”

“试着回忆一下。”卡尔顿没好气地回答。

布朗搜肠刮肚地回想着，最终得出了一个满意的答复。

“没有，先生，没有任何信。”

“你确定吗？”卡尔顿大失所望。

“十分确定，先生。”布朗信心十足地回答，“那天晚上我去了几趟信件架，我很确信没有寄给菲兹杰拉德先生的信。”

“啊！果然不出我所料。”卡尔顿叹了一口气。

“等等！”布朗喊道，仿佛突然被一个念头击中，“虽说没有邮局寄来的信，但是当晚有人给他送来一封信。”

“啊！”卡尔顿猛然转身，“什么时候？”

“将近十二点，先生。”

“谁送来的？”

“一个年轻姑娘，先生。”布朗说道，带着几分厌恶，“一个冒失鬼——请您原谅我的用词，先生，一个不正派的女子。她厚颜无耻地跑到门口，大声喊道：‘他在吗？’我说：‘出去，不然我就报警。’‘哦，不！你不要报警。你把这个给他。’然后，她把一封信塞到我手上。我问：‘你说的他是谁？’她回答：‘我不知道，信上写着名字呢。我不认识字。请马上把信给他。’说着，我还没来得及拦住她，她就跑了。”

“这封信是写给菲兹杰拉德先生的？”

“是的，先生。信封脏兮兮的。”

“你肯定给他送过去了，是吗？”

“是的，先生。他正在玩牌，看了看信封，就顺手把信塞进了口袋，然后继续玩牌。”

“他打开信了吗？”

“当时没有，先生。不过他后来打开信了，大概是一点差一刻左右。我正在他房间里。他打开信，读了一遍。然后他自言自语，说了一句‘多么——多么放肆’，然后就把信放进了口袋里。”

“他是不是心烦意乱？”

“是的，先生，他看起来很生气，然后穿上外套，戴上帽子，在一点零五分左右出门了。”

“啊！然后他在一点钟遇到了怀特。”卡尔顿喃喃低语，“毫无疑问。这封信是约他见面，他出门是去赴约。”他又问道：“这是一封什么样的信？”

“非常肮脏，装在方形的信封里。但是信纸很讲究，信上的字也是。”

“行了。”卡尔顿说，“非常感谢你。”说着，他急急忙忙去找玛奇，玛奇仍在马车里等他。

“你说对了。”卡尔顿对玛奇说，这时马车又开动了，“他当晚拿到了一封信，就在他赴信上约会的路上，他碰到了怀特。”

“我就知道！”玛奇快活地喊道，“你看，我们一定会在他家里找到这封信。”

“希望如此。”卡尔顿回答，“但是我们不应如此乐观，他可能已经把信销毁了。”

“不，他不会的，“玛奇回答说，“我相信那封信就在那里。”

“好吧。”卡尔顿望着她，回答说，“我不反驳你，因为你们女人的直觉比我的推理更准。事情往往是这样：女人往黑暗深处纵身一跳，男人却犹豫不决，而且十之有九女人会安全着陆。”

“至于那第十个，”福瑞特波利小姐说，“她成为唯一的例外，是为了证明这条法则。”

她的精神状态已经大大恢复，似乎对救出情人胸有成竹。但是卡尔顿发现，她的神经已经被拉伸到了极限，只有她坚强的意志支撑着，使她不至于完全崩溃。

“天哪！”他望着玛奇，钦佩地自言自语道，“真是一个勇猛无畏的姑娘，能赢得这种女子的爱情，菲兹杰拉德真是幸运。”

很快，他们到了布莱恩的寓所，萨姆森太太打开了门，她看起来闷闷不乐的。这只可怜的蟋蟀一直在严厉自责，怪自己向那假冒的保险代理透露了信息。以泪洗面显然有损她的健康，所以她的嘎吱声不如往日响亮，但是她的声音仍和往常一样尖利。

“真是不幸，在他身上发生了这样的事情。”她用尖细的高嗓门哀号着，“我是那么为他骄傲。我自己没有亲人，哦，曾经有一个，不过已经死了，去追随他的父亲了。现在他们都上天做了天使，好的天使，因为他的性格不是在这个阴暗的山谷里养成的，他父亲是伤寒死的，因为从很热的地方来到了很冷的地方，水土不服。”

这时，他们已经进了布莱恩的起居室。玛奇倒在一张椅子中，卡尔顿则迫不及待地要找那封信，便示意萨姆森太太离开。

“我这就走。”蟋蟀唧唧叫着，她悲伤地摇摇头，打开了房门，“我相信他是清白的，就像一个没出生的婴儿一样无辜。想到我对那个歪曲事实的混蛋说的话，我就难过。他现在正在冰冷的牢房里，而这里是多么温暖，要是他们给他毯子就好了，就不用生火了。”

“你对那人说了什么？”卡尔顿敏锐地问道。

“啊！任你也会那么说的。”萨姆森太太哀叹着，一边把她那邋遢的手绢卷成一个球，去轻按那双眼圈红红的眼睛，那眼圈红得好像是喝醉了酒似的——但是，说良心话，那是因为悲伤而哭红的，不是酒精的作用。她继续说道：“我被那个穿短大衣的毒蛇哄骗了，他想知道菲兹杰拉德先生是不是总是十二点之前回家，我说他习惯十二点之前回家，不过，有些时候也会自己掏钥匙开门。”

“譬如，在案发当晚。”

“噢！别说了，先生。”萨姆森太太像只受惊的蟋蟀似的，说，“我年老体弱，又有病。虽然我的家族都很健康，也都很长寿，他们都爱穿法兰绒，我的外祖父认为穿法兰绒比穿化纤衣服好。”

“聪明，那个侦探。”卡尔顿自言自语道，“他要花招从她嘴巴里套出了话，如果硬来，她肯定不会说。这是一条证明菲兹杰拉德有罪的强有力证据，但是如果他能做出不在场证明，就无所谓了。”接着，他大声说：“你很有可能被法庭传召做证人。”

“我吗，先生！”萨姆森太太尖声叫道，她浑身颤抖得厉害，因此发出了一种低低的窸窣声，仿佛风吹过树林的声音。“我从来没有上过庭，除了有一次，我父亲带我去看过一次，去听一次谋杀审判，毫无疑问，那就跟看戏一样好玩，那家伙被绞死了，他用拨火棍打破了他老婆的头，趁她不注意的时候，然后把她的尸体埋在了后院里，甚至都没用一块石头做个标记，更别说为她的美德唱一句《赞美诗》了。”

“好了，好了。”卡尔顿极不耐烦地为她打开门，“请让我们单独待一会儿，我的好太太。福瑞特波利小姐和我想要休息一下，我们要走的时候，再打铃叫你。”

“谢谢您，先生。”这位爱哭的房东太太说，“我希望他们不要绞死他，被绞死是多么难受。我们在生活中死亡。”她继续语无伦次地说着，“生老病死，生死无常啊——”

卡尔顿实在忍不住了，他砰地关上门，然后他们听到萨姆森太太尖利的叫声和嘎吱声渐渐消失在远处。

“总算是摆脱了那个女人和她的长舌。”他说，“我们从哪里开始？”

“书桌，”玛奇一边说着，一边走过去，“这是最有可能的地方。”

“别这么想，”卡尔顿摇摇头说，“如果如你所说，菲兹杰拉德是个粗心大意的家伙，那他就不会费心把信收到书桌里。尽管如此，我们或许得好好找找。”

桌子杂乱无章。“简直太像布莱恩的作风了。”玛奇说道。桌上堆满了已付款或待付款的账单、看过的信、演出的海报、球赛海报和枯萎的花朵。

“对旧情人的回忆。”卡尔顿笑着指向这些信件。

“我不会大惊小怪的。”福瑞特波利小姐淡淡地反驳道，“布莱恩总归会有过一两个旧情人。但是你知道，正如利顿所说，‘爱神的假象很多，本尊却只有一个。’所以我并不追究这些东西。”

信不在桌子上，起居室里到处都找不着。他们在卧室里找了一圈，也没找到。绝望之下，玛奇就要放弃搜寻了，突然卡尔顿的目光落在废纸篓上，不知为何，他们竟疏忽了这里。纸篓装了半篓废纸——事实上，是大半篓子废纸。看着纸篓，大律师突然想到一件事情，便按了按铃，萨姆森太太马上出现了。

“这废纸篓这样放在这里放了多久？”卡尔顿指向纸篓问道。

“这也就是我对他唯一不满的地方了。”萨姆森太太说道，“他不爱整洁，也绝不让我清理，除非他开口。他说他扔进去的东西可能还会捡起来看看。我几乎有六个星期没有碰过这个纸篓了。或许你要认为我是个糟糕的房东了，但是这是他的意思——他这个人就喜欢和垃圾待在一起。”

“六个星期。”卡尔顿望着玛奇重复道，“啊！他是四个星期前拿到信的。我敢肯定，我们肯定能在里面找到它。”

玛奇欢呼一声，跪到地上，把纸篓里的东西一股脑儿倒在了地上。两人立刻像捡破烂的人似的翻检起地上的碎纸头了。

“他们肯定没疯，”萨姆森太太向门口走去，一边喃喃自语，“但是看起来像是疯了。”

突然，玛奇惊呼一声，她从废纸堆里找到了一封烧掉一半的信，是写在厚实的米黄色信纸上的。

“终于找到了。”她从地上爬起来，将纸展平，说，“我就知道他没有烧毁这封信。”

“不过也烧得差不多了，”卡尔顿迅速浏览了一遍，“这几乎没什么用。信上没写名字。”

他把信拿到窗前，在桌子上展开。信纸很脏，已经烧掉了一半，但是仍然是一条线索。这是那封信的摹本。

“恐怕从这上面获取不了多少信息，”玛奇哀伤地说，“信里说他要去见一个人——但是约在哪里？”

卡尔顿没有答话，而是用两手支着脑袋，眼睛定定地望着信纸。最后，他叫着跳起来——

“我知道了，”他兴奋地喊道，“看看这张纸，这张纸多么细腻、多么洁白，最重要的是，看看角落里的印刷字体——图拉克某某庄园。”

“他去了南边的图拉克？”

“在一个小时之内回来？——不可能！”

“那么这封信不是从图拉克寄出的？”

“不，信是在墨尔本的一个贫民窟里写的。”

“你怎么知道？”

“看看送信的女孩就知道了，”卡尔顿急速说道，“一个名声不好的女子更有可能来自贫民窟而非图拉克。至于信纸，三个月前图拉克发生了一桩盗窃案，这就是其中失窃的信纸之一。”

玛奇没有说话，但是她闪闪发亮的眼睛和紧张得发抖的双手表明她兴奋极了。

“今晚我会去找一位侦探了解一下，看这封信是从哪里来的，写信的人是谁。”卡尔顿兴高采烈地说，“我们会救出他的。”说着，他把这封珍贵的信小心翼翼地放进了口袋里。

“你认为你能找出写信的那个女人？”

“唔，”大律师若有所思地回答，“她可能已经死了，因为信中说她快死了。不过，如果我能找到往俱乐部送信并在伯克和罗素街拐角处等菲兹杰拉德的那个女人，就够了。我只想证明他当时没有和怀特一起上马车。”

“你觉得你可以找到她吗？”

“一切都看这封信了。”卡尔顿用手指敲敲口袋，“明天我就能告诉你了。”

不一会儿，他们就离开了这座房子。把玛奇安全送上开往圣基尔达的火车后，卡尔顿终于觉得他的心情轻松了一些，自菲兹杰拉德被捕以来这还是第一次。

## 意想不到的对手

古谚道，“物以类聚”。与之相反的一句话可能是“异类相斥”。但有些时候，个体无权选择去“聚”或“斥”，全由命运安排。命运把两人凑到一起，也不管其性情相投还是不相投。由于命运捉弄，戈比先生和基尔斯普先生走到一起，两人都非常憎恶对方。两人从事相同的职业，且各具天赋；两人都广受欢迎，且痛恨对方。他们水火不相容，只要走到一起，就会出乱子。

基尔斯普高瘦，戈比矮胖；基尔斯普外表精明，戈比则总是挂着自我满足的笑容，但是就因为这点他没法给人留下聪明的印象。奇怪的是，事实证明，这种笑容正是戈比追求他的职业成功时最有效的武器。在他外表精明的同僚可能扑空的情况下，这种笑容却能帮助戈比探听到信息。在戈比甜蜜的微笑和曲意奉承的态度面前，所有人都能敞开心扉。可基尔斯普一出现，人们往往会闭上嘴巴，迅速退散，就像受惊的蜗牛缩回壳里似的。可是，对那些坚持面由心生的人，戈比会当面撒谎。但另一方面，基尔斯普面如老鹰，一双灼灼发光的黑眼睛，鹰钩鼻，薄嘴唇，却证实了“面由心生”。他皮肤苍白如纸，头发漆黑如玉，总之，算不上英俊。他的谋略和精明给人一种蛇的感觉。只要他偷偷地打探消息，他一般都能成功；可一旦他公开身份，就必定失败。因此，基尔斯普是更聪明的那个，但无疑戈比更加成功，而且是任何时候——至少是表面上。

因此，自双轮马车谋杀案被交到戈比手中那一刻起，基尔斯普的灵魂就一直被嫉妒啃噬着；当菲兹杰拉德锒铛入狱，且戈比搜集的所有证据似乎都能证实其有罪时，基尔斯普更是为敌人的胜利而暗中煎熬。尽管他多么希望戈比抓错了人，但证据如此确凿，因此凶手另有其人的想法从没有出现在他脑海里。直到有一天，他收到卡尔顿先生送来的一张纸条，请他当晚八点到卡尔顿办公室一见，谈谈那桩谋杀案。

基尔斯普知道卡尔顿是犯罪嫌疑人的辩护律师，他猜卡尔顿约他是想了解某条线索。因此，他决定对卡尔顿有问必答，只要能证明戈比是错的。仅仅是有了战胜敌人的这一丝可能，他就喜不自禁，因此途中偶遇戈比时，他竟停下脚步邀请对方喝一杯。

见基尔斯普突然如此殷勤好客，实在太不寻常，戈比顿时充满了怀疑，然而他转念一想，觉得自己不管是在智力还是体力上都算得上是基尔斯普的劲敌，便欣然接受了邀请。

“啊，你真是一个幸运的人，这么快就抓到了双轮马车谋杀案的真凶。”两人一起小酌时，基尔斯普一边搓揉着那双精瘦、白皙的手，一边用他那低沉、柔和的嗓音说道。

“是啊，我也得夸奖一下自己干得真不错。”戈比点燃了烟斗，说，“没想到这桩案子这么简单——不过，你要知道，在我采取合适的行动之前，我可是费了一番脑筋。”

“我猜，你很确定他就是你要找的人？”基尔斯普温和地追问，他那双黑眼睛灼灼发光。

“非常肯定，当然。”戈比先生轻蔑地反驳道，“没有什么不确定的。我敢按着《圣经》发誓，他就是凶手。他和怀特相互憎恨，他对怀特说：‘我会杀了你，即使是在大马路上。’然后，他遇到了喝醉酒的怀特，这个事实他已经亲口承认了。他先是拂袖而去，但是根据马车夫的证词，他又半路回来了。接着，他和一个活人一起进了马车，等他出来时，车里只有一具死尸了。他在东墨尔本下了马车，然后进了屋子，进屋子的时间房东太太可以作证，正是他坐那辆马车从圣基尔达的文法学校到达他的住所的时间。如果你不是个傻子，基尔斯普，你就可以看出这里面没有疑点。”

“听起来没有丝毫破绽，”基尔斯普回答，心里则思索着卡尔顿能找到什么证据来反驳如此确凿的事实，“他要做什么辩护？”

“卡尔顿先生是唯一知道他的辩护方案的人。”戈比先生一饮而尽，“不过，甭管他有多聪明，他也不能捏造事实来反对我的证据。”

“你不要过于肯定。”基尔普斯冷笑着，他的灵魂已经被嫉妒吞噬。

“噢！但是我的确很肯定。”戈比先生反驳道，面对讥笑，他的脸变得跟火鸡一样红彤彤的，“你是在嫉妒，因为你没有从中分得一杯羹。”

“啊哈！但是我可能会分得一杯羹。”

“那你就试试看，”戈比愤怒地哼道，“为一个已经被捕的人，你还能做什么？”

“我不相信你抓到了真凶。”基尔斯普从容不迫地回答。

戈比看着他，露出了怜悯的微笑。

“是的！你当然不相信，因为是我抓住了他。当你看到他被绞死时，你也许会相信。”

“不错，你是个聪明人。”基尔斯普反诘道，“但是你可不是万无一失的圣人。”

“你凭什么说他不是真凶？”戈比先生问道。

基尔斯普笑了，然后像只猫似的轻手轻脚地走到房间另一头。

“你以为我会像个傻瓜似的都告诉你？你可没有你自认为的那么聪明、那么万无一失。”说着，他又挑衅地笑了笑，出去了。

“他就像一条蛇，”戈比自言自语，望着门在同僚身后关上，“不过他是在吹牛。一切证据严丝密合，全都证明菲兹杰拉德有罪。他是错的。”

当晚八点，有着轻柔的脚步和嗓音的侦探先生出现在了卡尔顿的办公室。他发现大律师正不耐烦地等着自己。基尔斯普轻柔地关上门，在卡尔顿对面坐下，等待对方开口。然而，大律师却先递给他一根雪茄，然后从某个神秘的暗格里拿出一瓶威士忌和两只玻璃杯，倒上一杯，推到侦探先生面前。基尔斯普极其严肃地接受了这些小小的招待，因为这些对他不无影响，目光锐利的大律师注意到了这点。卡尔顿是个交际手腕的笃信者，而且总是不失时机地向刚刚步入社会的年轻人灌输这点。“交际手腕，”卡尔顿对一个渴望在法律领域获得荣誉的年轻人说，“就是我们向社交、职业和政治生活的浑水上泼洒的石油，如果你可以通过一点点小技巧管理别人，那么，你就极有可能在这个世界如鱼得水。”

对于自己推崇的这套哲学，卡尔顿总是身体力行。他觉得基尔斯普有着猫科动物的天性，喜欢被奉承，被尊敬，于是，他小小地招待了基尔斯普一番，知道这样做大有裨益。他还知道基尔斯普对戈比没有好感，事实上，基尔斯普非常憎恨戈比。他很确信两人之间的这种情感会帮助他达到他想要的目的。

“我想，”他说着，身子往椅背上一倒，眼睛望着从雪茄盘旋而上的蓝色烟圈，“我猜，你肯定对双轮马车谋杀案的前前后后都很了解？”

“可以这么说。”基尔斯普说着，古怪的眼睛里闪着好奇的光，“为什么呢？因为戈比只知道到处吹嘘这件事，以及吹嘘他是多么聪明，抓住了他以为的凶手。”

“唔，”卡尔顿身子前倾，把胳膊放在桌子上，“他以为的凶手！嗯，你的意思是说，凶手还没被法官判罪，所以还不能被称为凶手，还是你认为菲兹杰拉德是无辜的？”

基尔斯普直直地盯着大律师，缓慢地搓着双手，态度有些含糊。

“哦，”他终于开口了，小心翼翼地说道，“在我收到你的便条之前，我的确认为戈比已经抓到了真凶，但是当我听说你想要见我，而且我知道你就是犯人的辩护律师时，我以为你一定找到了什么对他有利的线索，需要我来追踪。”

“的确如此！”卡尔顿简短地回答。

“菲兹杰拉德先生说，他在拐角处遇到了怀特，并叫来了马车——”侦探先生继续讲道。

“你是怎么知道的？”卡尔顿突然打断。

“戈比告诉我的。”

“他到底是怎么发现的？”大律师高呼道。对此，他的确很惊讶。

“因为他总是东打探西打探的。”基尔斯普说道。在愤怒中，他忘了这种东打探西打探本身就是侦探职业的一部分。“不过，不管怎么说。”他快速说道，“如果菲兹杰拉德先生的确离开了怀特先生，唯一可以证明他无罪的，就是证实他根本没有回来。”

“那么，我想，你认为菲兹杰拉德会提供不在场证明。”卡尔顿说。

“是的，先生。”基尔斯普谦逊地回答，“当然，你对这桩案子了解得比我多，但是我看这是他唯一可以为自己做的辩护。”

“是的，但是他不肯做不在场证明的辩护。”

“那么，他肯定会被判有罪。”基尔斯普立即回答。

“那可不一定。”大律师冷冷地回答。

“但是，如果他想挽救自己的性命，他就必须做不在场辩护。”对方坚持自己的观点。

“这正是问题所在。”卡尔顿说，“他根本不想挽救自己的性命。”

基尔斯普似乎疑惑极了，他呷了一口威士忌，等着卡尔顿继续说下去。

“事实上，”卡尔顿点燃一支新的雪茄，“他脑子里不知道在想什么，他坚决不说当晚他在哪里。”

“我知道了，”基尔斯普点点头，说，“为了女人吗？”

“不，不是那种女人。”卡尔顿迟疑地反驳道，“我一开始也是这样认为，但是我错了。他去见一个临死的女人，那个女人想要告诉他什么事情。”

“关于什么？”

“这点我无法告诉你。”卡尔顿迅速回答，“肯定是什么重要的事情，因为她急匆匆地让人来请他——星期五凌晨一点至两点间，他就在她的病床边。”

“那么他没有回马车里？”

“不，他没有。他去赴约了。但是，不知为何，他绝不肯告诉我们这次约会的地点在哪里。我今天去了他的住处，发现了这封烧了一半的信，信上写着请他过去。”

卡尔顿把信递给基尔斯普，基尔斯普将其放在桌子上，仔细地检查。

“信是周四写的。”侦探先生说。

“当然了——你可以从日期上看出。怀特是周五也就是 27 日被谋杀的。”

“信上的地址是图拉克的什么庄园，”基尔斯普继续检查着信件，说，“哦，我知道了，他去了那里。”

“几乎不可能。”卡尔顿带着几分嘲讽反驳道，“他不太可能在一个小时之内赶到那里，赴完约，然后回到东墨尔本——马车夫罗伊斯顿可以证明他凌晨一点在罗素街，而他的房东太太可以证明他在两点钟回到了东墨尔本的住处——不，他不在图拉克。”

“这封信是什么时候送到的。”

“就在十二点之前，一个女孩子送到墨尔本俱乐部的。据见到她的侍者说，她看起来不像是什么正经姑娘。信上说送信人会在伯克街等他，因此，菲兹杰拉德离开怀特后，沿着罗素街一路向南，准备赴约。最符合逻辑的推理是，送信人会在伯克街和罗素街的街角等他。现在，”大律师继续说道，“我想找出送信的女孩子是谁！”

“但是怎么找？”

“愿上帝保佑你，基尔斯普！你是多么愚蠢！”卡尔顿大声喊道，他的气恼已经占了上风，“你难道不明白——这信纸怎么可能来自一个贫民窟——因此，这信纸只可能是被偷来的。”

基尔斯普眼中突然闪过一道光。

“塔尔波特庄园，图拉克。”基尔斯普突然叫道，他又抓起那封信，仔仔细细地检查了一遍，“那里发生了一桩入室偷盗案。”

“没错！”卡尔顿洋洋自得地笑了，“现在你明白我想要干什么了吧——你得带我去那个贫民窟，就是藏着从那个图拉克的房子里偷来的赃物的地方。这张纸，”他指着信件说，“就是赃物的一部分，用这张纸写信的人肯定就藏在那个贼窝里。布莱恩·菲兹杰拉德按照信里的要求赴约，那么谋杀案发生时，他肯定在那里。”

“我明白了，”基尔斯普像猫儿似的发出了满意的咕噜声，“那桩盗窃案共有四个男人参加，他们把赃物藏在流浪儿妈妈的老巢里，就在小伯克街旁边的一条小巷子里——但是且慢，像菲兹杰拉德先生那样穿着晚礼服的公子哥儿，不太可能屈尊去那里，除非——”

“有个熟悉当地情况的人陪着他，”卡尔顿迅速补充道，“没错，那个到俱乐部送信的姑娘给他做向导。从侍者对那姑娘外表的描述来看，我认为她对贫民窟的情况非常了解。”

“很好，”基尔斯普站起身，看看自己的手表，“现在是九点钟，如果你愿意，我们可以马上去拜访老巫婆的老巢——快死的女人——”说着，他好像突然想起了一件事情：“大约四个星期前，那里确实有个女人死掉了。”

“她是谁？”卡尔顿问道。他正在穿外套。

“流浪儿妈妈的什么亲戚，我猜。”两人一起离开办公室时，基尔斯普回答说，“我不太清楚她是谁——人们叫她‘女王’，她从前肯定是个非常漂亮的女人。她大概是三个月前从悉尼来的，据我推测，她不久前刚从英国来。她死于肺结核，死亡时间是谋杀案发生之前的那个周四晚上。”

## 贫民窟里的女人

伯克街是一条比柯林斯街更加拥挤的街道，尤其是到了晚上。街上剧院林立，这就足以容纳相当多的人。大多数情况下，这里的人群是很肮脏的。各家酒店门口聚集着一些衣衫褴褛、外表寒酸的人，等着某位好心的朋友邀请他们进去歇歇。再往前一点，一群像是在赌马的男人站在歌剧院的阳台下，为墨尔本杯马赛或是别的比赛下赌注。处处都有穿着破衣烂衫的阿拉伯人在卖火柴和报纸。在明晃晃的电灯光下，一个外表疲惫的女人靠着阳台柱子，一只手把一个婴儿紧紧搂在胸前，另一只手抱着一叠报纸，用沙哑的嗓音单调地喊着“《先驱报》第三版，一分钱”，直到人们的耳朵厌烦了这不断的重复。街头的出租马车川流不息，这儿来了一辆看着很快的马车，配着一匹潇洒轻快的马，送一位公子哥儿去俱乐部；那儿来了一辆肮脏的马车，由一匹瘦马拉着，蹒跚地沿着街道向南跑去。还有横冲直撞的四轮马车，它们由打理得井井有条的马儿拉着。马车里闪耀着明亮的眼睛、白色的长裙和闪闪发光的钻石。再远一些，就在人行道边上，三把小提琴和一把竖琴正在演奏一首德国华尔兹，周围围着一群专心致志地欣赏音乐的观众。如果要问墨尔本人最爱什么，那么答案就是音乐。他们对音乐的喜爱足以压倒他们对赛马的热情。任何街头乐队都能演奏出非常体面的音乐，也就肯定会拥有一群好的观众，他们的表演也能赢来可观的报酬。一些作家如此描述墨尔本：它是有着亚历山大港的天空的格拉斯哥，当然了，澳大利亚气候宜人，很有意大利活泼明丽的味道，因此必然会对盎格鲁－撒克逊人这种具有极强适应力的民族产生极大的影响。尽管马库斯·克拉克对未来的澳大利亚人有一种悲观预言，将其描述为“一个高大、粗鲁、吝啬、冲动，有着强有力的下巴和天赋才华的男人，擅长游泳和马术”，但他很有可能成为一个教养良好、好逸恶劳的人，对艺术和科学有着热烈的兴趣，厌恶艰苦的工作和功利主义原则。在预测未来的澳大利亚人的性格养成时，气候的影响也应考虑在内。我们的后代和我们会大不相同，就跟奢华的威尼斯人和他们吃苦耐劳的祖先们大不相同一样，后者开始在亚得里亚海上那些孤独的沙岛上建设家园时是多么艰苦朴素。

在卡尔顿先生跟着基尔普斯穿过拥挤的街道，饶有兴趣地聆听着施特劳斯节奏分明的音乐，观察着奥芬巴赫妙趣横生的旋律的人群时，他得出了以上结论。灯火通明的街道上，汹涌的人流、阿拉伯小贩尖利的叫卖声、马车的“骨碌”声、断断续续的音乐声，组成了一幅让他着迷的场景，他甚至可以整晚在这儿漫步，欣赏眼前川流不息的人间百态。然而，他的向导非常熟悉这些无产阶级，所以对此非常漠然，只顾不停地催他赶往小伯克街。这条街道非常狭小逼仄，两旁高楼林立，街上稀稀落落点着几盏昏暗的瓦斯灯，几个衣衫褴褛的人影没精打采地走着，这与他们刚刚离开的那幅明亮、拥挤的场景形成鲜明对比。拐进小伯克街后，侦探先生便带头进了一条阴暗的小巷。一天积蓄的热气使这里热得像个火炉，只有抬头望望头顶晴朗的星空时，才能感觉到一种惬意的凉爽。

“跟紧我，”基尔斯普碰碰大律师的胳膊，说道，“在这儿我们可能会遇到一些麻烦的客人。”

天色还不很昏暗，因为大气中还浮现着那种在澳大利亚的暮色中可以看到的发光的薄雾，这种怪异的光线正好足以使人觉得夜色已经降临。为了保证安全，基尔斯普和大律师一直走在小巷的中间，以免有人趁其不备扑到他们身上。有时，他们可以看到路的一边有个男人缩回黑影里，或是另一边有个头发凌乱、胸脯裸露的女人把身子伸出窗外，试图呼吸一口新鲜空气。还有一些孩子在干涸的排水沟里玩耍，他们年幼、尖锐的声音在幽暗中回荡，与一个醉汉的歌声交织在一起，那个醉汉正唱着歌，摇摇晃晃、步履蹒跚地走在粗糙的石子路上。时不时，一溜儿面相温和的中国人悄悄走过，他们穿着色调沉闷的蓝色长衫，要么尖声交谈，像很多鹦鹉似的，要么默默地沿着小巷行走，黄色的面孔上流露着东方人的无动于衷。时不时从一扇开着的门里流泻出一缕温暖的光，屋里的蒙古人或是聚集在赌桌旁，或是玩接龙，或是抵制住他们最喜爱的消遣的诱惑，轻轻地走到路边为数众多的食肆门口，那里挂着烹调好的诱人的家禽和火鸡，正等着买主。基尔斯普转到左边，带着大律师走进另一条更狭窄的小巷，巷子里的黑暗和阴郁让大律师不寒而栗，他难以想象人们怎么能在如此阴暗污浊的地方生活。

卡尔顿跟着基尔斯普穿过这些黑暗、逼仄的小巷，感到有些不知所措，最终侦探先生总算在一扇门前停下来，这令他如释重负。侦探先生推开门走进去，并示意卡尔顿跟上。卡尔顿进了门，发现自己置身一条低矮黑暗、气味难闻的走廊。走廊尽头闪烁着一盏昏暗的灯火。基尔斯普抓住同伴的胳膊，领着他小心翼翼地走过走廊。这样小心很有必要，因为卡尔顿能感觉到腐朽的木板上坑坑洼洼，一不小心他的脚就会滑进洞里，一路上他还听到四面八方有老鼠吱吱作响、落荒而逃的声音。就在他们走到这隧道——因为没有更合适的词语来形容这条通道了——的尽头时，灯火突然熄灭，他们一下子被黑暗包围了。

“把灯点燃，”侦探先生不容分辩地喊道，“为什么要把灯笼浇灭？”

显然，这里的人听懂了这句小偷的暗号，因为黑暗中传来一阵脚步声和一个喃喃低语的声音，接着有人点燃了蜡烛。卡尔顿看到蜡烛握在一个精灵似的小孩的手里，她有一头乱糟糟的黑发，面有怒色，脸色苍白。她蹲到地板上，靠在潮湿的墙壁，抬起头看着侦探先生，挑衅中带着几分恐惧。

“流浪儿妈妈在哪儿？”基尔斯普问着，用脚去碰她。

她好像很憎恨这种轻蔑的行为，迅速站起身来。

“楼上。”她回答说，头摆向右边墙壁的方向。

卡尔顿的眼睛现在已经适应了房间里的黑暗，在女孩示意的方向，他可以分辨出一条巨大的黑色裂缝，他猜那就是楼梯。

“今天晚上你问不出什么的，她就要喝醉了。”

“别管她会不会喝醉，”基尔斯普厉声说，“马上带我去见她。”

女孩面含愠怒地上下打量了他一番，然后引着他们来到那黑色鸿沟处，爬上了楼梯。楼梯颤巍巍的，卡尔顿甚至担心它随时会崩塌。卡尔顿紧紧地抓着同伴的胳膊，两人缓慢吃力地爬上残破的台阶。最后，他们在一扇门前停下，透过门板上的几处裂缝，可以看到屋里微弱的灯光。这时，女孩吹响了尖利的口哨，门开了。仍然在这精灵似的向导的指引下，卡尔顿和侦探先生进了门。面前是一幅奇怪的场景。这是一间正方形的小房间，有着低矮的屋顶，顶上霉迹斑斑的壁纸碎成一块块的，从天花板上垂下来。左手边的尽头放着某种担架似的矮榻，上面躺着一个女人，几乎赤着身子躺在一堆油腻腻的衣服中间。她似乎生病了，因为她不停地将头从一边摆到另一边，不时用沙哑的嗓音断断续续地唱歌。房间中间是一张粗糙的松木桌，桌上点着一支火光摇曳不定的油蜡烛，昏暗地照着屋子里，旁边摆着一瓶空了一半的杜松子酒瓶和一只破杯子。在这些洋溢着节日气氛的东西面前，坐着一个老太太，面前摊开着一副纸牌，显然，她在用纸牌给一个恶棍似的年轻男子算命——开门的正是他，这时，他正站在那里看着侦探，流露出不太友好的表情。他穿着一件油腻腻的、缀满了补丁的褐色天鹅绒大衣，戴着一顶黑色的宽檐帽，帽檐一直拉到眼睛下方。从他紧皱眉头、意欲报复的表情，大律师断定他的命运终点就在彭特瑞奇[1]与绞刑架之间。

他们进门时，神婆抬起了头，用一只骨瘦如柴的手遮住眼睛，好

---

1　澳大利亚一家监狱。

奇地打量新客人。卡尔顿觉得他从没见过如此令人反感的老巫婆，事实上，她长相奇丑无比，显得十分怪诞，很值得让杜雷[1]的画笔来描摹一番。她那沟壑纵横的脸上布满了数不清的皱纹，皱纹中填满了厚厚的污垢。两道浓密的灰色眉毛横在锐利、漆黑的眼睛之上，那眼睛的光芒并未因沧桑岁月而变得暗淡。她的鹰钩鼻仿佛猛禽的喙，她的嘴唇薄薄的，牙齿已经掉光。她一头茂盛浓密的头发几乎全白了，用一根油腻腻的黑色丝带捆绑成粗粗的一把。至于她的下巴，当卡尔顿看到她的下巴前后颤动时，他不禁想起了《麦克白》的台词——

“你们应该是女人，可你们的胡子却使我不敢这么想。”

她简直就是那女巫三姐妹的代表！

他们进门时，神婆恶毒地盯着他们，问道。

“他们要什么鬼？”

“要你的老酒坛子。”那孩子喊道。她把乱糟糟的黑发甩到身后，露出精灵般的笑。

“出去，你这小崽子。”老妖婆哇哇叫道，一边朝女孩晃着皮包骨头的拳头，“否则我就把你的心掏出来。”

“是的，她可以出去了。”基尔斯普对女孩点点头，“你也可以出去。”

---

1　古斯塔夫·杜雷，法国现实主义画家，擅长描绘伦敦贫民窟中那些不屈不挠的人物。

他又转向那个年轻男子——男子还扶着那扇开着的门——厉声补充道。

一开始他似乎还想驳回侦探先生的命令，但还是听从了，他一边往外走，一边嘀咕着什么。女孩也跟着往外走，流浪儿妈妈的举动让她加快了脚步，因为流浪儿妈妈迅速从脚上脱下一只鞋——显然是长期练习的结果——朝那迅速逃跑的女孩头上扔去。

“你等着，丽兹。”她尖叫着，赌咒发誓，“等我抓住你，看我不打破你的头！”

丽兹发出轻蔑的尖利笑声作为回应，并随手把门关上。她的身影便消失在了颤巍巍的门的后面。

丽兹消失后，流浪儿妈妈从破酒杯里喝了一口酒，公事公办似的把她油腻腻的纸牌一把抓在手中，仿佛暗示般地看着卡尔顿，朝他瞥了一眼，示意他开口。

“如果你想知道你的未来，亲爱的，”她迅速洗着纸牌，哇哇叫道，“老妈妈会告诉——”

“住嘴，”侦探先生厉声打断她的话，“我是来办正事的。”

老巫婆一惊，只见她那双浓眉下的眼睛紧紧地盯着他。

“那些男孩子们干什么了吗？”她恶声恶气地问道，“这次这里可没有赃物。”

这时，那个在床上辗转反侧的病女人开始唱歌了，那是一首古老的名叫“芭芭拉·爱伦”的古怪民谣。

> 哦，妈妈，妈妈，给我做一张床，
>
> 做得窄窄的，牢牢的，
>
> 因为我的真爱今天为我而死，
>
> 明天我也要为他而死。

“闭嘴，见鬼去吧！”流浪儿妈妈恶毒地吼道，“否则我就把你的头敲下来。”她一把抓住方酒瓶，好像要把她的威胁付诸实施，但是又改变了主意，她把酒瓶里的酒倒了一些到杯子里，贪婪地一饮而尽。

“这个女人好像生病了。”卡尔顿说着，不寒而栗地朝那张小榻看了一眼。

“她是病了。”流浪儿妈妈愤怒地咆哮道，“她本来应该躺在雅拉河湾，而不是躺在这里，尽唱些让人讨厌的歌，听得我的脊背发凉。你听听——”她恶狠狠地说着，这时病女人又唱起来了。

> 噢！我妈妈根本没想到，当她第一次摇起我的摇篮时，
>
> 我会死在离家这么远的地方，就在绞刑架下。

“呀！”老女人说着，又匆忙从酒杯里喝了一点杜松子酒，“她总是说着这些死啊绞刑架的，好像这是什么值得炫耀的好事。”

“三四个星期之前死在这儿的女人是谁？”基尔斯普厉声问道。

“噢，我怎么知道？”流浪儿妈妈脸色阴沉地回答，“我又没有杀她，不是吗？是她喝的白兰地要了她的命，她总是喝呀喝的，见鬼。”

“你还记得她死的那一晚吗？”

“不，不记得。”老巫婆直率地回答，“我喝醉了——醉得不省人事——我醉倒了。”

“你总是喝醉。”基尔斯普回答。

“我就是喝醉了，那又怎么样？”女人号叫道，一边又抓住了酒瓶，“又不用你付酒钱。是的，我喝醉了，我总是喝醉。我昨天晚上喝醉了，前天晚上也喝醉了，今天晚上我也要喝醉。”她又看了一眼酒瓶子，说：“明天晚上也要喝醉，我要喝到我烂在坟墓里的那一天。”

卡尔顿颤抖了一下，她的声音充满了仇恨和被压抑的歹毒，但是侦探先生只是耸了耸肩。

“别蠢了，”他简短地说，“快说，‘女王’——你是这么叫她的——死的那天晚上，是不是有个先生过来见她？”

“她是这么说的。”流浪儿妈妈反驳道，“但是，先生，我什么都不知道，我喝醉了。”

“谁说的——‘女王’吗？”

“不是，我的外孙女，萨尔。‘女王’派她碰碰运气，看能不能找到那个公子哥儿。想让她看看他做的事情，我猜是这样，见鬼！萨尔从我的盒子里偷了一些纸。”她气愤地尖叫道，“趁我喝得烂醉，偷了那张纸！”

侦探先生瞥了一眼卡尔顿，只见他面露喜悦地朝侦探先生点了点头。他们是对的，信纸就是从图拉克的别墅里偷的。

“你没有见到那个上门来的绅士？”基尔斯普又转向那个老巫婆，问道。

“没有，”她礼貌地回答说，“他大概是凌晨一点半来的，你不会以为我们整晚都不睡觉吧？”

“一点半，”卡尔顿迅速重复了一句，“正是这个时间。是真的吗？”

“如果不是真的，我就去死。”流浪儿妈妈大度地回答，“我的外孙女萨尔可以告诉你。”

“她在哪里？”基尔斯普严厉地问。

听了这话，老女人把头一甩，沮丧地哀号起来。

“她着魔了。”她抽泣着，用双脚跺着地板，“走了，抛下她可怜的老外婆参军去了！我诅咒他们。”

这时，床上的女人又唱起来了——

森林里的花儿都枯萎了。

“你这嚼舌根的，”流浪儿妈妈站起身，怒吼着冲到床边，“我要掐死你！你想让我杀了你吗，总唱那些丧气的歌？”

“唯一能证明菲兹杰拉德先生在凌晨一点至两点待在这里的人，”侦探先生向卡尔顿快速说道，“就是萨尔·罗林斯，因为其他人好像不是醉了就是睡了。她已经加入了救世军组织，我明天一早就去军营找她。”

“希望你能找到她。”卡尔顿深吸一口气，说，“一条人命就攥在她的手中了。”

他们转身离开，走之前卡尔顿给了流浪儿妈妈几块碎银，她忙贪婪地将其一把抓住。

“你会拿去买酒，对吗？”大律师说着，后退了几步。

“非常有可能。”老妖婆回答说，露出令人反感的微笑，她把钱塞进一件衣服里，那是她放钱的地方，“我是警察局的暗哨，这是我这辈子唯一的快乐，见鬼。”

看到钱，她的坏性子好像也变得好起来，只见她举起蜡烛，把楼梯口照亮，免得他们下楼时把头摔破。安全下楼后，他们看到烛光消失了,耳边又响起了病女人的歌声,她唱的是“夏日里的最后一朵玫瑰”。

通向街道的大门开着，他们在陷阱遍布的黑暗走廊摸索前进，随后来到了大街上。

“谢天谢地！”卡尔顿摘下帽子，深吸一口气，“谢天谢地，我们安全地出了贼窝。”

往回走时，侦探先生说：“不管怎样，我们没有白跑一趟。我们知道菲兹杰拉德先生谋杀当晚去了哪里，他安全了。”

“这要取决于萨尔·罗林斯。”卡尔顿严肃地说，“不过，来吧，让我们喝一杯白兰地，因为看到底层人的生活后，我感觉非常难过。”

# 失　踪

次日，基尔斯普直到下午才去卡尔顿的办公室，他发现大律师在急切地盼望他的到来。然而，侦探先生的脸色看起来十分沮丧，卡尔顿不安起来。

基尔斯普关上门,坐下来,卡尔顿连忙不耐烦地问道:“她在哪里?”

“我也想知道她去了哪里。”侦探先生冷冷地回答，“我去了救世军总部，询问了她的情况。看起来，她之前在军队里当女工作人员，但是不到一周就厌倦了，就和她的一个朋友去了悉尼。她又走回了不正经的老路，但是最终她的朋友也厌倦了她，他们最后听到的有关她的消息就是，她和悉尼一个贫民窟的中国人搞在了一起。我马上给悉尼发了电报，但是悉尼警方回电说没有听说过名叫萨尔·罗林斯的人，不过，他们说会去打探一下，让我等消息。”

“啊！毫无疑问，她隐姓埋名了。”卡尔顿若有所思地摩挲着下巴，说道，“我想知道为什么。”

“想摆脱军队的追踪，我猜。”基尔斯普面无表情地回答，“这迷途的羔羊根本不想回到羊圈。”

“她什么时候参军的？”

“谋杀案发次日。”

“非常突然的转变？”

“是的，但是她说周四晚上那个女人的死让她很震惊，所以她义无反顾地去了军队，准备树立自己的宗教信仰。”

“被吓坏了，毫无疑问。”卡尔顿冷冷地说，“我遇到过很多这样突然皈依的例子，但是这种改变通常来说不会持久——‘魔鬼生病的时候，他会好得像个修士。’仅仅如此。她漂亮吗？”

“还行吧，我觉得。”基尔斯普耸耸肩。

“非常无知——既不能读也不能写？”

“是的，她到俱乐部送信时，不知道去叫菲兹杰拉德，她可能也不知道她要去请的是谁。看来，这最后要成为一个身份辨认的问题。不过，如果警察找不到她，我们会在报纸上登寻人启事，同时也发些传单，提供线索的付给他们酬金。肯定能找到她。布莱恩·菲兹杰拉德命悬一线，这根线就是萨尔·罗林斯。”

“对！”基尔斯普搓着手，表示同意，“即使菲兹杰拉德先生不承认他案发当晚在流浪儿妈妈家里，她也可以证明他在那儿，因为没有别人看见他。”

“你确定吗？”

“非常确定，这种情况下任何人都会这么认为。他来的时候已经是深夜了，除了那个将死的女人和萨尔，其他人似乎都睡了。这两个人，一个已经死了，另一个是唯一能证明双轮马车谋杀案发生时他在那儿的人。”

“流浪儿妈妈呢？”

“喝醉了，正如她昨晚所说的，她说，如果的确有位先生来过的话，那肯定另有其人。”

“另有其人？”卡尔顿疑惑不解地问，“还有另一个人？”

“奥利弗·怀特。”

卡尔顿从椅子上站起来，惊愕而茫然。

“奥利弗·怀特！”他半天才说出话来，“他经常去那里吗？”

基尔斯普蜷缩在椅子上，像只毛皮光滑的猫咪，他使劲向前伸出头，直至鼻子像只食肉猛禽的喙般突出。他热切地盯着卡尔顿。

“听着，先生，”他像只猫似的咕咕噜噜地低声说道，“这个案子大有隐情，绝不像表面那么简单——事实上，我们越深入，这案子似乎就变得越复杂。我今天早上去见了流浪儿妈妈，她告诉我‘女王’卧病期间怀特去探视了几次，他似乎和她非常熟悉。”

“这个被他们称为‘女王’的女人到底是什么来头？”卡尔顿恼怒地说，“她似乎是整件事情的幕后黑手，我们的每条线索都指向她。”

“我对她几乎一无所知，”基尔斯普回答说，“我只知道她是个漂亮的女人，大概四十九岁，几个月前她从英国来到悉尼，然后来了这里——我查不到她和流浪儿妈妈是什么关系，我试着盘问过那个老女人，但她守口如瓶，我想她知道那个死去的女人的很多事情，但她不说。”

“她对菲兹杰拉德说了什么，竟会使他做出如此愚蠢的行为？一个刚从英格兰来的陌生人，死在墨尔本的贫民窟里，不可能知道福瑞特波利小姐的任何事情。”

“除非福瑞特波利小姐和怀特秘密结婚，”基尔斯普猜道，“而‘女王’知道了这件事。”

“胡说。”卡尔顿严厉地反驳，“因为她恨怀特，她喜欢的是菲兹杰拉德。而且，究竟为什么她要秘密结婚，而且会和一个墨尔本下层社会的女人成为亲密的朋友？她父亲曾经让她嫁给怀特，但是她坚决反对，所以她父亲最终同意她和菲兹杰拉德订婚。”

"怀特呢？"

"哦，他和福瑞特波利先生吵了一架，然后在盛怒中离开了他们家。当晚他就被谋杀了，因为他随身带着的某个文件。"

"哦，那是戈比的猜测。"基尔斯普恨恨地低吼着，不无鄙夷。

"这也是我的想法。"卡尔顿坚定地说，"怀特手上有某件珍贵的文件，他总是随身携带。那死去的女人显然把这件事情告诉给了菲兹杰拉德，我是从他无意中透露的消息猜测出来的。"

基尔斯普困惑不已。

"我必须得承认这是个谜团。"他最终开口说，"如果菲兹杰拉德先生肯开口，那么一切都会大白于天下。"

"开口说什么——杀死怀特的人是谁？"

"噢，即使他不能指出凶手，至少也可以揭示犯罪的动机。"

"也许如此。"卡尔顿说道。这时侦探先生起身准备离开，卡尔顿又说："但是没有用，菲兹杰拉德因为某种原因，显然打定了主意不开口，所以我们救出他的唯一希望就是找到那个女孩。"

"如果她人在澳大利亚，你就放心，我们肯定能找到他。"基尔斯普起身准备告辞，他非常有信心地说，"澳大利亚可比不上别的大城市那样人口稠密。"

但是，如果萨尔·罗林斯身在澳大利亚，她肯定藏在某个犄角旮晃，所有寻找她的努力都归于失败。她是死是活都是一个问题，她似乎完全消失了。最后一次有人看到她是在悉尼的一个贫民窟，她和一个中国人在一起，似乎后来她又离开那个中国人了。自此之后，再也没有听到任何有关她的讯息。澳大利亚和新西兰的各家报纸上都登载了寻人启事，只要找到她都会重重酬谢，但是都没有回音。因为她自己不认字，所以她也不可能知道别人在找她。如果正如卡尔顿所猜想的，她已经改名换姓，那么别人也不可能告诉她这些信息。唯一的机会是她可能会无意中听到有人找她的消息，或是她会主动出现。如果她回到墨尔本，她肯定会去找外祖母。她没有理由不这么做。因此，基尔斯普密切监视着这幢房子，这让罗林斯太太非常反感，因为以她真正的英国式骄傲，她反对这种间谍行为。

“我诅咒他。”她哑着嗓子，对着酒杯，向一个和她一样形容枯槁、面相邪恶的干瘪老太婆叫嚣道，“为什么不能待在他自己的窝里，偏来这里，不让我安生——他总是在这周围鬼鬼祟祟，到处打听，不让人谋生，也不让人喝酒。”

“他想干什么？”她的朋友摩挲着自己虚弱的老膝盖。

“想要什么？——想被人切开喉咙！”流浪儿妈妈恶狠狠地说道，“哪天晚上他上这儿来监视的时候——就好像这里是彭特瑞奇——我就会帮他实现心愿。他想知道一些事情，但是我知道一些他不知道的事情。

我诅咒他。”

说完，她发出了衰老的笑声。她的同伴则趁她发表长篇大论的时候，从她的破酒杯里偷喝了一些杜松子酒。流浪儿妈妈一把抓住这个倒霉的老家伙的头发，把她的头在墙上一撞，任凭她发出虚弱的叫声。

“我会报警来抓你的。”被殴打的老太太呜咽着，尽可能快地迈着她那患风湿病的老腿蹒跚离去，“看我会不会报警。”

“滚！”流浪儿妈妈反击道，她漠不关心地又给自己倒了一杯酒，“你又来偷我的酒，活见鬼。看我不切开你的喉咙，扭下你的脑袋！”

听到如此令人愉快的提议，另一个老妖婆发出了丧气的哀号，她赶紧踉跄而出，抛下流浪儿妈妈独享她无可争议的主权。

与此同时，卡尔顿已经见过布莱恩好几次了，他费尽唇舌，力图说服布莱恩，让其坦白一切，但布莱恩要么固执地保持沉默，要么只是说：“这只会让她心碎。”

一番盘问后，布莱恩向卡尔顿承认，他在案发当晚的确去过流浪儿妈妈家里。在苏格兰教堂拐角离开怀特后——正如车夫罗伊斯顿所说——他上了罗素街，并在独角兽旅馆见到了萨尔·罗林斯。萨尔带他去了流浪儿妈妈家里，在那里见到了那个临死的女人，那女人告诉了他一些他绝不能透露给别人的事情。

听他承认这一切后，卡尔顿先生说：“哇哦，你之前就应该向我们承认这件事情，省得我们大费一番周章，而且你也保守了你的秘密，不管那是什么秘密。要是你早说了，我们就可以在萨尔·罗林斯离开墨尔本之前抓住她，现在她能不能现身，只能听天由命了。”

布莱恩没有答话，事实上，他似乎根本没有思考大律师所说的话。但是卡尔顿即将离开时，他问了一句：

“玛奇好吗？”

“你觉得她会好吗？”卡尔顿愤怒地转过身，对他说，“她病得很严重，都是因为担心这件事情。”

“我亲爱的！我亲爱的！”布莱恩痛苦地喊道，他用双手抱住头，“我这么做，都是为了救你。”

卡尔顿走向他，把手轻轻地放在他肩上。

“亲爱的朋友，”他严肃地说，“律师与当事人之间的信任，就如牧师与忏悔者之间的信任一样神圣。你必须把这个与福瑞特波利小姐利害攸关的秘密告诉我。”

“不，”布莱恩坚定地回答，“我绝不会把那个该死的女人告诉我的话再讲一遍。我从前不会为了救我自己的命而告诉你，现在也不可能告诉你，因为说出来毫无益处，只会白白失去一切。”

“我也绝不会再问你了。”卡尔顿异常恼怒地回答。走向门口时，他说道：“至于对你的控告，如果我能找到那个女孩，你就安全了。”

大律师离开了监牢后，便去侦探事务所找基尔斯普，看看是否有萨尔·罗林斯的任何消息。但是，和往常一样，没有任何消息。

“这是与命运的抗争。”他离开时，悲哀地说道，“他的命就悬在这一线机会上了。”

双轮马车谋杀案的审判定于九月进行，当然了，随着审判时日的临近，墨尔本城里显得极为兴奋。因此，当听说被告律师已经申请将审判延期至十月时，人们不由大失所望。延期的理由是一个重要的辩方证人暂未找到。

# 庭 审

尽管警察极力搜查，尽管酬金异常丰厚——卡尔顿以被告的名义提供了一部分，福瑞特波利先生提供了另一部分——众人翘首盼望的萨尔·罗林斯仍然不见踪迹。在这件事情上，这位百万富翁从头到尾都对布莱恩保持着最友善的态度。他拒绝相信布莱恩有罪，当卡尔顿告诉他萨尔·罗林斯可以为布莱恩做不在场证明时，他立即拿出一大笔酬金去悬赏寻人——单是这笔赏金的数目，就足以使每个人利用手头的一切时间去搜寻这位失踪的证人。

整个澳大利亚和新西兰都回响着“萨尔·罗林斯”这个极其庸俗的名字，各家报纸都登满了重金酬谢的寻人启事，印着红色醒目字母的传单也贴满了所有火车站，与“液体阳光”朗姆酒和“D.W.D”威士忌的广告并排贴着。萨尔·罗林斯出名了，但她自己却一无所知，除非她的确是故意隐藏起来的，但这几乎不可能，因为她没有这样做的明显动机。如果她还活在世上，就算没有看到报纸，她也肯定已经看到了这些传单；虽说她不识字，她总能听到整个澳大利亚上上下下谈论的这件事的只言片语。尽管如此，萨尔·罗林斯始终音讯全无，绝望之下，卡尔顿开始认定她已经死了。至于玛奇，尽管有时她会丧失勇气，但仍然抱有希望。

“上帝决不允许法庭处死一个无辜的人，这是有罪的。”她宣称道。

对于此话，卡尔顿先生满怀疑虑地摇了摇头。

“上帝以前就允许这种事情发生过。”他温柔地回答，“我们只能根据过去推断未来。”

审判日最终来临了。卡尔顿坐在办公室里审读诉讼摘要时，一个办事员走进来，告诉他福瑞特波利先生及其女儿想见他。父女俩进门时，大律师发现这位百万富翁看起来憔悴不堪，满脸焦虑。

“卡尔顿，我女儿她　　”双方匆匆问候后，他说，“审判菲兹杰拉德的案子时，她想要出庭，我怎么说都没法打消她的念头。”

卡尔顿转过身，有些惊讶地看着那姑娘。

“是的。”她回答，目光坚定地迎上卡尔顿的注视，但她脸色十分苍白，“我必须出席。要是我不知道审判是怎么进行的，我肯定会焦虑而死。”

“但是想一想，你会引起大家的注意，这会让你很不舒服。”大律师劝道。

“没有人会认出我。”她平静地回答，“我会穿得很不惹眼，我还会戴上这副面纱。”说着，她从口袋里掏出一条面纱，然后走到墙上悬挂的一面小穿衣镜前，将其蒙在脸上。

卡尔顿迷茫地望向福瑞特波利先生。

“恐怕你得同意了。”他说。

“很好。”福瑞特波利先生几乎脸色铁青地回答，一抹不悦的神色掠过他的脸，“我就把她托付给你了。”

“你呢？”

“我不来了。”福瑞特波利先生说着，迅速戴上帽子，“我不愿意看到一个曾经是我的座上宾的人，如今站在被告席上，尽管我十分同情他。祝你好运。”他简单地点了点头，就离开了。玛奇的父亲把门一关上，她就把手按在卡尔顿胳膊上。

“有希望吗？”她悄声问道，透过黑色的面纱望着他。

“只有最渺茫的希望。”卡尔顿把辩护摘要放进公文包里，“我们已经尽一切力量去寻找这个女孩，但是没有结果。如果她不能在十一点之前赶到，恐怕布莱恩·菲兹杰拉德就要完蛋了。”

玛奇跪倒在地，发出压抑的哭声。

“哦，仁慈的上帝，”她哭着举起双手，仿佛在祈祷，“请救救他吧。救救我的爱人，不要让他为别人的罪行而送命。上帝啊——”

律师走过来，轻轻地扶着她的肩膀。她把头埋在手中，开始抽噎起来。

“振作起来。”他体贴地说，“做一个勇敢的姑娘，像以前那样。我们还有机会救他。你知道的，黎明前是最黑暗的时刻。”

玛奇擦干眼泪，跟着大律师上了门口等着的马车。他们迅速驱车到了法庭，卡尔顿把她安顿在一个隐蔽安静的地方，从那儿她可以看到被告席，却不会被法庭里其他人发现。他正要离开时，玛奇碰了碰他的胳膊。

“告诉他，”她悄声说，嗓音颤抖，“告诉他我在这儿。”

卡尔顿点点头，匆忙离开，他要去戴上假发，穿上长袍。玛奇则从她的有利位置仓促地环视了一下法庭。

法庭里挤满了时髦的墨尔本人，男男女女都有，都在压低嗓音交头接耳。被告广受欢迎的脾性、英俊的外表、与玛奇·福瑞特波利的婚事，以及这桩案子不同寻常的案情，都将公众的好奇心激发到了顶点，因此，每一个能设法弄得入场资格的人都出席了审判。

菲利克斯·罗尔斯顿抢到了一个绝佳的位置，就挨着他十分倾慕的费泽威特小姐。此时，他正滔滔不绝地对她说着话。

“这让我想起了斗兽场以及诸如此类的地方，你知道的。”他戴上眼镜，四处观望，“屠宰犯人，简直像个罗马假日，天哪。”

“别说这么可怕的事情，你这个轻佻的家伙。”费泽威特小姐嗤笑着，拿起她的嗅盐瓶，“我们大伙来这儿，都是出于对可怜的亲爱的菲兹杰拉德的同情。”

机智的菲利克斯可比别人想的还要聪明，对于这种典型女性化的掩盖强烈好奇心的方式，他毫不掩饰地笑起来。

“啊，是的。”他轻松地说道，“的确如此。我敢说，夏娃吃掉那个苹果，只是因为她不想看到那么多美味的水果被浪费掉。”

费泽威特小姐满腹狐疑地瞪着他，她不太确定他到底是在说笑还是认真的。她正要回答拿《圣经》开玩笑可不道德时，法官进来了，全体立刻起立。

犯人被带进法庭时，女士们中间传来一阵巨大的骚动声，有人甚至不体面地掏出了看歌剧的眼镜。布莱恩注意到骚动声，他的脸一直红到了金发的发根处，因为他感受到了钻心的屈辱。他是一个心高气傲的人，如今身处被告席，法庭里这么多轻浮无聊的人——有些甚至自称他的朋友——都像看新演员或是野生动物似的看着他，这令他屈辱万分。他穿着黑色囚服，脸色苍白，憔悴不堪，但是所有的女士都声称他和从前一样英俊，而且她们都确信他是清白的。

陪审团宣誓就职，主控人起身发表开场白。

在场的大多数人对案情的了解仅限于报纸上的报道，以及通过各种渠道打探来的小道消息。因此，他们并不知道导致菲兹杰拉德被捕的一系列事实，于是他们个个聚精会神地准备聆听主控人的开场白。

女士们停止了交谈，男士们停止了东张西望。放眼望去，只看见一排又一排热切而又专注的面孔，每个人都竖着耳朵倾听从主控人嘴唇里吐露出来的每个字眼。主控人并不是优秀的演说家，但是他吐字清晰而果断，在死一般的沉寂中，每个字都清晰可辨。

主控人迅速介绍了一下案情概要——然而也不过是重复报纸上刊登的内容——接着开始逐个介绍控方证人。

主控人会传召死者的房东太太，请她介绍被告与死者之间的不和，而且被告曾在案发前一个星期去过死者家里，还威胁会杀了他。听到这里，法庭内一片哗然，有几位女士当场不假思索地断定这个可怕的男子是有罪的，但大多数女士仍然拒绝相信这样一个年轻英俊的小伙子有罪。主控人还会传召一位证人，也就是马车夫罗伊斯顿，他会证实怀特被谋杀当晚喝醉了，并沿着罗素街一直朝柯林斯街的方向走，他发誓看到是被告叫了马车，然后走开一会儿之后，又折回来，和死者一起进了车厢。他还会证实被告在圣基尔达路的文法学校下了马车，以及在马车到达路口时他发现死者已经被谋杀了。另一位马车夫兰肯会证明他将被告从圣基尔达路送到东墨尔本的坡勒特街，在坡勒特街被告下了车。被告的房东太太也会被传召，她会证实被告的确住在坡勒特街，而且案发当晚，被告直到两点过一会儿才回家。主控人还会传召负责此案的侦探先生，以证实在被告房间里发现了一只死者的手套，这只手套就在被告于谋杀当晚所穿的短大衣的口袋里。负责检验死者尸体的医生也会出庭，证明死者是死于吸入三氯甲烷。现在，主控人已经将整条证据链完全展示出来。首先，他传召第一位证人，马尔科姆·罗伊斯顿。

罗伊斯顿宣誓作证后，给出了与他的审问口供一致的证词，从被告叫来马车讲起，一直讲到他载着怀特的尸体去圣基尔达警察局报案的时候。在盘问环节，卡尔顿问他，是否确定召唤马车的男子和与死者一起进入马车的男子是同一个人。

目击证人：是的。

卡尔顿：非常确定吗？

目击证人：是的，非常确定。

卡尔顿：那么，你是否能认出被告就是那个叫马车的人？

目击证人（犹豫不决）：我不能保证。叫马车的先生帽檐一直拉到眼睛下方，所以我看不见他的脸，但是那人的身高和大体外形与被告一样。

卡尔顿：那么，仅仅因为当晚和死者一起进入马车的男子和被告穿着一样，你就认为他们是同一个人？

目击证人：我从没有想过他们会不是同一个人。而且，他说的话也让人觉得他就是之前那个人。我说："噢，您回来了。"他回答说："是的，我要送他回家。"然后就进了我的马车。

卡尔顿：你注意到他的声音有什么不同吗？

目击证人：没有。不过第一次看到他的时候，他说话声音很大，第二次他回来时，声音很小。

卡尔顿：你当时很清醒，我猜？

目击证人（气愤地）：是的，非常清醒。

卡尔顿：哦！你没有喝酒吗，我是说你没在东方酒馆喝酒吗？我相信那家酒馆离你的马车停靠的地方不远。

目击证人（犹豫）：哦，我可能喝了一杯。

卡尔顿：那么你可能喝酒了，你可能喝了好几杯。

目击证人（愠怒）：噢，可没有法律不许人喝酒。

卡尔顿：当然没有。我猜你正是占了没有这条法律的便宜。

目击证人（反抗地）：是的，的确。

卡尔顿：那么你会感觉有点轻飘飘了？

目击证人：是的，坐在马车上是会轻飘飘的（笑）。

卡尔顿（严厉地）：你站在这里是为了作证，先生，不是为了说笑，不管那笑话有多俏皮。那么，你是否因为喝了酒有一点醉意？

目击证人：可能有一点。

卡尔顿：那么，你当时的状态使你没有非常清楚地观察召唤你的马车的男子？

目击证人：是的，我没有清楚地观察——我也没有理由仔细观察——我又不知道即将发生一场谋杀。

卡尔顿：你从没有想过上车的是另一个人？

目击证人：没有，我一直以为是同一个人。

罗伊斯顿的证词就此结束，卡尔顿十分不满意地坐了下来，因为没能引导他说出任何更确切的东西。但是有一点变得很明朗：有人肯定穿得和布莱恩一样，他低声说话就是怕泄露自己的身份。

下一个证人是克莱门特·兰肯，他宣誓证明于星期五凌晨一点至两点在圣基尔达路接到被告，并将其送至东墨尔本坡勒特街。在盘问中，卡尔顿得出了对被告有利的一点。

卡尔顿：被告和你载到坡勒特街的先生是同一个人吗？

目击证人（自信地）：哦，是的。

卡尔顿：你怎么知道？你看到他的脸了吗？

目击证人：没有，他的帽子拉到眼睛下方，但是我可以看到他的胡子和下巴。他的外形和被告一样，胡子也是这么浅的颜色。

卡尔顿：你是在哪里接到他的？他在干什么？

目击证人：他在文法学校附近，朝墨尔本方向快步行走，边走边抽烟。

卡尔顿：他戴着手套吗？

目击证人：是的，左手戴着手套，另一只手光着。

卡尔顿：他右手戴戒指了吗？

目击证人：是的，食指上戴着一枚大钻石戒指。

卡尔顿：你确定吗？

目击证人：是的，因为我觉得对于一位先生来说，把戒指戴在这个位置很奇怪。他付我车费时，我能看到他食指上的戒指在月光下闪闪发光。

卡尔顿：可以了。

被告律师对这个证据很满意，因为菲兹杰拉德讨厌戒指，而且从不戴戒指。他把这件事情记载进了辩护摘要里。

接下来传召的是死者的房东太太哈勃尔顿太太，她宣誓证明奥利弗·怀特最近两个月左右租住了她的房子。他似乎是个非常安静的年轻男子，但是经常喝得醉醺醺地回家。据她所知，他的唯一一个朋友就是一位莫兰先生，经常和他在一起。7月14日，被告上门来找怀特先生，两人吵了一架。她听见怀特说："她是我的，你什么也做不了。"被告回答说："我可以杀了你，如果你和她结婚，我就杀了你，就算是在大马路上。"当时她并不知道他们所说的这位小姐的名字。这话在法庭上引起了不小的轰动，半数在场的人都认为这条证据就足以证明被告有罪。

盘问中，卡尔顿无法撼动目击证人的这条证据，因为她只是一味地重复这些话。

下一个证人是萨姆森太太，她嘎吱嘎吱地走进证人席，泪如雨下。她回答问题时，刺耳的声音显得痛苦万分。她说明被告有早回家的习惯，但谋杀当晚是两点差几分回家的。

主控人（对照摘要）：你是说两点以后？

目击证人：我之前说错过一次，我对一个自称是保险代理的警察说过是两点过五分，这是他诱导我这么说的。我再也不会说错了，是两点差五分，对此我可以宣誓。

主控人：你确定你的钟是准的？

目击证人：有时候不准，但是我的侄子是个钟表匠，周四晚上在我出门的时候来到了我家，校准了钟，而我当时不知道这件事。菲兹杰拉德回家时是周五凌晨。

萨姆森太太勇敢地坚持这个说法，她最后在胜利中离开了证人席，相比这个时间点，她的其他证词并不重要。证人兰肯，也就是载着被告来到坡勒特街的车夫再次被传召，他证实被告在坡勒特街下车的时刻是凌晨两点。

主控人：你怎么知道时间的？

目击证人：因为我听见邮局的钟敲了两下。

主控人：你在东墨尔本能听见吗？

目击证人：那天晚上十分安静，我能很清楚地听见报时的钟声。

在时间上证人们的证词相互矛盾，这对于布莱恩十分有利。如果如房东太太所说，根据厨房那面钟的时间——那面钟在谋杀前夕正好被校准过——菲兹杰拉德回到家的时间是两点零五分，那么他不可能是两点整在坡勒特街走下兰肯的马车的那个人。

下一个证人是钦斯顿医生，他宣誓证明死者的死是由于大量吸入了三氯甲烷。之后作证的是戈比，他宣誓证明在被告外套口袋里发现了属于死者的手套。

接下来传唤的是死者的密友罗杰·莫兰。他证明是在伦敦认识死者的，后来又在墨尔本碰到了死者。他经常和死者在一起。谋杀案发当晚，他在伯克街的东方酒店，然后，怀特兴奋异常地走了进来，他穿着晚礼服，外面套着短大衣。他们一起喝了几杯，然后去了罗素街的一家酒店，在那儿又喝了几杯。他和死者当时都喝醉了。怀特脱下了自己的短大衣，说感觉很热，紧接着就出去了，丢下莫兰一个人在酒店里睡着了。后来，酒保叫醒了莫兰，让他离开。莫兰看见怀特丢下的外套，便拿起外套追出去，打算还给他。正当莫兰站在街头时，一个人抢走了外套，逃之夭夭。他试图去追那个小偷，但因为醉得太狠，没法去追。接着，莫兰回到家上床睡觉，因为次日他必须早起到乡下去。

卡尔顿：你离开酒店走上街头后，是否看到了死者？

目击证人：没有，我没看见。我喝醉了，除非死者开口跟我说话，否则我根本认不出他来。

卡尔顿：你见到死者的时候，他为什么而兴奋？

目击证人：我不知道。他没说。

卡尔顿：你们聊了些什么？

目击证人：什么都聊。主要聊伦敦的事情。

卡尔顿：死者是否有提到过什么文件？

目击证人（惊讶）：没有，没有提过。

卡尔顿：你确定？

目击证人：非常确定。

卡尔顿：你回到家是什么时候？

目击证人：我不知道。我醉得太厉害了，记不得了。

至此结束主控人的询问。结束时天色已晚，法官宣布休庭，次日继续。

转眼间，充斥着交头接耳的听众的法庭很快空无一人。卡尔顿浏览了一下笔记，发现第一天的庭审结果中有两点对菲兹杰拉德有利：第一，兰肯和房东太太萨姆森太太的证词在时间上有出入；第二，据车夫罗伊斯顿的证词，是那个右手食指戴着戒指的男人谋杀了卡尔顿，而被告从不戴戒指。

相比大量表明被告有罪的证据，证明被告无罪的证据显得十分薄弱。大家的观点分为两派，一派认为被告有罪，一派表示反对。这时，一件令所有人震惊不已的事情发生了。整个墨尔本的报纸都印发了号外，消息口口相传，像野火般蔓延开来——

“失踪的证人——萨尔·罗林斯——回来了！”

## 萨尔·罗林斯知无不言

事实的确如此。萨尔·罗林斯在最后关头露面了，这让卡尔顿发自内心地感激，在他看来，她就是上天派来的天使，来拯救一个无辜之人的性命。

事情是这样的。审判结束后，卡尔顿和玛奇一起回到了他的办公室，这时一位职员拿来了一份电报。卡尔顿急忙打开，看着看着，他默默地笑了，接着把电报递给了玛奇。

她是个情感丰富的女子，读完电报后就哭倒在地上，感谢上帝在听到她的祈祷后伸出援手，来挽救她爱人的生命。

“马上带我去见她。”她恳求律师。

她急切地想听到萨尔·罗林斯亲口说出那些话，那些天籁般的能帮布莱恩逃过一劫的话。

“不，亲爱的。”卡尔顿坚定而温柔地回答，“我不能把一位高贵的小姐带到萨尔·罗林斯居住的地方。明天你就知道一切了，现在你必须回家，好好休息。”

“你会告诉他吗？”玛奇双手抓住卡尔顿的胳膊，悄声问。

“马上就告诉他。”他当即回答，“今晚我还要去见见萨尔·罗林斯，听听她要说什么。安心吧，亲爱的。”他把玛奇送到马车里安顿好，然后补充道：“他现在很安全。”

听到这个好消息，布莱恩满怀感激，因为他知道自己没有性命之虞了，同时仍可保守自己的秘密。自被捕以来，他一直过着非人的生活，这是他首次感受到快乐。对于一个年轻、健康、前程似锦的人来说，面临突如其来的死亡威胁，是一件可怕的事情。然而，尽管他因自己逃脱了刽子手的绞索而感到高兴，但这喜悦中仍夹杂着他对那个秘密的恐惧——那个垂死的女人告诉他这个秘密时是如此的幸灾乐祸。

“我多么希望她在沉默中死去，而不要把这笔悲伤的遗产留给我。”

次晨，狱卒看到他那张憔悴不堪的脸时，不禁自言自语道：“真是上帝保佑他。但愿他不是为自己的好运感到难过。”

在那个令人疲惫的晚上，当布莱恩在牢房里来回踱步时，玛奇则在自己房间里，跪在床边，感激上帝的慈悲为怀。卡尔顿呢，这对情人的好仙子正匆匆赶往罗林斯夫人——也就是大家所称的流浪儿妈妈——的陋室。基尔斯普和他在一起，两人正激动地讨论着这位重要证人的及时出现。

基尔斯普依然用他那柔软的、懒洋洋的音调说道："见到戈比大失所望，就是我最高兴的事情。他非常确信菲兹杰拉德就是凶手，可惜明天一起床，戈比就要变成一头困兽了。"

"萨尔这段时间在哪儿？"卡尔顿漫不经心地问道，丝毫没有留意侦探先生在说什么。

"她病了。"基尔斯普说，"离开那个中国人后，她就到了乡下，结果掉进河里着凉了，后来发展成脑膜炎。有人找到她，就把她带回家照顾。她好了以后，就回到她外祖母家里了。"

"为什么照顾她的人没有告诉她，大家都在找她？他们肯定看过报纸。"

"他们没有看过报纸，"侦探先生回答说，"他们什么都不知道。"

"见鬼！"卡尔顿不悦地嘀咕道，"人们怎么能这么无知！嗨！整个澳大利亚都知道这个案子。不管怎样，他们都没有钱赚了，是吗？"

"无可奉告。"基尔斯普说，"我只知道她是今天下午五点半露面的，半死不活的。”

当他们走进流浪儿妈妈家门口那条肮脏、昏暗的走廊时，他们看见一道昏暗的灯光顺着楼梯流泻而下。他们爬上楼梯，听见那老巫婆正咬牙切齿、又恨又爱地数落着她那“浪子回头”的外孙女，此外还有个女孩低声回答的声音。一进房间，卡尔顿就发现上次那个躺在角落里的病女人已经不见了。流浪儿妈妈坐在桌子前面，面前摆着一只破杯子和她最爱的一瓶酒。她显然打算喝上一晚，以庆祝萨尔的归来——她早已经喝上了，免得浪费时间。萨尔本人则坐在一把破椅子上，疲惫不堪地靠着墙。卡尔顿和侦探先生进门时，她立刻站起来，他们发现她身材高挑，大概二十五岁左右，长得不赖，但是因为刚刚生过病，显得苍白憔悴。她穿着一件俗气的蓝色连衣裙，又脏又破，肩头披着一件破旧的格纹披肩。陌生人进屋时，她不由紧紧地裹住了胸口的披肩。而她的外祖母看着比以往更加怪异、可怖。卡尔顿和侦探先生一进门，那老女人就尖声喊叫起来，用词也比平时更加动听。

“啊，你们又来了！”她举起骨瘦如柴的两条胳膊，“要把我的姑娘从她又老又可怜的外祖母身边带走吗？她的妈妈已经死了，享福去了，留下我照顾她。感谢你们帮我把她找回来。”

基尔斯普毫不理会这位老复仇女神的话，而是转向那女孩。

“这位先生想要和你聊聊。”他说着，温和地扶着女孩坐回椅子上，因为她的确病得很虚弱，站不太久。“把你告诉我的话都告诉他。”

“‘女王’的事情吗，先生？”萨尔问道，她的嗓音低沉而沙哑，充满野性的目光一直盯着卡尔顿，“要是知道您在找我，我早就回来了。”

“你到哪儿去了？”卡尔顿怜悯地问道。

“新南威尔士。”女孩打了个寒战，说，“和我一起去悉尼的那家伙抛下了我——是的，抛下我，让我像个狗似的死在阴沟里。”

“让他去死！”老女人同情地哇哇叫道，接着从破杯子里喝了一口。

“我碰到了一个中国人，”外孙女疲惫无力地继续讲道，“我和他生活了一段时间——很可怕，对吗？”她说着，沮丧地笑了起来，因为她看到了大律师脸上的厌恶。“但是中国人不坏，他们对一个可怜的女孩子比一个白人小子好多了。他们不会用拳头揍得人死去活来，也不会拽着人的头发往地板上拖。”

“让他去死！”流浪儿妈妈昏昏欲睡地喊道，“我要把他们的心挖出来。”

“我想我肯定是疯了，肯定是的。”萨尔说着，把乱蓬蓬的头发捋到脑后，“离开那个中国人之后，我走啊走啊，一直走到一个灌木丛里，想让我的脑袋冷静一点，因为我的脑袋像着了火似的。我跳进河里，全身湿透了，然后脱下帽子和鞋子，躺在草地上。接着下起雨来，我走到附近的一个房子里，他们收留了我。噢，多么善良的人啊。”她抽泣起来，伸出了双手，说："他们没有折磨我的灵魂，而是让我好吃好喝。我告诉他们一个假名字，因为害怕军队到处找我。接着，我就生病了，一连几个星期不省人事，他们说我都烧傻了。再后来，我就回来找外婆了。"

"我诅咒你。"老女人说，但是语气温柔，更像是在祝福。

"收留你的那家人从没告诉你双轮马车谋杀案的任何事情？"卡尔顿问道。

萨尔摇摇头。

"没有，这里离他们住的乡下很远，他们什么也不知道。"

"啊！这就说得通了。"卡尔顿心里嘀咕道。

"来吧，"他欢快地说，"现在，把那晚发生的一切都告诉我吧，就是你带菲兹杰拉德先生来找'女王'的那晚。"

"他是谁？"萨尔疑惑地问道。

"菲兹杰拉德先生，你去墨尔本俱乐部给这位先生送过信。"

"噢，他呀？"萨尔说道，苍白的脸上突然现出一道光，"我从不知道他的名字。"

卡尔顿洋洋得意地点了点头。

"我就知道你不知道，"他说，"因为你在俱乐部时没有叫他的名字。"

"她从没告诉过我他的名字。"萨尔说着，把头向床的方向一甩。

“那么，她让你去请谁了？”卡尔顿热切地问。

“没说请谁。”女孩回答说，“她向来这样。那天晚上，她病得很厉害，我坐在她床边，外祖母睡着了。”

“我喝醉了，”外祖母插话道，“你们都没有说谎，我喝得太多了。”

“她对我说。”女孩丝毫不理会外祖母的话，继续说道，“她说，‘给我拿纸和笔来，我要给他写个便条。’于是我到外祖母的盒子里拿来了纸和笔。”

“是偷来的，你这个天杀的。”老巫婆尖叫着，还晃了晃拳头。

“住嘴。”基尔斯普语气强硬地说道。

流浪儿妈妈爆发出了一连串咒骂声，迅速把能骂的都骂了一个遍之后，她又渐渐平息下来，陷入阴沉的沉默中。

“她在纸上写了字。”萨尔继续说，“然后让我把信送到墨尔本俱乐部，把信送给他。‘他是谁？’我问。‘信上写着呢。你不要问问题，这样就不会听到谎言。你只要到俱乐部把信送给他，然后在伯克街和罗素街的街角等他。’于是我就去了，把信给了俱乐部的一个小伙子，然后到了街角。不久我就看到了他，然后领着他去找她。”

“那位先生长什么样？”

“噢，非常英俊。”萨尔说，“非常高，金发和胡须都是金色的。他穿着宴会上的礼服，穿着短大衣，戴着一顶软帽。”

“就是菲兹杰拉德，没错。”卡尔顿喃喃说道，“他来了以后，做了什么？”

“他直接去见‘女王’了，‘女王’说，‘你是菲兹杰拉德吗？’他说，‘是的。’她又问，‘你知道我要告诉你什么吗？’他说，‘不知道。’接着，她说，“是关于她的事情。”然后，他脸色十分苍白地说，‘噢，你竟敢从你邪恶的口里说出了她的名字。’然后，她坐起身，尖声喊道，‘叫那女孩出去，我就告诉你。’于是，他抓起我的胳膊，跟我说，‘你出去吧。’于是我就出去了。我就知道这些。”

卡尔顿一直在专心致志地聆听，这时他问道：“他和‘女王’待了多久？”

“大概半个小时。”萨尔回答，“我带他回到罗素街的时间大概是一点三十五分，因为我抬头看了邮局的钟。他给了我一枚银币，然后心神不宁地顺着街道走了。”

“他走回东墨尔本需要二十分钟左右，”卡尔顿自言自语道，“因此，他应该刚好在萨姆森太太所说的时间到家。他应该一直和‘女王’待在一起，我猜？”他问道，眼睛热切地盯着萨尔。

“我就在门口。”萨尔指着门说，“他如果出来，我不可能看不见。”

“噢，那就对了。”卡尔顿对基尔斯普点点头，“那么，我们就可以轻而易举地做出不在场证明了。”接着，他又转向萨尔：“不过，我想问问，他们在讨论什么？”

“我不知道。”萨尔回答，“我在门外，而且他们讲话声音很小，我听不见。我只听到他大喊一声，“我的天——太可怕了！”然后听见‘女王’大笑起来。接着，他就出来了，疯了一样对我说，‘快带我离开这个地狱！’于是，我就带他走了。”

“那么，当你回来之后——”

“她就死了。”

“死了？”

“死翘翘了。”萨尔愉快地说。

“我竟然不知道我和死人一起住了一晚。”流浪儿妈妈醒了，她大哭道，“我诅咒她，她总是和我作对。”

“你怎么这么说？”卡尔顿敏锐地问道——他正要起身离开。

“我认识她很久了。”老太婆哇哇叫着，用一双邪恶的眼睛盯住律师，“我知道你想知道什么，但是我不会告诉你的，你不会知道的。”

卡尔顿耸耸肩，转过身。

“你明天和基尔斯普先生一起到法庭去，”卡尔顿对萨尔说，“把你刚刚对我说的说出来。”

“这都是真的，我发誓，”萨尔热切地说，“他一直待在这儿。”

卡尔顿朝门口走去，侦探先生紧随其后，这时，流浪儿妈妈站起身来。

“找到她的赏金在哪儿？”她尖声叫道，伸出一只干枯的手指指向萨尔。

“噢，就当是那女孩自己找到自己的。”卡尔顿冷冷地回答，“赏金在银行里，一直都会在银行。”

“这么说，我辛苦赚来的钱泡汤了？见鬼！”老巫婆哀号道，“我诅咒你们，我会去告你们的，送你们进牢房。”

“如果你不当心点，进牢房的是你自己。”基尔斯普仍旧用他那柔软的猫叫般的嗓音说。

“呀！”流浪儿妈妈尖叫道，“我为什么要为你们的牢房当心？我难道没进过彭特里奇吗？那也拿我没办法，不是吗？我还是硬朗得很，像个年轻姑娘！”

说着，为了证实自己的话，这老妖婆在卡尔顿先生面前跳了一段战舞，还打着响指大声咒骂，作为舞蹈的配乐。她转身时浓密的白发四处乱飞，昏暗的烛光映照下，她那丑陋古怪的外表让人毛骨悚然。

卡尔顿想起他听说过的有关巴黎妇女的故事，在革命时期，她们会跳一种名叫“卡曼纽勒”的舞。他想，流浪儿妈妈在那鲜血与动乱的海洋中应当会如鱼得水。但他只是耸耸肩，走出了房间。流浪儿妈妈最后哑着嗓子咒骂了最后一句之后，筋疲力尽地倒在了地板上，大喊着要松子酒。

## 法官的宣判

次日早晨，法庭里人头攒动，还有很多人没能获得入场资格。萨尔·罗林斯现身了，开庭那天早上她会出庭作证，而且她一个人就足以证明被告的清白！这条新闻像野火般蔓延开来。一夜之间，一大群同情被告的朋友如雨后春笋般从四面八方冒出来了，他们满心期望着被告将被无罪释放。当然，还有许多审慎的人要等到陪审团做出判决后才会表明态度，另外一些则仍然相信被告有罪。然而，罗林斯从天而降，使得公众情感的巨潮一边倒地倾向于被告，曾经最响亮地谴责菲兹杰拉德的人里，如今也有一大半相信他的清白了。虔诚的神职人员语无伦次地大谈神的手段，以及无辜之人不会遭受不公，然而，这就是一个本末倒置的例子，因为陪审团还没做出判决呢。

菲利克斯·罗尔斯顿一觉醒来，竟发现自己已经小有名气了。出于善意的同情，以及某种唱反调的心态，他曾公开宣称自己坚信布莱恩是无辜的，现在，发现自己的观点很有可能是正确的，他惊愕不已。为此，他受到各方人士的称赞，称他料事如神。很快，他自己也开始认为自己是经过冷静的推理而做出的判断，而非出于想出风头的想法才这样说的。总之，有很多这种人，他们惊奇地发现伟大的名声从天而降，随后又相信自己确实受得起这种荣誉，菲利克斯·罗尔斯顿只是其中之一。他是一个智者，在鸿运当头之时，他抓住飞升的时机，向费泽威特小姐求了婚，而费泽威特小姐经过一番犹豫之后，同意把自己本人和几千英镑的嫁妆一起托付给了他。她断定未来的夫婿是一个有着非凡智慧的人物，因为他早就得出了一个正确的结论，而其他墨尔本人直到现在才开始得出这个结论。因此，她决定，一结完婚，菲利克斯就要像《埃欧兰斯》中的斯特文那样进入议会，利用她的金钱和他的头脑，有朝一日，他将使她成为总理的妻子。罗尔斯顿先生对未婚妻为他谋划的政治前途一无所知，他还是坐在法庭上的老位子上，忙于谈论此案。

“我早就知道他是清白的。”他带着洋洋自得的微笑说道，“你不知道吗？菲兹杰拉德是个天性快活的美男子，怎么可能去谋杀别人。”

不巧，一位牧师无意中听到活泼的菲利克斯做出的这个轻率评论，他表示完全不同意，并做了一番关于俊美外表和罪恶有着密切联系的讲道，并提起犹大和尼禄都是美男子。

“噢，”卡尔顿听到这番讲道，说道，“如果这条独特的理论是正确的，那么这位牧师先生想必是位真正虔诚的人吧！”这句影射牧师先生的外貌的话可相当不友善，因为这位可敬的先生无论如何都算不上相貌丑陋。但是，卡尔顿先生可是那种宁愿失去一个朋友，也不要咽下一句俏皮话的聪明人。

犯人被带上来时，人山人海的法庭里顿时响起来满怀同情的低语声，因为他看起来一脸病容，疲惫不堪。但卡尔顿对他的神情迷惑不解，因为他全然不像是一个已经得救的人——或者说，一个即将得救的人，因为事实上本案已成定局。

“你知道是谁偷了那份文件。”他目不转睛地盯着菲兹杰拉德，心想，“正是那个人谋杀了怀特。”

法官进来了，开庭了，卡尔顿站起身发表了演讲，并简短地陈述了他意欲做的辩护。

卡尔顿首先会传唤钟表匠阿尔伯特·邓迪，他会证实周四晚上八点去过被告的住所——当时房东太太出门了——并校准了厨房的钟。接下来，会传唤被告的朋友菲利克斯·罗尔斯顿，他会证明被告没有佩戴戒指的习惯，而且经常表达对这种习惯的厌恶。墨尔本俱乐部的侍者塞巴斯蒂安·布朗也会上庭作证，证实周四晚上萨拉·罗尔斯曾给被告送来一封信，以及被告在周五凌晨快一点时离开了俱乐部。最后，还会传召萨拉·罗尔斯，证实她于周四晚上十一点三刻在墨尔本俱乐部请塞巴斯蒂安·布朗给被告递送了一封信，以及周五凌晨一点零几分她带着被告去了小伯克街的一处贫民窟，而且周五凌晨一点至两点之间，也就是谋杀发生时，被告一直待在那里。这就是卡尔顿要为被告作出的辩护。接下来，他要传召阿尔伯特·邓迪。

阿尔伯特·邓迪在正式发誓后陈述如下：

我是一个钟表匠，在菲茨罗伊经营钟表店。我记得 7 月 24 日星期四的事情。那天晚上，我到东墨尔本坡勒特街去看望我的婶婶，也就是被告的房东太太。我上门时她刚好出门了，于是我就在厨房里等她回来。我看了看厨房的钟，看是不是等得太晚了，接着我又看了看自己的手表，发现钟快了五分钟，于是我把钟修好，把时间校准了。

卡尔顿：你是什么时候把钟修好的？

证人：大概八点钟。

卡尔顿：在八点至次日凌晨两点之间，这钟是否有可能走快十分钟？

证人：不，这不可能。

卡尔顿：它会走快吗？

证人：八点至次日凌晨两点之间不会走快——这段时间还不够长。

卡尔顿：你那天晚上见到你的婶婶了吗？

证人：是的，我一直等到她进门。

卡尔顿：你有没有告诉她你把钟修好了？

证人：不，我没有。我完全忘了这回事。

卡尔顿：那么，她仍然以为钟快了十分钟？

证人：是的，我想是的。

对邓迪的盘问结束后，菲利克斯·罗尔斯顿被传唤上庭，他宣誓如下：

我是被告的一位好朋友。我认识他已经五六年了，这些年我从没有见他戴过戒指。他经常告诉我不喜欢戴戒指，也不会去戴。

盘问中——

主控人：你是否从未见过被告戴一枚钻石戒指？

证人：没有，从未见过。

主控人：你是否曾经见过他拥有这样一枚戒指？

证人：没有，我见过他购买女式戒指，但是从没见过他有男士佩戴的戒指。

主控人：印章戒指也没有吗？

证人：没有，就连印章戒指都没有。

接着，萨尔·罗林斯走上了证人席，在宣誓之后，她陈述如下：

我认识被告。我给他送过一封信，我是去墨尔本俱乐部送的信，时间是7月26日星期四的十一点三刻。我当时不知道他叫什么名字。过了一会儿，他到罗素街和伯克街的拐角处找我，因为写信的人叫我在那儿等他。我带着他去了我外祖母家，就在小伯克街外的一条小巷里。那里有个快死的女人，就是她叫他来的。被告和她见了面，大概待了二十分钟，然后我带着他回到伯克和罗素街的拐角处。我刚离开他，就听见十二点三刻的钟声敲响了。

主控人：你是否非常确定被告就是你当晚见到的那个男人？

证人：非常确定，我发誓。

主控人：他是在一点刚过几分和你见面的？

证人：是的，大概是一点零五分——我刚刚听到邮局的钟敲响一点，他就来了。我离开他的时候大概是两点差二十五分，因为我从那里回家花了十分钟。我到家门口时刚好听到时钟敲响一点三刻。

主控人：你怎么知道你离开他的时候正好是两点差二十五分？

证人：因为我看钟了。我在罗素街的拐角处离开他，然后顺着伯克街往回走，这样我可以清楚地看到邮局的钟。当我走到斯旺斯顿街时，我刚好看到市政厅的钟，也是那个时间。

主控人：他们见面时，你从没让被告离开过你的视野？

证人：没有，因为那个房间只有一扇门，我就坐在门外，他出来时还被我绊到了。

主控人：你有没有睡着？

证人：眼睛都没闭上过。

这时，卡尔顿要求传召塞巴斯蒂安·布朗。他陈述如下：

我认识被告。他是墨尔本俱乐部的会员，我是那里的侍者。我记得7月24日星期四的事情。那天晚上,上一位证人拿着一封信来找被告。当时是十二点差一刻左右。她把信一递给我就离开了。我把信送给了菲兹杰拉德先生。他是一点差十分离开的。

这样就结束了辩方作证。接着，主控人做出陈述，提出了强有力的不利于被告的证据。之后，卡尔顿起身向陪审团发言。他是一位优秀的演说家，他的辩护无懈可击、滴水不漏。至今神殿法院和大法官法庭周围的人仍对他的精彩演说记忆犹新，经常满怀敬佩地提起。

他首先生动地描绘了谋杀案的案情，从东柯林斯街凶手与死者的致命相遇讲起，一直讲到车夫驾车到圣基尔达，凶手行凶后走下马车、逃之夭夭为止。

就这样，他以栩栩如生的讲述抓住了陪审团的注意力。在描述案情时，他指出控方提出的证据纯属侧面证据，而且他们完全无法确认被告席上的男子就是进入马车的男子。被告和穿短大衣的男子是同一个人的推断，完全取决于马车夫罗伊斯顿的一面之词。况且，尽管罗伊斯顿没有喝醉，但是据他自己的陈述判断，以他当时的状态，他并不能辨认叫来马车的男子和走上马车的男子。该谋杀罪行是通过三氯甲烷实施的，因此，如果被告有罪的话，那么他肯定在某家商店或是通过某位朋友获取了该药物。不管怎样，控方甚至没有拿出一项证据来说明三氯甲烷是在何处、以何种方式获取的。至于在被告口袋中找到的死者的手套，是被告在第一次遇到死者怀特时，也就是后者醉倒在苏格兰教堂附近时他从地上捡起的。显然，没有证据证实被告是在死者进入马车后拿到手套的。从另一方面看，没有证据表明手套是在马车里拾获的，更有可能的是，被告是在苏格兰教堂附近的路灯下捡到这只手套的——尤其这是一只白色的手套，因为这很容易引人注意。在黑暗的马车里拾获这只手套不太可能，因为马车空间狭小，而且窗帘紧闭，光线非常昏暗。据马车夫罗伊斯顿发誓，在圣基尔达路走下马车的男子的右手食指上戴着一枚钻石戒指，而另一位马车夫兰肯也发誓，在坡勒特街下马车的男子也具有同样特征。针对这一点，被告一位最亲密的朋友作证，发誓他在最近五年与被告的密切交往中从未见被告戴过戒指。

马车夫兰肯宣誓，那位男子是在圣基尔达路上车，在东墨尔本的坡勒特街下车的，下车时间是星期五凌晨两点，因为他当时听到邮局的钟敲了两下。然而，被告的房东太太的证词显然表明被告是在五分钟之前进屋的，而且她的证词进一步得到了钟表匠邓迪的支持。萨姆森太太看到厨房的钟指向两点差五分，但是以为时钟慢了十分钟，所以才告诉侦探先生被告直到两点零五分才进屋，如此一来，从马车上下来的男子（此处假设该男子就是被告）就有了足够的时间步行回到住所。然而，钟表匠邓迪的证词清楚地表明，他已经在星期四晚上八点修好了这面钟，而且它不可能在星期五凌晨两点出现走快十分钟的情况。因此，房东太太看到的两点差五分实际上是正确的时间，也就是说，被告进屋的时间比神秘男子在坡勒特街下车的时间早了五分钟。

这几点本身足以证实被告是清白的，但罗林斯的证词向陪审团彻底证实了被告不是凶手。证人布朗则证实罗林斯曾经给他递过一封信，然后他把信送给被告，接着被告离开了俱乐部，去赴信中要求的约会。这封信——或者说这封信的残余——已经作为呈堂证供提交。证人罗林斯还发誓被告在罗素街和伯克街拐角见到她，并跟她去一处贫民窟见写信的人。她还证明，在谋杀案发生时，被告仍在那个贫民窟，就在那个垂死的女人的床边，由于该房间只有一扇门，他无法在不被证人发现的情况下离开那里。证人罗林斯还证实，她于两点差二十五分在伯克和罗素街拐角离开了被告，这个时间比罗伊斯顿驾驶着载有死者尸体的马车前往圣基尔达警察局的时间早了五分钟。最后，证人罗林斯还进一步证实了自己的证词，她声称她还看到了邮局和市政厅的钟，据此，如果假设被告从伯克和罗素街拐角——她是这么说的——步行回家，那么他将在二十分钟内抵达东墨尔本，这就使他刚好在星期五凌晨两点差五分到家，根据房东太太的陈述，这个时间正是他进屋的时间。

所有这些证人提供的所有证词完全契合、环环相扣，完整地展示了谋杀案发生时犯人的行踪。因此，这桩谋杀案绝不可能是被告席上的男子犯下的。控方提出的最有力证据仅仅是哈勃尔顿太太的证词，她发誓被告曾威胁要杀了死者。然而，被告说这句话，只不过是感情强烈的爱尔兰人天性使然，并不足以证明这桩罪行就是被告犯下的。被告做出的是不在场证明辩护，而且辩方证人的证词确凿地证明被告不可能也的确没有犯罪。最后，卡尔顿以精彩的总结结束了他为时两个多小时的精心构思、滴水不漏的演讲，他呼吁评审团根据显而易见的事实做出最终判决，如果他们的确以事实为准绳，那么他们几乎不可能不会做出“无罪”的判决。

卡尔顿坐下时，法庭响起了一阵轻轻的喝彩声，但立刻被压制下去。这时，法官开始总结，他强烈支持菲兹杰拉德无罪的看法。接着，陪审团退下，拥挤的法庭上立刻出现一阵死一般的寂静——一种不自然的沉默，就好像嗜血的罗马民众看到基督教殉道者跪倒在竞技场炽热的黄沙上，看到狮子和豹子颀长、敏捷的身形匍匐着偷偷接近猎物时所出现的那种死寂。天色晚了，瓦斯灯亮了，宽敞的大厅里立刻出现了一道病态的炫光。

陪审团退出后，菲兹杰拉德也被带出了法庭，观众们却目不转睛地盯着空荡荡的被告席，仿佛是被施了某种无法言传的魔法。即便交谈，他们也只是窃窃私语，耳语声一停下，就重归寂静，只听得见钟表平稳的滴答声和偶尔某个胆小的观众的急速呼吸。突然，一个神经过于紧张的女人尖叫起来，这叫声在人山人海的大厅里诡异地回荡着。她被带出去了，然后又是一片寂静，每双眼睛都牢牢盯着那扇门，陪审团即将从那扇大门回到法庭，并作出生或死的判决。钟表的指针缓缓移动着——一刻钟——半个小时——三刻钟，接着整点的钟声敲响了，银铃般的报时声吓了每个人一大跳。玛奇坐在那里，双手紧紧交握，开始担心她那高度紧绷的神经随时会崩溃。

“我的上帝，”她喃喃低语道，“这悬念什么时候才能解开？”

就在这时，门开了，陪审团又回到法庭，被告再次被押进被告席。法官也坐回法官席，每个人都在猜，这次他的口袋里是不是装着宣判死刑时戴的黑帽子。

经过例行公事的手续之后，陪审团团长站起来，这时每个人都伸长了脖子，每一双耳朵都凝神倾听着他嘴巴里吐出的每一个字眼。被告先是微微地涨红了脸，然后脸色唰的一片惨白，他紧张地飞速瞥了一眼那个黑衣身影，因为他只能看到一眼。接着是宣布判决，主控人的声音尖锐而断然："无——罪！"

听到判决，法庭里的每个人都发出一阵欢呼，他们对布莱恩的同情是如此强烈！

法庭的传令官徒劳地高喊着"安静"，直到面红耳赤。法官则威胁要以藐视法庭罪控告所有在场的人，但也无济于事——他的声音如泥牛入海，根本不起效果。人们的热情无法抑制，直到五分钟之后，才恢复了秩序。法官恢复了镇定，宣判了判决结果，并根据判决结果释放了被告。

卡尔顿曾经赢过很多官司，但像这次宣判菲兹杰拉德无罪的判词这样令他无比满足的判词，不知他从前是否还听过。

布莱恩呢，他走下被告席，恢复了自由身。他穿过一大群表示祝贺的朋友，来到法庭旁边的一个小房间，有个姑娘在那儿等他。那姑娘一见他就搂住他的脖子，抽泣着喊道：

"亲爱的！亲爱的！我就知道上帝会拯救你的。"

## 《阿格斯报》的观点

审判结束后的第二天早晨，《阿格斯报》上登载了一篇有关本案的文章。报道如下：

在过去的三个月里，我们经常在专栏里评论这桩广为人知的被称为“双轮马车惨案”的奇案。我们完全可以说，这是迄今为止我们的刑事法庭审判的最引人瞩目的一桩案件，而陪审团昨天宣布的判决却使该案卷进了一个更神秘的谜团。由于一系列诡异的巧合，年轻的定居者布莱恩·菲兹杰拉德先生被怀疑谋杀了怀特，如果不是证人罗林斯在最后关头及时露面，我们敢肯定，陪审团肯定会做出“有罪”的判决，那么这个无辜的男人就会成为真凶的替死鬼。幸运的是，他的律师卡尔顿先生为了维护正义，经过坚持不懈的努力，终于找到了最重要的证人，提供了不在场证据。若非如此，不管这位博学多识的律师昨天那场使被告无罪释放的演讲多么精彩，我们仍怀疑其他有利于被告的证据是否足以说服陪审团，使其做出无罪释放的判决。此外，对菲兹杰拉德先生有利的其他证据只有这几点：马车夫罗伊斯顿无法确定被告就是那个和怀特一起进入马车的，右手食指戴着钻石戒指的男人（而菲兹杰拉德先生没有戴戒指的习惯），以及马车夫兰肯和房东夫人证词中的时间不吻合的情况。然而，对于这几点，控方提出了大量证据，这些证据似乎能确凿地证明被告有罪。然而，萨尔·罗林斯出现在证人席上，使所有怀疑迎刃而解。她的话不可能有假，她证明了在周五凌晨一点至两点之间，也就是谋杀案发之时，菲兹杰拉德先生一直待在伯克街旁的一处贫民窟。这种情况下，陪审团一致同意通过“无罪”的判决，被告随即被无罪释放。我们必须祝贺他的律师卡尔顿先生——为了其精彩的辩护演讲，同时也祝贺菲兹杰拉德先生——为了他幸运地逃脱了不光彩的、不应遭受的惩罚。他离开了法庭，品格上没有留下一丝污点。尽管遭到可怕的指控，但他自始至终表现出极大的勇气和尊严，获得了所有澳大利亚人的尊重和同情。

现在已经有确凿证据证实菲兹杰拉德是清白无辜的，那么，每个人都会在心里问："谁是杀害奥利弗·怀特的真凶呢？"犯下这桩卑鄙罪行的人仍然逍遥法外，而且，众所周知，他就藏身于我们之中。正因为他逃脱了正义之手而逍遥法外，他会更加大胆。他可能正行走在我们的街道上，笑谈他亲手犯下的这桩滔天大罪。从他在坡勒特街走下兰肯的马车起，他留下的所有线索都永久性地消失了，想到这点，他可能铤而走险，继续留在墨尔本，而且，正如每个人所知道的，上次审判时他甚至可能出现在了法庭里。哦不，他甚至会读到这篇文章，为所有企图寻找他的努力全都白费而窃喜。不过，要让他知道，正义女神没有瞎眼，不是不报，时候未到，在他最意想不到的时候，正义女神会撕开挡住她那双明察秋毫的眼睛上的眼罩，将他拖到光天化日之下，使他为自己的行为接受惩罚。由于之前出现了针对菲兹杰拉德的有力证据，警察们迄今为止只在这个方向展开过搜索，如今他们将会尝试其他方向，而这一次必定会成功。

杀害奥利弗·怀特的凶手的人逍遥法外，实在是一个安全隐患，这不仅对市民个体有害，也对整个社会有害。这是一个众所周知的事实：老虎一旦喝过人血，就再也抑制不了对人血的渴求。毫无疑问，那个凶手大胆而冷血地杀死了一个因醉酒而毫无抵抗力的人，那么他将毫不手软地犯下第二桩罪。因为这样一个人正逍遥法外，如今墨尔本上上下下想必都处于恐惧之中，这种恐惧在很大程度上与伦敦城里马尔被害案发生时人人自危的恐惧感是相似的，在那桩案子里，凶手也是逃之夭夭了。德昆西曾栩栩如生地描绘过威廉姆的血腥罪行，读过他这些文字的人，只要一想到另一个魔鬼的化身就在我们之中，必定会瑟瑟发抖。因此，非常有必要消除人们的这种恐惧。但是怎样才能消除呢？说是一回事，做又是另一回事。目前似乎还没有发现任何线索，可以帮助我们发现真凶。在东墨尔本的坡勒特大街离开兰肯马车的那个短大衣男子（现在看来，他经过精心设计，故意引导警方对菲兹杰拉德产生怀疑），就像《麦克白》中的女巫凭空消失，身后没有留下任何线索。他走下马车时正是凌晨两点，在东墨尔本如此安静的郊区，路上空无一人，所以他可以轻而易举地逃之夭夭，而不被发现。如此看来，似乎只有一线机会可以追踪到真凶，那就是找到从死者口袋里偷走的那份文件。然而，那是一份什么文件，曾经有两个人知道答案，那就是怀特和被称为“女王”的女人，然而他们现在都已经死了。现在还有一个人知道，那就是杀死怀特的人。毫无疑问，这份文件就是犯罪的动机，因为死者口袋里的钱没有动。事实上，这些文件是藏在死者的背心内侧缝制的一个秘密口袋里的，这说明文件非常重要。

我们认为那个死去的女人知道这份文件的存在，原因很简单。现在看来，她似乎是以怀特情妇的身份和怀特一起从英国来的，在悉尼逗留一段时间后，两人来到墨尔本。至于她是怎么来到这个肮脏下流的强盗窝子并命丧于此的，我们不得而知，莫非是她喝醉了酒，然后被贫民窟的某个撒玛利亚人带到罗林斯太太的老窝的？怀特经常来见她，然而他似乎没有想过把她接到一个更好的地方，可能他借口说医生叮嘱了如果挪到室外，她可能就会死。我们的记者从一位侦探那里获悉，那个死去的女人经常和怀特谈论某个文件，而且有一次有人无意中听到她对他说：“如果你把牌打好，这文件就会让你发财。”这些话都是萨尔·罗林斯告诉侦探的——正是因为她天缘巧合的出现，菲兹杰拉德才逃过一劫。由此可知，不管那是什么文件，有一点很确定，那文件非常重要，而且足以诱使某人不惜犯下谋杀罪而据为己有。怀特因此而死，凶手却潜逃在外，唯一揭开这个秘密——也就是这桩谋杀罪的源头——的契机，就是调查那个死在贫民窟的女人的历史。向前调查几年，可能会发现一些情况，解开那份文件里隐藏的秘密；一旦有所发现，我们大可以说，这桩案子的侦破指日可待。这是找出犯罪根源和这桩神秘谋杀案的真凶的唯一机会，一旦失败，我们担心这桩双轮马车惨案将会被列入无头公案的行列，而杀死怀特的真凶将除了遭受良心谴责之外，不会受到任何惩罚。

## 三个月后

这是十二月里炎热的一天，晴朗的碧空万里无云，太阳照耀着大地，给大地披上了一件格外娇艳的夏日盛装。在英国人听来，如此描述“冰天雪地的十二月”或许有些怪异。这让他们觉得很奇妙，就像莎士比亚戏剧《仲夏夜之梦》里的狄米特律斯所说的：“这是滚烫的冰，妙不可言的冰冷的火。”

但在澳大利亚，我们生活在一个完全相反的世界，很多事情都与别处截然相反，除了梦想。在这里，“天鹅是黑色的”是理所当然的事实，曾几何时，人们认为黑天鹅就像凤凰一样是不存在的神鸟，那些有关黑天鹅的谚语就诞生于那时，而库克船长的新发现让这些谚语陡然失去了意义。在这里，铁木会下沉，而轻岩会上浮，这必定会让好奇的观察者觉得大自然是一个怪胎。在英国，爱丁堡邮车带着坚韧的旅行者们北上，到达气候寒冷的地方，那里有白雪皑皑的群山和寒冷刺骨的疾风；然而在这里，旅行者们越往北越是感到炎热，等到了酷热难当的昆士兰，不信神的旅行者甚至会灵机一动，蹦出“活像地狱火海”的警句。

可不管怎么截然相反，正如甘普太太所言，大自然可能自有安排。在这块广阔大陆上生活的英国后裔，与那个古老国度里生活着的民族——什么约翰牛[1]、帕迪[2]、桑迪[3]大抵相同，同样地因循守旧，同样固执地保持古老风俗习惯。因此，在炎热的圣诞节，顶着炎炎烈日，澳大利亚的狂欢者们会坐在烤牛肉和老式英格兰葡萄干布丁旁，心满意足地吃着这些正统的圣诞食品；而在新年前夜，洋溢着节日喜气的凯尔特人会手拿一瓶威士忌，来到朋友家门口，欢呼一声“友谊地久天长”。

赋予一个国家以个性的，仍然是这些奇特的风俗，海外的约翰牛丝毫没有遗失他那偏狭的固执，他保留着旧日的圣诞节习俗，穿着当年最时新的衣服，而不管天冷天热。一个从未屈服于敌人的战火的民族，

1 指英格兰或典型的英格兰人。

2 对爱尔兰人的蔑称。

3 苏格兰人的绰号。

是绝不可能向太阳的烈焰屈服的。倘若某个天才的凡人能够照着希腊服饰的样式，发明某种轻质、透气的服装，而澳大利亚人又同意穿着这些服装，那么墨尔本及其姊妹城市里的日子将会比目前要凉爽宜人得多。

坐在宽阔的露台上，玛奇就这样胡思乱想着。酷热之下，她疲乏无力地凝望着骄阳下被炙烤、晒焦的茫茫原野。酷热蒸腾起一层朦胧的薄雾，悬挂在天地之间，透过它那颤抖着的面纱望去，远处的山丘仿佛浮在空中，如梦似幻。

她的面前就是花园，花园里盛开着娇艳动人的鲜花。仅仅看上它们一眼，就能让人心花怒放。一丛丛茂密的夹竹桃树上盛开着粉亮粉亮的花朵；郁郁葱葱的玫瑰树上点缀着黄的、红的、白的花朵，花园外墙仿佛一道五颜六色的花朵组成的彩虹，色泽鲜亮，在烈日下直晃眼。彩虹尽头便是围绕着草坪的凉爽的绿色树木。草坪中央是一个圆形水池，池边镶嵌着一圈白色大理石，池中盛着一泓宁静的清水，在刺眼的日光下像一面镜子似的闪闪发光。

雅芭雅鲁克农场里的房舍是一座长而低矮的房子，只有一层，周围有一圈宽阔的露台。柱子间悬挂着凉爽的绿色百叶窗来遮阳，使用编织工艺制作的躺椅在露台上一溜儿排开，还配有小地毯、小说、空汽水瓶，所有其他证据表明，在午后的炎热下，福瑞特波利先生的客人们非常明智地待在了室内。

玛奇坐在其中一把舒适的椅子上看书，偶尔分心欣赏一下外界炫目的美，从百叶窗的一道狭缝里她可以看到外界。但是她似乎对她的书没有多大兴趣，不久，玛奇就任由它悄无声息地从手中滑落，自己则完全沉浸在思考中了。她最近遭受的这次考验非常严酷，而且并不是没有留下任何外在的影响。它在玛奇美丽的脸庞上留下了深刻的印记，使她的双眼流露出不安的神色。自布莱恩被无罪释放后，玛奇就被父亲带到了农场，希望这能让她恢复健康。审判过程中的神经高度紧张差点让她得了脑膜炎。然而，在这与世隔绝的宁静乡村，远离了城市生活的喧嚣刺激，她终于恢复了身体上的健康，却无法重振精神。女人远比男人易受影响，这或许是她们老得更快的原因。苦难会不着痕迹地掠过男人心头，却会在女人的身体和心灵上留下不可磨灭的印记，怀特被谋杀的可怕事件将玛奇从一个阳光、活泼的女孩变成了一个严肃、美丽的女人。悲哀是一个法力强大的女巫，她一旦触碰到你的心，生活就再也不会像从前那样了。我们再也不会全身心地沉浸到快乐中去，而是会常常发现，我们曾经渴望的很多东西最后不过是死海之果。悲哀是我们这个世界上戴着面纱的爱希丝[1]，一旦看透她的神秘

1 埃及神话中司生育与繁殖的女神。

面纱，看到她那皱纹深重的面孔和满是悲伤的双眼，浪漫的魔力之光就会完全消逝，我们就会认识到赤裸裸的生活中所有艰难、苦涩的事实。

玛奇对所有这些有了一些感悟。如今在她看来，这个世界不再是少女梦幻中的奇异仙境，而是一座充满泪水的悲伤谷——那是我们去往“应许之地”的必经之地。

布莱恩呢，他也起了变化，因为他那栗色鬈发中已然出现了好几根白发，他的性格也从昔日的快活、阳光变得抑郁、暴躁。审判过后，为了躲开朋友们，他立刻离开城里到他的农庄里，他的农庄就在福瑞特波利先生的农庄附近。在那儿，他整天辛勤地劳作，整夜拼命地抽烟，思考着那死去的女人告诉他的秘密，那个威胁着要使他的生命黯淡无光的秘密。他时不时会骑马过来看望玛奇，然而通常都是在知道她父亲去了墨尔本的情况下来的，因为最近他开始反感这位百万富翁了。玛奇忍不住谴责他的这种态度，因为她想起了布莱恩落难时父亲是如何支持他的。然而，还有另一个原因使布莱恩疏远了雅芭雅鲁克农庄：他不愿意遇见在那里聚会的欢乐人群，他知道，自审判之后他一直是令每个人好奇和同情的对象——这种处境令天性骄傲的他屈辱不堪。

圣诞节时，福瑞特波利先生邀请了几位墨尔本的客人。尽管玛奇宁愿独处，但她不能拒绝父亲的意思，只得强颜欢笑地扮演女主人。

菲利克斯·罗尔斯顿和罗尔斯顿夫人——也就是从前的费泽威特

小姐——也在这里。罗尔斯顿已经在一个月前加入尊贵的新郎队伍，受制于罗尔斯顿夫人的铁腕管理。她用金钱买下了菲利克斯，决心好好利用他，由于她野心勃勃地想成为墨尔本的明星，她坚持要菲利克斯学习政治，这样下一次大选到来时他就可以有机会进入议会。一开始菲利克斯企图反抗，但最终妥协了，因为他发现只要把一本有趣的小说藏在国会文件中，那么时间就会很愉快地过去了，而且还能以小小的代价换得认真学习的好名声。此次来访，他们还带上了朱莉亚，而这位年轻姑娘已经下定决心，要做第二位福瑞特波利夫人。没有多少人给予她鼓励，然而，正如滑铁卢之战中的英军一样，她并不知道自己已经腹背受敌，而是继续百折不挠地围攻福瑞特波利先生的心。

钦斯顿医生也来到这儿，打算放松一下，以忘却他那些焦急的病人和经常要去探视的病房。客人中有一位年轻的英国人彼得森，他是来旅游的；一位老殖民者，他心里满是对往昔的回忆，总说那时候“天哪，先生，整个墨尔本都找不出一盏瓦斯灯”，还有一些其他人。他们这时都去台球室了，留下玛奇独自躺在一把舒适的椅子上，半睡半醒。

突然她被惊醒了，因为听到身后响起了一阵脚步声。一转身，她看到萨尔·罗林斯穿着整整齐齐的黑裙子，配着俏皮的白色帽子和围裙，手里拿着一本打开的书。因为萨尔救了布莱恩的命，玛奇非常喜欢她，于是收她做了女仆。起初福瑞特波利先生竭力反对，不让萨尔这样的堕落女子接近女儿，然而玛奇下定决心要将这个不幸的女孩从罪恶的生活中拯救出来，最终福瑞特波利先生也勉强同意了。布莱恩同样也反对过，但最后也屈服了，因为他看到玛奇是铁了心要这样做。当然，流浪儿妈妈一开始也不同意，认为这整件事情就是“被诅咒的”，然而她最终也同意了。于是，萨尔成了福瑞特波利小姐的女仆，福瑞特波利小姐则立刻开始教她认字、写字，以补上从前她缺失的教育。这会儿萨尔手上就拿着一本拼写书，她把书递给玛奇。

“我觉得我现在会了，小姐。”她尊敬地说道，玛奇则面带微笑地望着她。

“是吗？当真？”玛奇快活地说，“很快你就能读书了，萨尔。”

“读这本书吗？”萨尔抚摸着那本佐伊的《崔斯坦:一个浪漫故事》。

“那不行！”玛奇捡起书，露出鄙夷的神色。

“我想让你学习英语，而不是学习这种乱七八糟的话。不过现在上课太热了，萨尔，”她靠回椅子上，说道，“端一把椅子来，和我说说话吧。”

萨尔照做了，玛奇则望向外面明媚的花坛，望向草坪旁一棵高耸的榆树投下的黑影。她想问问有关萨尔的一些问题，但不知如何启齿。最近布莱恩的喜怒无常和暴躁易怒让她十分不安，出于女性的敏感和本能，她认为这种反常与那个死在贫民窟的女人有间接的联系。出于想为布莱恩分忧解难的急切心情，她决心向萨尔打听那个神秘女人的消息，并且——如果可能的话——找出那个令布莱恩如此烦忧的秘密。

“萨尔，”她停顿片刻后，将清澈的灰色眼眸转向萨尔，说道，“我想问你一些事情。”

萨尔颤抖了一下，脸色煞白。

“有关——有关那件事情？”

玛奇点点头。

萨尔犹豫了片刻，突然扑倒在女主人脚下。

“我会告诉你的，”她哭道，“你对我这么好，而且你也有权知道。我会把我知道的一切都告诉你。”

“那么，”玛奇不由地紧握住了双手，下定决心般地问道，“菲兹杰拉德先生去见的那个女人是谁？她从哪里来？”

“一天晚上，外祖母和我在小伯克街发现她，”萨尔回答说，“就在剧院旁边，她醉得很厉害，于是我们把她带回家了。”

“你们多么善良啊！”玛奇说。

“噢，可不是那样的。”萨尔冷冷地说，“外祖母想要她的衣服，她当时穿得可华丽了。”

“于是她剥掉了那些衣服——多么罪过！”

“我们那里的人都会这样干。”萨尔漠然说道，“但是外祖母回到家后又改变了主意。我出去给外祖母拿了些杜松子酒，回来后发现她正搂着那个女人亲吻。”

“她认识那女人！”

“是的，我猜是。”萨尔回答说，“第二天早上，那个女人醒来后，就马上抱住外祖母喊，‘我是来看你的。’”

“然后呢？”

“外祖母把我撵出了屋子，然后他们唠叨了很长时间。等我回来时，外祖母告诉我那个夫人要和我们一起住，因为她生病了，还叫我去请怀特先生。”

“他来了？”

“噢，来了——他经常来。”萨尔说，“他第一次来的时候大吵大闹了一顿，但发现她生病了之后就马上请了一位医生。但是没有用，那夫人和我们住了两个星期，在见到菲兹杰拉德的那天凌晨就死了。”

“我猜怀特先生经常来找这个女人说话？”

“很频繁，”萨尔回答说，“但他开口之前总会把我和外祖母赶出屋子。”

“那么，”玛奇犹豫不决道，“你是否偷听到他们的谈话？”

“有过一次，”萨尔点点头，说，“他总是蛮横无理地把我们从自己的房间里赶出去，这让我很生气。有一次，等他关上门，趁外祖母出去拿杜松子酒的时候，我坐在门边偷听。他想让那个女人交出某份文件，但她不同意，她说除非她死。但是最终怀特还是得手了，他把文件拿走了。”

“你看到那份文件了吗？”玛奇问道。这时，她突然想起，戈比曾说过怀特是因为某个文件而被谋害。

“看到了一点。”萨尔说，“我从门上的一个洞往里看，她把文件从枕头下掏出来，然后怀特把文件拿到桌子边仔细地看，因为桌子上点着蜡烛。那份文件放在一个大大的蓝色信封里，信封上有红色墨水写的字——然后怀特把文件揣进口袋里，那夫人就大声叫起来，‘你会弄丢的。’怀特回答说，‘不会的，我会永远随身带着。如果他想要得到文件，就得先杀了我。’”

“你知道那个男人是谁吗，就是很想得到那个文件的男人？”

“不，我不知道。他们从来不说名字。”

“怀特是什么时候拿到文件的？”

“大概是他被谋杀前一个星期。”萨尔想了一会儿，说，“然后他就再也没有出现过了。夫人日日夜夜一直等他，因为他再也不来，夫人开始生气了。我听见她说：‘你以为你甩掉我了，先生，把我丢在这儿等死？看我怎么破坏你的小计谋。’然后她就写了一封信给菲兹杰拉德先生，这信就是我送给他的，你知道的。”

“是的，是的。”玛奇不耐烦地回答，“我在审判时听过这些了。但是，菲兹杰拉德先生和那个女人说了些什么？你听到了吗？”

“一点点。”萨尔回答说，“我在法庭上没有说，因为我怕律师先生会追究我偷听的罪过。我先是听到菲兹杰拉德先生说，‘你疯了——这不是真的。’夫人说，‘我发誓这是真的，怀特拿到了证据。’然后先生大叫起来，‘可怜的姑娘！’夫人问，‘现在你还会娶她吗？’先生说，‘我会，我现在更爱她了。’然后，夫人一把抓住他，说，‘如果可以，你要破坏他的计谋。’接着，先生问，‘你叫什么名字？’她说——”

“什么名字？”玛奇屏住了呼吸。

“罗珊娜·莫尔！”

这个名字才一出口，旁边就响起了一声惊呼，玛奇迅速转身，发现布莱恩正站在身旁，他一脸死灰，双目直直地盯着萨尔——她已经站起身了。

“继续说下去！”他厉声说道。

“我就知道这么多。”萨尔回答说，语气中带着愠怒。布莱恩如释重负地叹了一口气。

“你可以走了。”他缓缓说道，“我想单独和福瑞特波利小姐聊聊。”

萨尔盯着他看了片刻，然后看看女主人，见玛奇点头示意她离开，便收起书本，再次尖锐地、探究般地看了布莱恩一眼，才转身慢慢走进了房子。

# 夏娃的女儿

萨尔走后，布莱恩在玛奇身边的一把椅子上坐下，疲倦地叹了一口气。他穿着骑马装，衬托得身材格外挺拔。他看上去非常英俊，但病容满面，忧心忡忡。

“你究竟在向那个女孩盘问些什么？”他突然诘问，同时把帽子摘下来，把手套扔到地板上。

玛奇涨红了脸，过了一会儿，她把布莱恩的两只强壮有力的手握住，坚定地看着他眉头紧锁的脸。

“你为什么不信任我？”她平静地问道。

“你真的不必知道。”他郁郁不快地回答，“知道罗珊娜·莫尔临死前告诉我的那个秘密，对你没有任何好处。”

“和我有关？”她锲而不舍地问道。

“有关系，但是也没有关系。”他模棱两可地回答。

“我猜，这和第三个人有关，但是牵涉到我。”她平静地说，松开了他的手。

“哦，是的。”布莱恩不耐烦地用马鞭敲击着自己的马靴，“但是就算你不知道这个秘密，也不会对你有任何影响。可是一旦任何人把这个秘密告诉你，你就只能祈求上帝保佑了，因为你的生活会因此陷入悲伤。”

“我现在的生活就已经美妙极了。”玛奇略带嘲讽地回答，“你这是火上浇油，你所说的话只会让我更加铁了心想弄清楚这个秘密。”

“玛奇，我求你不要坚持这种愚蠢的好奇心，”他几乎有些发狠了，“它只会给你带来苦难。”

“如果这个秘密涉及我，我就有权知道。”她怒气冲冲地回答，“如果我嫁给了你，中间却隔着这个秘密的阴影，我们怎么会幸福？”

布莱恩站起身，倚靠在露台的柱子上，眉头紧锁。

“你还记得布朗宁的那句诗吗？”他漠然说道，“‘千万别窥探那苹果红处，否则我们会失去我们的伊甸园，夏娃和我。’这句诗尤其适用于我们现在的谈话，我认为。”

“哼！”她回答道，苍白的脸被怒火烧得通红，“你希望我住在蠢货的天堂里，而这天堂随时会化为乌有！”

“这取决于你自己。”他冷冷地回答，“我从未想过要告诉你存在这个秘密，就是不愿意激起你的好奇心，但事与愿违，我在卡尔顿的盘问中露馅了。我坦白告诉你，我的确从罗珊娜·莫尔那里知道了一些事情，这牵涉到你，但是也只是通过第三个人间接地与你有关。泄露这个秘密毫无益处，只会摧毁我们两人的生活。”

她没有回答，而是笔直望向眼前耀眼的阳光地。

布莱恩在她身旁跪下来，伸出双手，做出祈求的姿势。

“噢，亲爱的，”他悲哀地说道，“你不能相信我吗？我们的爱经受了如此严酷的考验，现在却要被瓦解了吗？就让我来独自承受保守这个秘密的痛苦，不能让你年轻的生命因这个秘密而枯萎。如果我能告诉你，我早就说了。但是，上帝保佑，我不能——不能。”说着，他把脸深深埋在了双手间。

玛奇紧紧闭上了嘴，用冰凉、白皙的手指轻触着他英俊的头颅。在她心中，女性的好奇心和她对脚下这个男人的爱在抗争着，最终后者胜利了，她低下头，靠在布莱恩的头的上方。

“布莱恩，”她柔声低语道，“我听你的。如果你反对，我就再也不会设法揭开这个秘密了。”

布莱恩站起身，用强壮的胳膊搂住她，脸上露出了欣慰的微笑。

“我最亲爱的。”他疯狂地亲吻着玛奇，说道。有好一会儿，他们俩都没有说话。“我们会开始新的生活。”他最终开口了，“我们将会把悲伤的过去抛在身后，只把它当作一场梦。”

“但是这个秘密仍然会困扰你。”她喃喃低语。

“换个环境，时间会冲淡它。”他悲哀地说道。

“换个环境！”她惊慌失措地重复道，“你要离开这里？”

“是的，我已经卖掉了我的农庄，打算三个月之后永远地离开澳大利亚。”

“你要去哪儿？”姑娘惶恐地问道。

“随便哪里。”他带着几分苦涩地回答，“我打算学该隐，四处漂泊。”

“一个人？”

“这就是我今天来见你的原因。”布莱恩坚定地望着她，“我来，就是要问你是否愿意马上嫁给我，我们一起离开澳大利亚。”

她犹豫不决。

“我知道这要求很过分。”他急切地说。“抛下你的朋友、你的身份，还有——”他犹疑片刻，补充道，“你的父亲。但是，想想如果我的生命中没有你——想想我会多么孤独，独自一人在世界上流浪。但是你不会抛弃我，因为我是多么需要你——你会跟我一起，成为我未来的好天使，就像过去一样。”

她按住他的胳膊，清澈的灰色眼睛望着他，她说：“我愿意！”

“感谢上帝！”布莱恩虔诚地说道。接着，两人又陷入了沉默。

然后，他们坐下来，像天底下的情人那样讨论未来的计划，搭建空中楼阁。

“我不知道爸爸会怎么说。”玛奇说着，一边漫无目的地将订婚戒指围着手指转圈。

布莱恩皱皱眉，脸色阴沉下来。

“我必须告诉他？”他最终很不情愿地问。

“是的，当然了！”她轻快地回答，“这只不过是一种形式，但是，人们必须遵循这种形式。”

“福瑞特波利先生在哪里？”菲兹杰拉德站起身。

“在台球室里，”玛奇说着，也站起身。这时她看到她父亲正朝露台走来：“不！他来了。”

布莱恩已经有一些时日没见过福瑞特波利先生了，因此对他外表发生的变化惊讶不已。从前，福瑞特波利先生脸色红润，神情坚毅，身体像箭杆一样笔直。可现在，他面容苍老，憔悴枯槁，身子还微微有些佝偻。他浓密的黑发中现出一道道白色，只有眼睛没有变化，还是像以前那样敏锐、明亮。布莱恩完全明白自己身上的变化是因何而起，他也知道玛奇不再是从前的玛奇了，可玛奇的父亲为何会因同一个原因——奥利弗·怀特之死——而发生如此巨大的变化？他不禁感到纳闷。

福瑞特波利先生走过来时一副心事重重、悲从中来的样子，可一看到女儿，脸上就绽放出了笑容。

“我亲爱的菲兹杰拉德，”他伸出一只手，问候道，“真是稀客！你什么时候过来的？”

“大概半个小时之前，”布莱恩说着，勉为其难地握住了那位百万富翁伸出来的手，“我来看看玛奇，而且我有事情要和你商量。”

“啊！好的。”福瑞特波利先生说着，用手臂搂住了女儿的腰，“你是因为这事羞红了脸吗，年轻的小姐？”他开玩笑似的拧了拧玛奇的脸颊，又问菲兹杰拉德，“你要在这儿用晚餐吗？菲兹杰拉德？”

“不了，多谢美意。”布莱恩匆忙回绝，“我的衣服——”

“胡说，”福瑞特波利先生打断他的话，盛情相邀道，“我们可不是在墨尔本，而且我敢肯定，玛奇会原谅你的着装的。你必须留下来。”

“是的，留下来吧。”玛奇以祈求的口吻说道，一边轻轻地碰了碰他的手，“我们才聊了半个小时，我还没有和你聊够呢，我不能让你走。”

布莱恩的内心似乎在激烈斗争。

“好的，”最终他低声回答，“我留下。”

“既然用晚餐的重要问题已经解决，”福瑞特波利先生坐下来，语调轻快地说，“那么，请告诉我，你找我所为何事？——你的农庄吗？”

“不是。”布莱恩把身子略微倒向门廊的柱子，玛奇则偷偷缩回放在他胳膊上的手。布莱恩继续说道：“我已经把农庄卖了。”

“卖了！”福瑞特波利先生惊讶地重复了一句，又问道，“为什么？”

“我心烦意乱，想改变一下。”

“啊！”百万富翁摇摇头，说道，“你知道的，滚石不生苔。”

“石头的滚动由不得自己，”布莱恩阴郁地回答，“它们是被自己无法掌控的外力所驱使。”

“啊，的确如此。”百万富翁以戏谑的口吻问道，“那么，请问驱使你的外力又是什么？”

布莱恩望着福瑞特波利先生的脸，他的目光是如此坚定，令福瑞特波利先生和他对视片刻后垂下了目光。

“好吧，”他看着站在面前的那个高大的年轻人，不耐烦地问，“你找我到底有什么事情？”

“玛奇答应马上嫁给我，我希望征得你的同意。”

“不可能！”福瑞特波利先生生硬地拒绝。

“没有什么‘不可能’。”布莱恩冷冷地反驳，他引用了黎塞留的一句名言，“你为什么拒绝？我现在有钱了。”

“呸！”福瑞特波利先生不耐烦地站起身，“我说的不是钱——我有足够的钱供你们生活。但是我不能没有玛奇。”

“那就来和我们一起住。”他女儿亲了亲他，说道。

然而，她的爱人并没有应和这个邀请，而是心事重重地站在那儿捻着他黄褐色的胡须，出神地望着眼前的花园。

“你意下如何，菲兹杰拉德？”福瑞特波利先生热切地望着他。

“噢，很高兴，当然了。”布莱恩含糊答道。

“既然如此，”福瑞特波利先生淡淡地说道，“我来告诉你们怎么办。我买了一艘游艇，大概一月底就可以下海了。你可以马上和我女儿结婚，来个游艇环游新西兰的蜜月之旅。等你们回来，如果我愿意，而你们两位小情人又不反对的话，我就加入你们，一起环游世界。”

“噢！那简直太美妙了！”玛奇拍起手欢呼道，“我是多么喜欢和伙伴一起到大海上航行。”说着，她俏皮地瞥了瞥她的情人。

布莱恩的脸顿时快活起来，因为他是一名天生的水手。驾着游艇徜徉在太平洋湛蓝的海面上，而且是在玛奇的陪伴下，这在他看来，简直就是凡人所能企及的天堂了。

“那游艇叫什么名字？”他兴致盎然地问道。

“她的名字？”福瑞特波利先生重复了一句，显得有些慌乱，“噢，一个很丑陋的名字，我打算改掉了。现在叫作‘罗珊娜’。”

“罗珊娜！”

布莱恩和未婚妻都大吃一惊。游艇的名字和死在墨尔本贫民窟的那个女人的名字竟然一样，布莱恩好奇地望着老人，想知道为何这么巧。

见布莱恩探究的目光死死盯着自己，福瑞特波利先生的脸有些泛红，他尴尬地笑着起身。

“你们真是爱昏了头的一对啊。”他愉快地说着，然后各牵起他们的一只手，领着他们进了屋子，“但是你们忘了晚餐马上就要准备好了。”

# 饭桌上的闲聊

莫尔[1]——最甜美的游吟诗人——唱道：

啊！生命中没有什么比得上

爱的青春之梦的一半甜蜜。

然而，这番断言是他在初涉世事，还未曾领略好胃口的珍贵价值之前做出的。对于一个正值青春、热情洋溢的少年来说，毫无疑问，

1　即托马斯·莫尔，被称为爱尔兰的民族游吟诗人。

爱情的青春之梦是无比迷人的；一般来说，情人们的胃口也是很小的。然而，对于一个见过世面，痛饮过人生之酒的人而言，一生中最甜美的不过是一顿丰盛的晚餐。“一副铁石心肠和一个好胃口会让任何人快乐起来。”塔列朗如是说，你可以说他是个愤世嫉俗的人，但他的确深谙他的年代和他那代人的脾性。奥维德曾探讨过爱的艺术，法国美食家布里亚·萨瓦兰则探讨过美食的艺术，然而，我向你保证，这位才华横溢的法国美食家的这篇美食评论可比那位罗马诗人的爱之颂要流传广得多。谁不认为这是一天二十四小时中最甜美的时光：坐在布置精美的餐桌前，桌上摆满精心烹制的美味佳肴和醇香美酒，身边是令人愉快的同伴，一天下来所有的操劳和忧愁全都烟消云散，取而代之的是全心享受的愉快感受？和英国人共进晚餐通常是一件沉闷至极的事情，席间总有某种弥漫在宾客间的沉重感，这让他们吃喝时一本正经，仿佛是在履行某种神圣的仪式。但是，总有人——唉！这类人少之又少——拥有一种罕见的令宾客欢宴的艺术才干，既深谙社交之道，又善于鉴赏美食。

福瑞特波利先生便是这些天生奇才中的一员，他天生就懂得如何将那些性情愉快的人召集起来，可以这么说，他简直就像万金油似的。他有一个手艺出色的厨师，而且他的葡萄酒无可挑剔。因此，就连满腹心事的布莱恩也庆幸自己接受了共进晚餐的邀请。闪闪发亮的银制餐具、光彩夺目的玻璃酒杯、芬芳怡人的各色鲜花，都笼罩在一盏吊灯透过粉色灯罩散发出的绯红柔光里，这一切都让布莱恩的心底不由得涌起了一种愉悦的感受。

餐厅一侧是面朝阳台的法式落地窗，窗外那绿得耀眼的树木、艳得炫目的花朵，都因柔和、朦胧的暮色的调和而多了几分温柔的调子。

布莱恩尽可能使自己体面地穿着骑马装进餐。他坐在玛奇身边，心满意足地啜饮着葡萄酒，听着周围人愉快地闲聊。

菲利克斯·罗尔斯顿显得兴致高昂，尤其是因为罗尔斯顿夫人坐在餐桌的一端，处于他的视野之外。

朱莉亚·费泽威特坐在福瑞特波利先生身边，喋喋不休地说个不停，福瑞特波利先生真希望她被哑巴魔鬼附身。

钦斯顿医生和彼得森坐在桌子的另一边，那位名叫瓦尔派的老殖民者则有幸在福瑞特波利先生右手边坐下。

现在，席间的话题转换到了亘古长青的政治话题，罗尔斯顿先生认为这是一个展示他对殖民地政府的政见的好机会，也可以让夫人知道，他的确希望遵循夫人旨意，成为政界新贵。

“我的老天，你知道吗？”他说着，大手一挥，仿佛在向整个下议院演讲，“这个国家正在走向没落，我们需要的是一个像比肯斯菲尔德那样的人。”

“啊！但是这种人可不是随处可见的。”福瑞特波利先生说道，他正带着戏谑的微笑聆听罗尔斯顿的政治论辩。

“那也不见得是好事。”钦斯顿医生淡淡地回答。

“天才也会变成庸才。”

“嗨，要是我当选了，”菲利克斯有自己的想法，只是为了谦虚起见，他不便于公开发表自己对即将当选的殖民总督迪斯雷利的意见，“我可能会建立一个党派。”

“倡导什么政治目标？”彼得森好奇地问。

“噢，哎呀，你瞧，”菲利克斯支支吾吾道，“我还没有起草方案呢，所以现在不能说。”

“是啊，没有节目单就没法表演。”医生呷了一口酒说道，大家都笑了。

“请问你的政治观点建立在什么基础上？”福瑞特波利先生漫不经心地问道，他连看都没看菲利克斯一眼。

“噢，是这样的，我阅读过了议会报告和宪政历史，还有——还有《维维安·格林》。”菲利克斯开始觉得自己有些不知所措了。

“那本书，正如其作者所说，是个‘大自然的玩笑’，”钦斯顿说，“千万不要把你的政治纲领建立在诸如那本小说中的那种不堪一击的基础上，因为你在那里边找不到卡拉巴斯侯爵。”

“不幸的是，的确没有找到！”菲利克斯悲哀地说，“但是我们可以找到一位维维安·格林。”

每个人都竭力不使自己笑出来。

“噢，他最后没有胜出。”彼得森大声说。

“当然了，”菲利克斯鄙夷地回答，“他和一个女人为敌，干出这种愚事的男人活该倒台。”

“你对我们女人的评价很高，罗尔斯顿先生。”玛奇调皮地朝这位先生的夫人眨眨眼——后者正沾沾自喜地听着丈夫漫无目的地夸夸其谈呢。

“活该他们得不到更好的。”罗尔斯顿殷勤地回答。

“但是您从没有想过进军政界，福瑞特波利先生？”

“谁？——我？——哦，不！”这位东道主一直在沉思默想，这会儿回过神来，他说，“恐怕我的爱国心不够强，而且过去我的生意也不允许我从政。”

“那么现在呢？”

“现在，”福瑞特波利先生瞥了一眼女儿，“我打算去旅行。”

“这简直是最快乐的事情。”彼得森热切地说，“世上那么多千奇百怪的事情，看也看不完。”

“早些年，我已经在墨尔本看够了千奇百怪的事情。”那位老殖民者回答说，眼中闪烁着调皮的光。

“噢！”朱莉亚连忙用手捂住耳朵，大声喊道，“可别告诉我，我敢肯定，那都是些下流事。”

“我们可不是圣人。”瓦尔派发出了老年人的咯咯笑声。

“啊，要这么说，我们并没有改变多少。”福瑞特波利先生淡淡地回答。

“现在你还是在喜欢谈你的戏剧，”瓦尔派继续说道，他年纪大了就会有些唠叨，“为什么？你又没碰到一个像罗珊娜那样的舞蹈演员。”

再次听到这个名字，布莱恩大吃一惊，他感觉到玛奇冰冷的手碰了碰他的手。

“谁是罗珊娜？”菲利克斯好奇地望着他。

“一个舞蹈演员和滑稽剧演员，”瓦尔派回答说，他那苍老的头颅快活地点了一下，“一个天生尤物，我们大家都为她疯狂，啧啧，那头秀发，那双眼睛。你还记得她吗，福瑞特波利先生？”

“记得。”东道主先生回答说，语气异乎寻常地冷淡。

不等瓦尔派先生继续唠叨，玛奇起身离开了桌子，其他女士也随她离开。无比殷勤的菲利克斯为她们开门，为此他赢得了妻子的嫣然一笑——这是对他在餐桌上的精彩演讲的嘉许。

布莱恩静静坐着，他想知道为何听到罗珊娜的名字福瑞特波利先生就脸色大变——他猜想这位百万富翁从前肯定和那个女演员混在一起，所以不愿意听人提起他早年的不检点——可是，话说回来，谁会愿意呢？

“她就像仙女那么轻盈。”瓦尔派继续唠叨，一边调皮地咯咯笑。

“她后来怎么了？”布莱恩突然问道。

听菲兹杰拉德一问，福瑞特波利先生猛然抬起头。

“她在1858年去了英国，”那衰老的声音回答，“我不确定那是7月还是8月，但是那年是1858年。”

“恕我直言，瓦尔派，我不认为这些关于一个女芭蕾舞演员的回忆很有趣。”福瑞特波利先生不客气地说道。他给自己倒了一杯葡萄酒，说：“让我们换个话题吧。”

尽管福瑞特波利先生明白无误地表述了自己的意愿，布莱恩却强烈地希望继续这个话题，然而，出于礼貌他不能这样做。他只得宽慰自己，晚饭之后，他可以问问老瓦尔派关于那个芭蕾舞女演员的事情，为何她的名字令福瑞特波利先生如此反感。可惜，令他失望的是，当先生们走进起居室时，福瑞特波利先生却带着那个老殖民者进了书房，他俩一整晚都在畅谈过去的时光。

菲兹杰拉德在起居室找到了玛奇，她正坐在钢琴前面演奏门德尔松的《无词歌》。

“玛奇，你弹的是一首多么悲伤的曲子。”他轻轻说着，在玛奇身边的一个座位坐下，“它更像是一首葬礼进行曲。”

“那就来点欢快的，”这时菲利克斯出现了，“我自己是不喜欢圆舞曲 84 和所有那些经典的把戏。给我来点欢快的——《美丽的海伦》，艾米丽·梅尔维尔的，这种就行。”

“菲利克斯！”他妻子厉声叫道。

“亲爱的，”他满不在乎地回答道，刚才饭桌上的大出风头给他壮了胆，“你要——”

“没什么，”罗尔斯顿夫人冷冷地瞪了他一眼，回答说，“我只是觉得奥芬巴赫有些低俗。”

“我不这么认为，”说着，菲利克斯坐到了钢琴前，这会儿玛奇已经起身离开了，“为了证明他并不低俗，请听——”

他的手指在琴键上飞快地跳跃，奏出一曲活力四射的奥芬巴赫舞曲，客厅里的宾客们本来在用过晚餐后感觉昏昏欲睡，这下全都清醒过来，只觉得在乐曲的激荡下热血沸腾。待他们被完全唤醒后，菲利克斯发现自己已经赢得了一群欣赏自己的听众。因为他绝不是一个愿意在无人的空气中播撒芬芳的人，便打算取悦他们。

“你们还没听过弗罗斯提最新的歌曲，对吧？”弹完舞曲的最后一个音符后，他问道。

“是那首《由于》和《怎么会那样》的作曲家吗?”朱莉亚拍着手问道,“我真喜欢他的音乐,歌词也非常甜美动人。”

“她的意思是蠢得可怕,”彼得森对布莱恩低语道,“歌词简直不知所云。”

“快给我们演唱那首新歌,菲利克斯。”他妻子命令道。顺从的丈夫忙照办。

这首歌的歌名叫《在某个地方》,瓦西提填词,帕拉·弗罗斯提谱曲,它属于那种可以诠释一切意义的非凡作品——也就是说,如果它有任何意义的话。菲利克斯有一个美丽悦耳的歌喉,尽管声音不是很雄浑,但音乐很美,歌词也很神秘。这首歌的第一节如下——

一朵浮云,一朵破碎的波浪,一团微弱的光,悬在无月的空中:从寂静的坟墓中发出的一个声音,在久久地、苦涩地哭泣。我不知道,亲爱的,你会站在哪儿,你明亮的双眸,金色的秀发,但我知道,在某个地方,我总会触碰到你的玉手,亲吻到你的香唇——在某个地方,在某个地方!那儿夏日的暖阳明媚。等着我,在陆地或是海洋,在某个地方,亲爱的,在某个地方。

第二节与第一节非常相似，当菲利克斯唱完时，每位女士都禁不住低声赞叹。

“多么甜美啊！”朱莉亚说，“意蕴如此丰富！”

“但是歌词到底是什么意思？”布莱恩迷惑不解地问。

“没有什么意思。”菲利克斯洋洋自得地回答，“当然了，你不能要求每首歌都有一个寓意，就像《伊索寓言》那样。”

布莱恩耸耸肩，和玛奇转身走了。

“我得说，我赞同菲兹杰拉德的看法。”医生快速说道，“我喜欢拥有某种寓意的歌。你唱的那首歌就和布朗宁的诗歌一样神秘莫测，不过少了他的才华。”

“庸俗。”菲利克斯低声咕哝了一句。然后，他把钢琴让给朱莉亚，朱莉亚打算唱一首名叫《下山》的民谣，近两个月这首歌在墨尔本的音乐界风靡一时。

这时，玛奇和布莱恩正在月光下来回踱步。这是一个美丽的夜晚，万里无云的深蓝天空中闪烁着点点繁星，一轮巨大的金黄色月亮悬在西边。房子前方有一泓静静的池水，玛奇就在水池的那一圈大理石台阶上坐下来，把手浸入冰凉的池水中。布莱恩则靠着一棵粗壮的玉兰树的树干，那光滑油亮的树叶和巨大的奶白色花朵在月光下美极了。前面则是那幢房子，淡红的灯光从宽阔的窗户流泻而出，可以看到屋子里的宾客。在音乐的刺激下，宾客们伴着罗尔斯顿演奏的乐曲跳起了华尔兹，黑色的身影不断来回经过窗前，迷人的华尔兹舞曲和他们欢快的笑声融为一团。

“像是一幢闹鬼的房子。”布莱恩想到了爱伦坡诡异的诗歌，“但在这儿，这种事情是不可能发生的。”

“我可没想那么多，”玛奇严肃地说道，她掬起一点水，托在掌心中,任它在月光下像钻石般来回滚动。她说:“我知道圣基尔达有座房子，经常有东西闹腾。”

“什么东西？”布莱恩问道，带着几分怀疑。

“各种噪声！”她一本正经地回答。

布莱恩不禁大笑起来，笑声惊起了一只蝙蝠，它在银色的月光下飞了一圈又一圈，最后迅速在一棵榆树的怀中找到了庇护所。

“这儿老鼠比鬼魂更常见，”他轻快地说，“恐怕你说的那幢‘鬼屋’里的住客很有想象力。”

“这么说，你不相信有鬼？”

“据说我们家有一个报丧女妖，”布莱恩说着,露出愉快的笑容,“她会到垂死的人的床边哀号助兴，但是我自己从没见过这位夫人，我猜她可能是某位哈里斯夫人。”

“我认为，家里有鬼是贵族的特权，”玛奇说，“这就是我们殖民地没有鬼魂的原因。”

“啊，你们会有的，”他报以一个漫不经心的笑容，回答道，“既有民主的鬼魂，也有贵族的鬼魂，这是毫无疑问的。”他不耐烦地继续道：“但是，算了！我都在胡说些什么！根本没有鬼，都是人自己想出来的。一个逝去青春的鬼魂，往日愚蠢行为的鬼魂，这些可能成为现实的鬼魂，这些都是比墓地里的鬼魂更为可怕的幽灵。”

玛奇默默无语地望着他，因为她知道这番情绪爆发的意思——那个死去的女人告诉他的秘密，就像阴影般悬在他生命的上空。她迅速站起身，抓住他的胳膊。这轻轻的触碰惊醒了他，他们便默默地朝房子走去，这时一阵微风吹来，在玉兰树静止的树叶中掀起了一阵诡异的沙沙声。

## 布莱恩收到一封信

尽管福瑞特波利先生盛情邀请，布莱恩仍然断然拒绝在雅芭雅鲁克农庄留宿。和玛奇道别后，他就骑上马，借着月光慢慢往回走。他觉得非常幸福，便把缰绳搁在马脖子上方，任由思绪飞扬。毫无疑问，今晚暗黑的忧郁骑士[1]并没有骑在布莱恩的身后。令布莱恩惊讶的是，在银色月光下缓步骑行时，他竟然唱起了《科尔雷恩的凯蒂》。想到未来如此光明、愉快，他难道没有权利唱歌吗？哦，是的！他们将会生活在海洋上，她将会发现，有那种严峻的神秘感相伴，生活在起伏的

1　拉丁语，见威廉·梅克皮斯·萨克雷的一首小诗，诗中“暗黑的忧郁骑士”骑在一位骑士的身后。

海面上远比生活在拥挤的陆地上更加令人愉快。

> 难道大海不是专为自由而设——
>
> 而陆地却是专为法院和奴隶而设?

莫尔说的完全正确。[1]只要借一阵好风，再张起所有的船帆，他们就可以飞越蓝色的太平洋海域了，那时玛奇就会明白这句话的意思了。

然后他们会回到菲兹杰拉德在爱尔兰的祖宅，他会牵着她穿过一个刻有“致以一千遍欢迎”字样的拱门，每个人都会祝福这位年轻美丽的新娘。他何苦要为别人的罪行而自寻烦恼呢？不！他已经下定决心坚持到底，他要将别人托付给他的这个秘密甩到脑后，和玛奇一起环游世界——还有她的父亲。当他喃喃说出最后一句话“还有她的父亲”时，他突然感到背后一阵寒意袭来。

“我是个傻瓜，”说着，他不耐烦地抓起缰绳，轻踢马儿，让它慢跑起来，“只要玛奇仍然对那个秘密一无所知，我就无所谓。但是坐在他身边，和他一起吃饭，让他永远在眼前出现，就让人极度扫兴！”

他催促马儿疾驰，当他在草原上策马飞奔时，清新、凉爽的夜风

---

1 上述诗句为托马斯·莫尔所作。

朝他的脸猛扑而来，他反而有了一种如释重负的感觉，仿佛把某个黑暗的幽灵抛在了身后似的。他继续飞驰，血液在他年轻的血管里奔涌，他一口气在大草原上跑了好几英里，只见繁星点点的深蓝色夜空高高悬在上方，一轮苍白的月亮照在他身上。他经过了一个安静的牧羊人小屋，那小屋就矗立在一条宽阔的小溪边；他蹚过冰凉的溪水，月光下，那小溪就像一条银线般在黑漆漆的平原上蜿蜒曲折；接着，他又上了绿草丛生的辽阔草原，草原上散布着一片片影影绰绰的高大树丛，路两边到处是像幽灵般的羊儿的影子。他一路跑啊跑，终于他自己的农庄出现在眼前了，他还可以看见星星般的灯光在远处闪耀着——那是一条长长的林荫道上的路灯，路两旁高高的树木的影子摇曳不定，见此马儿发出雷鸣般的嘶鸣声，紧接着映入眼帘的就是房前宽阔的草地，狗也开始争相吠叫起来。马蹄敲击大路的咔嗒咔嗒声惊醒了一个马夫，他从房子的一侧跑过来。布莱恩跳下马，把缰绳扔给马夫，然后进了自己的房间。房间里亮着一盏灯，桌子上摆着白兰地和苏打，还有一包信件和报纸。他把帽子扔到沙发上，把窗户和门敞开，让凉爽的微风吹进来。吹着夜风，他给自己倒了一杯白兰地兑苏打，然后把灯调亮，准备阅读信件。他拿起的第一封信是一位女士写来的。“总有个女人给我写信，”伊萨克·迪斯雷利如是说，“只要她不越界就行。”布莱恩的通信人没有越界，但尽管如此，读了半页闲话和丑闻之后，他不耐烦地把信猛地扔到了桌子上。其他信件主要是商业来往信件，最后一封信是卡尔顿写来的，菲兹杰拉德带着一种愉悦感打开了信件。卡尔顿很擅长写书信，在菲兹杰拉德刚被无罪释放后的那段低迷时光，在他即将滑入抑郁深渊的危险时期，卡尔顿的书信给了他极大的鼓舞。因此，布莱恩呷了一口白兰地兑苏打，躺靠在椅子上，准备享受阅读的快乐。

卡尔顿的字迹特别清晰端正，这可是一个例外，因为他的律师同僚的字迹通常龙飞凤舞，潦草难辨。他是这么写的：

我亲爱的菲茨杰拉德，在你享受乡下凉爽的微风和宜人的清新时，我却和无数其他可怜虫一起，被关在这座尘土飞扬、酷热难当的城市里。我多么希望和你一起待在戈申的土地上，待在墨累河的滚滚河水边，在那儿，一切都是那么生机勃勃、绿意盎然、天然质朴！——这最后的两个词几乎是一个意思——然而，我的视线被砖块和灰泥所阻隔，而且雅拉河里浑浊的泥水必须为你那条高贵的河流尽义务。啊！我也曾住过阿卡狄亚，但是我现在离开了：就算某种力量让我有了重回那儿的选择，我也无法肯定自己会接受这个选择。阿卡狄亚，毕竟是一个醉生梦死、无知透顶的天堂，我热爱这个充斥着浮华、虚荣、邪恶的世界。而你，哦，牧童柯瑞东——别害怕，我不会引述维吉尔的诗歌——你正在研究自然之书，我却埋首于正义女神特弥斯的卷宗中，但是我敢说，伟大的大自然母亲教给你的事情远比她女儿教给我的要强。尽管如此，你还记得那句言简意赅的谚语吗——“在罗马时，一定不能说教皇的坏话”？因此，以律师为业，我就必须尊重这个行业的缪斯女神。我想，当你看到这封信是从律师事务所寄出时，你肯定想知道律师为什么要给你写信，而我的字迹，毫无疑问，意味着法庭令状——哦不！我错了，你已经过了法庭令状的年代了——我可不是暗示你老了，绝不——你正处于充满感激的年纪，也是最快乐地享受生活的年纪，可当青春之火因年长的阅历而变得温和之后，你就会知道怎样尽力享受这世上的美好，也就是——爱情、美酒和友谊。恐怕我要越写越诗情画意了，这对一位律师来说可是件坏事，因为诗歌的花朵无法在法律的旱荒之地上盛开。回过头来读我写的东西，我发现我就像普雷德的教区主教一样不着边际了，然而鉴于这封信本来是为公事而写，我必须得放弃这种漫无边际、东扯西拉的奢侈行为，回到正事上来。我猜你还保守着罗珊娜·莫尔托付给你的秘密——啊哈！你瞧，我知道她的名字。为什么呢？很简单，出于人类天生的好奇心，我一直在试图找出是谁杀害了奥利弗·怀特，正如《阿格斯报》非常聪明地指出，罗珊娜·莫尔很可能是整件事情的根源，因此我一直在调查她的过去。怀特之死的秘密，以及他被杀的原因，你都是知道的，但是你拒不透露，甚至不愿为了正义的利益而透露半点。这究竟为何？我不知道，但是我们每个人都有自己的小缺点。出于某种善意却错误的——我可以称之为责任感吗？——你拒绝举报那个真凶，而那人怯懦的罪行差点断送了你的性命。

自你离开墨尔本之后，人人都说："双轮马车惨案从此成为悬案了，再也抓不到凶手了。"我不同意下定这种结论的那些自以为是的人，我自问道："死在流浪儿妈妈家里的那个女人是谁？"我自己无法给出令人满意的答案，便决定去找出真相，并采取了相应的措施。首先，我从罗杰·莫兰（不知你是否还记得，他是审判时的控方证人）那儿了解到，怀特和罗珊娜·莫尔大概在一年前以怀特夫妇的身份乘坐约翰·埃尔德号抵达悉尼。不用我说，他们肯定认为完成结婚的手续根本不必要，因为他们会发现，在未来的某种情况下这种关系会带来很大的不便。莫兰对罗珊娜·莫尔一无所知，他建议我放弃调查，因为他们从伦敦那种大城市来，很难在那里找到曾经认识她的人。尽管如此，我仍然给我的一个朋友拍了电报，他有点像是一个业余侦探吧。“请帮忙调查 18xx 年 8 月 21 日以奥利弗·怀特夫人的身份乘坐约翰·埃尔德号离开英国的那个女人的名字和她的一切。”说来也怪，我的朋友查到了关于她的一切——你知道的，伦敦是一个多么巨大的人性漩涡，所以你得承认，我的朋友非常聪明。这样看来，我请他调查的这件事情没有他想象的那么难，因为这位所谓的奥利弗·怀特夫人是一个臭名昭著的人物。她是伦敦轻浮剧院的滑稽剧女演员，长得非常漂亮，她的照片登过无数次报纸。因此，当她非常愚蠢地和怀特一起去挑选船上的铺位时，船务公司的职员一眼就认出她是罗珊娜·莫尔了，她更广为人知的名号是“轻浮的缪斯爱特”。她为何要跟怀特私奔，我不太清楚。关于男人对女人的理解，我可以建议你去读读巴尔扎克对这个话题的评述。或许是缪斯爱特厌倦了圣约翰森林和香槟晚餐，渴望呼吸故乡更为纯净的空气。啊！你睁大眼睛看看我的上一句话——你很惊讶吧——不，你再想一想，就不会惊讶了，因为她自己已经告诉你她是悉尼人，在墨尔本度过了一段大获成功的演艺生涯之后，于 1858 年回到故乡的。为何她要抛下追捧她的墨尔本人和那儿的奢侈生活呢？这你也知道。她和一个年轻、多金的定居者私奔了，那人当时碰巧在墨尔本，有钱但是没道德。她似乎本身有隐衷，所以想要逃离。但是为何这次她要选择和怀特离开，这让我困惑不已。他并不富有，也不怎么英俊，没有地位，脾气也不好。我是怎么了解怀特先生的所有这些特征的呢，包括他道德上和社交上的特征？很简单，全是我这位无所不能的朋友调查出来的。奥利弗·怀特先生是一个伦敦裁缝的儿子，他的父亲非常富有，退休后得以颐养天年，最后寿终正寝。老头死后，儿子发现自己有了一笔不小的收入，他这人很有娱乐品位，便关掉了已故的父亲的商店。他还发现，他们的先祖从前是跟着“征服者威廉”来到英国的——格兰维尔·德·怀特曾经参与缝制过贝叶挂毯[1]。我猜，他后来从轻浮剧院毕了业，专业是调戏女性。和当时所有镀金青年一样，他到缪斯爱特的那座点着瓦斯的神庙里去祭拜，而女神对他献上的香火很满意，便弃其他崇拜者于不顾，跟着这位幸运的怀特先生私奔了。到目前为止，尚未发现任何与怀特被害有关的线索。男人不会为了像缪斯爱特那样的“爱之光”以身犯法，顶多只会有些可怜的年轻人挪用公款，去购买首饰取悦女神。要

1 贝叶挂毯创作于11世纪，被称为“欧洲的清明上河图”。

论缪斯爱特在伦敦的地位，充其量不过是风流社会里的一个聪明人，据我所知，还没有人会爱她到了要为她杀人的地步。现在看来，必须得在澳大利亚寻找犯罪动机。怀特在英国几乎花完了他所有的钱，因此，缪斯爱特和她的情人抵达悉尼时，仅带着为数不多的现金。然而，秉着类似享乐主义的哲学，他们尽情地挥霍着手头为数不多的现金，抵达墨尔本时，他们住的是二等酒店。我可以告诉你，缪斯爱特有一个特别的恶习，也是很普通的恶习——酗酒。她喜欢香槟，而且喝得不少。因此，等到了墨尔本，发现新一代已经崛起，而且无人识得约瑟夫——我是指缪斯爱特——她便借酒浇愁。和怀特吵了一架之后，她走上街头，想看看墨尔本的夜景——毫无疑问，对她而言，这是多么熟悉的一幕啊。我不知道是什么原因让她走到了小伯克街，或许她迷路了，或许这条路是她过去最喜欢走的一条路，总之，她醉倒在这个声名狼藉的地方，不省人事，结果被萨尔·罗林斯发现了。这些我也知道，是萨尔自己告诉我的。萨尔扮演了好撒玛利亚人[1]的角色，把她带回了被萨尔称为家的肮脏污秽的贼窝子，在那儿罗珊

1 “好撒玛利亚人”意为好心人、见义勇为者。

娜·莫尔生病了，而且病情非常凶险。

怀特发现她走失了，后来找到她时，发现她已经病得太重，不便挪地方了。我猜他很高兴摆脱了这样一个累赘，因此他回到了圣基尔达的住处——从他房东太太的证词来看，当罗珊娜·莫尔在一家安静的小酒馆往死里喝酒时，他应该在那儿住了一段时间。然而，他并没能断绝与这个垂死的女人的联系，就在他在一辆双轮马车里被杀的那个晚上，罗珊娜·莫尔也死了。因此，从所有迹象来看，一切都已完结。但是并不是这样，因为在临死之前，罗珊娜派人到墨尔本俱乐部请来布莱恩·菲兹杰拉德，并透露给了他一个秘密，这个秘密他至今守口如瓶。本信的作者有一种推断——一种异想天开的推断，如果你愿意这么说的话——布莱恩·菲兹杰拉德知道导致奥利弗·怀特之死的秘密。那么请告诉我，要不是我自己已经发现了那么多证据，你是不是仍然拒绝透露其余的事情。我并不是说你知道是谁杀了怀特，但是我敢说，你知道足够多的线索，可以帮助警方发现真凶。如果你出于你自己的正义感和为了心安，而把一切告诉我，那当然更好；如果你不告诉我——那好，没有你我也会找出真相。我一直对这桩奇案非常感兴趣，现在也一样，因此我发誓要将真凶绳之以法，所以我最后一次请求你说出你知道的一切。如果你拒绝，我将马上着手调查罗珊娜·莫尔在1858年离开澳大利亚之前的一切信息，我敢肯定，我迟早能发现导致怀特被杀的秘密。

如果的确存在某种强有力的理由，迫使你对这个秘密保持沉默，那么我也许会征求你的意见，就此罢休；可如果我自己发现了这个秘密，那么，我绝不会对谋杀奥利弗·怀特的真凶手下留情。所以，请你考虑我所说的话，如果我下星期没有收到你的回信，我将会认为你不会改变主意，那么我就会独自展开调查。我敢说，我亲爱的菲兹杰拉德，尽管信里的故事很精彩，你仍会嫌这封信太长，因此，出于对你的同情，我就此停笔。请帮我向福瑞特波利小姐和她父亲问好。也向你致以亲切的问候。我仍然是你忠心的朋友。

邓肯·卡尔顿

这封信写得密密麻麻的，读完最后几个字，菲兹杰拉德便任它从手中飘落，他靠在椅子上，茫然地凝视着窗外的曙光。过了一会儿，他站起身来，给自己倒了一杯白兰地，一饮而尽。然后，他木然地点燃一根雪茄，走到门外，沐浴在黎明的清新空气中。东方有一团柔和的绯红光芒，这预示着太阳即将升起。他可以听到树丛中被唤醒的鸟儿的啾啾声。然而，布莱恩并没有看到破晓的美景。他呆呆地站着，凝视着东方闪耀着的红光，思考着卡尔顿的来信。

“我再也无能为力了。”他伤心地说道，把头倚靠在房子的墙壁上。“只有一种方式来阻止卡尔顿，那就是告诉他一切。我可怜的玛奇！我可怜的玛奇！”

微风徐来，吹得树林子沙沙作响，东方出现了巨大的深红色光轴，接着，突然之间，太阳从莽莽平原的边缘升起来。温暖的黄色光芒温柔地轻抚着这个筋疲力尽的男人的俊美头颅，突然，他转过身子，仿佛拜火教教徒似的，向这个巨大的发光体举起了双手。

“我接受黎明的预兆。”他喊道，“为她的生命，也为我的。”

## 钦斯顿医生的话

一旦下定决心，布莱恩就不愿坐等下去，当天下午他就骑着马出门了，他要告诉玛奇他决定走了。

仆人告诉他玛奇在花园里，于是他去了花园，循着欢快的声音和妙龄女郎的笑声，他很快找到了去草地网球场的路。玛奇和客人们都在那里，他们坐在一棵高大的榆树的凉阴下，兴致盎然地观看罗尔斯顿和彼得森的对决，他们都是网球高手。福瑞特波利先生不在那里，他在屋子里写信、和瓦尔派先生聊天。见福瑞特波利先生不在，布莱恩长舒了一口气。在他沿着花园小径走过来时，玛奇就看见他了。一见他，玛奇就张开双臂朝他飞奔过去。布莱恩摘下了帽子。

“你能来看我真好，”她挽着他的胳膊，用愉快的语气说道，“还顶着这么大的太阳。”

“是啊，待在阴影底下有些可怕。”美丽的罗尔斯顿夫人笑着说道，同时戴上了她的太阳帽。

“抱歉，我认为恰恰相反。”菲兹杰拉德弯腰鞠了个躬，看了看大树下乘凉的那群魅力四射的淑女。

罗尔斯顿夫人涨红了脸，她摇了摇头。

“啊！你来自爱尔兰，这点很明显，菲兹杰拉德先生。”她看了看布莱恩，坐回了自己的位置。

“你会让玛奇嫉妒的。”

“他的确来自爱尔兰。”玛奇快活地笑道，“布莱恩，你要是这样乱献殷勤，我肯定会告诉罗尔斯顿先生的。”

“他来了。”她的情人说道。这时，罗尔斯顿和彼得森已经打完比赛，从网球场走过来，加入了树下避暑的人群。尽管穿着法兰绒网球裤，他们看起来仍然很热。罗尔斯顿先生把网球拍扔到一旁，坐下来长舒一口气。

“谢天谢地，终于打完了，我赢了。”他擦了擦滚烫的额头，说道，“苦役犯也不会比我们更辛苦了，而你们这群懒人却坐在‘山毛榉树的华盖之下’。”

“什么意思？”他妻子懒懒地问道。

“意思是，旁观者能综观全局。”她丈夫嬉皮笑脸地回答。

“我猜这就是你所谓的‘简单的意译’吧，”彼得森大笑起来，“为了你对维吉尔的全新的、独具创意的翻译，罗尔斯顿夫人应该奖赏你一点什么。”

“那就来点冰镇的什么吧。”罗尔斯顿回答说。他四仰八叉地躺在地上，透过层层叠叠的绿叶的缝隙凝视着蓝色的天空，“我总是喜欢给我的东西加点冰。”

“这就是你的风格。”玛奇笑着递给他一个玻璃杯，杯子里盛满了闪耀着金色光泽的饮料，一大块冰叮叮当当地撞着杯壁，发出音乐般的声音。

“他可不是唯一一个拥有这种风格的人。”彼得森欢快地说道。他也享受到了同样的待遇。

“这就是我们军队的风格。这就是我们海军的风格。这就是我们在大学的风格。”

“我们大家都一样。”罗尔斯顿说着，举起手中的杯子，等着别人来给他斟满，“再来一杯，劳驾。哟，真是太热了。”

“什么太热，饮料吗？”朱莉亚咯咯笑道。

“哦不——天太热。”菲利克斯朝她扮了个鬼脸，“这天热的，简直让人想要采纳悉尼·史密斯的建议：剥下自己的皮，让风把骨头给吹吹透。”

“这么热的风吹来，”彼得森郑重其事地说，“恐怕要不了多久，骨头得变成烤骨头了。”

“去你的，油嘴滑舌的家伙。”菲利克斯把帽子朝他扔去，回嘴道，“否则，我要把你拖到毒太阳下，让你再打一局。”

“可别找我。”彼得森淡淡地回答，“我可不是火蜥蜴，我还没适应你们的气候呢。况且草坪网球也是有规矩的。”说着，他转身背朝罗尔斯顿，开始和朱莉亚·费泽威特聊起天来。

这时，玛奇和她的爱人已经将这一切无聊的闲谈抛在身后，朝着房子缓步走去。布莱恩告诉玛奇他马上就要离开了，但没有解释离开的原因。

“我昨晚收到了一封信。”他说着，转过脸不去看她，“这封信和一桩重要的生意有关，我必须马上动身。”

“我想，过不了多久我们也要回去了。”玛奇若有所思地回答，“爸爸这个周末就离开这里。”

“为什么？”

“我只能说，我不知道。”玛奇有些焦躁地说，“他坐立不安，似乎总也定不下心做点什么。他说他的下半辈子什么也不做了，就去环游世界。”

这时，《创世记》中的一句话突然闪过菲兹杰拉德的脑海，这句话似乎异乎寻常地适用于福瑞特波利先生。“你将在这世上做一个逃亡者、流浪汉。”

“每个人迟早都会经历这种不安的发作，”他木然地回答，接着，他不自在地笑起来，“事实上，我觉得我自己就处于这种状态。”

“这让我想起了钦斯顿医生昨天说的话，”她说，“这是个动荡不安的年代，电和蒸汽让我们所有人都成了波希米亚人。”

“啊！波希米亚是个好地方。”布莱恩心不在焉地说道。他下意识地引用了一句萨克雷的话：“然而在晚年，我们全都迷失了去往那里的路。”

“无论如何，我们总有不曾迷路的时光。”她笑着回答。他们已经走进了客厅，经历了外面的酷热和刺眼之后，这里显得如此的凉爽宜人。

他们一进来，福瑞特波利先生就从窗边的一把椅子上站起身来。他似乎一直在读书，因为他手上正拿着一本书。

“嗨！菲兹杰拉德！”他亲切地喊道，一边伸出了一只手，“很高兴见到你。”

“我跟你说过我要走了，不是吗？”布莱恩回答道。他犹疑不决地握起对方伸过来的那只手，脸涨得通红：“但是事实上，我是来道别的，我要离开几天。”

“啊！回城里吗，我猜？”福瑞特波利先生靠在椅子上，玩弄着他的怀表链子，“离开空气清新的乡下到尘土飞扬的墨尔本去，我认为你并不明智。”

“但是玛奇告诉我你也要回去呢。”布莱恩一边说，一边漫不经心地摆弄着桌上的一瓶花。

“看情况。”对方不经意地回答，“我可能回，也可能不回。你回去是为了生意上的事情，我猜？”

“噢，事实上，卡尔顿——”说到这儿，布莱恩又打住话头。他心烦意乱地咬着嘴唇，因为他本来不打算提及这位大律师的名字。

“他怎么了？”福瑞特波利疑惑地问道。他迅速坐下来，目光锐利地盯着布莱恩。

“因为生意上的事情要见我。”布莱恩狼狈地答道。

“和你出售农庄的事情有关，我猜？”福瑞特波利先生的眼睛仍然盯在这位年轻人的脸上，“找不到比他更好的人了。卡尔顿是个优秀的商人。”

“简直过于优秀了。”菲兹杰拉德沮丧地说道，“他是一个不能满足于‘差不多’的人。”

“譬如？”

“哦，没什么。”菲兹杰拉德仓促回答。这时，他的目光遇上了福瑞特波利先生的目光。两个男人定定地盯着对方看了一会儿，就在这一瞬间，一个名字在他们的脑海一闪而过——罗珊娜·莫尔。福瑞特波利先生先垂下了目光，打破了沉默。

“那好，”他从椅子上站起身，伸出一只手，轻松地说道，“如果你要在城里待上两个星期，那么两个星期后就来圣基尔达吧，很有可能我们就回去了。”

布莱恩默默无语地和他握了握手，然后看着他拿起帽子，走过露台，走进火热的太阳底下。

“他知道了。”布莱恩脱口而出。

“知道什么，先生？”玛奇问道，她静静地跟在后面，一只胳膊挽上了布莱恩的胳膊，“知道你饿了，想要在离开我们之前找点东西吃？”

“我不饿。”布莱恩说着，和她一起朝门口走去。

“胡说！”玛奇欢快地回答，就像夏娃一样，她总是非常好客，“我可不想让你像个面色苍白的情人似的出现在墨尔本，就好像我虐待你似的。来吧，先生——不，”她一边说，一边举起手挡住凑过来吻她的布莱恩，“生意第一，享乐第二。”于是，两人在笑声中走进了餐厅。

马克·福瑞特波利在网球场上徘徊。回想起布莱恩看他的眼神，站在烈日下的他居然打了个哆嗦，仿佛天气变得寒冷彻骨。

“有人踩过我的坟墓[1]。”他自言自语道，接着露出了嘲讽的笑容，“呸！瞧我多么迷信！但是——他知道了，他知道了！”

“快来，先生！”菲利克斯刚刚看到他，“有把拍子正在等着你呢。”

福瑞特波利先生如梦初醒，他发现自己来到了网球场附近，菲利克斯正在他身边吸着一根香烟。

他竭力使自己回过神来，并在这个年轻人肩膀上轻拍了一下。

“什么？”他强颜欢笑道，“你真想让我在这么热的天打网球？你热疯了吧。”

“你说我热疯了？”沉着冷静的罗尔斯顿反驳道，同时吐出一个烟圈。

钦斯顿医生这时正巧出现，他说：“那是必然的结局。”

“多么迷人的小说。”朱莉亚刚巧听到最后一句话。

“什么？”彼得森迷惑不解地问道。

“豪威尔的小说，《必然的结局》。”朱莉亚似乎也困惑了，“你们刚才不是在谈论它吗？”

“我觉得咱们有点前言不搭后语了。”菲利克斯叹了一口气，“今天我们大伙儿似乎都比平常疯狂。”

“别替自己狡辩了，”钦斯顿愤愤地反驳道，“我和世界上任何人一

---

1 突然打了个不明原因的寒战时，会这样说。

样清醒。”

“我说的一点没错，”菲利克斯淡淡地反诘，“作为一名医生，你应该知道世界上每个男人和女人都多少有点疯狂。”

“你的论据在哪里？”钦斯顿微笑道。

“我的论据都是显而易见的。”菲利克斯郑重其事地指着大伙儿，“他们都在为一两件事情而生气。”

大伙义愤填膺地一致否认，随后哄堂大笑，对罗尔斯顿先生奇特的辩论方式表示嘲笑。

“如果你在众议院里这样辩论，”福瑞特波利先生戏谑地说道，“你会拥有一个风趣的议会。”

“啊哈！除非他们允许女士加入，否则他们是不会有一个风趣的议会的。”彼得森一边说，一边嘲弄地看向朱莉亚。

“那将成为一个爱的议会，”医生反驳道，“而且还不是中世纪的类型。”

福瑞特波利先生挽住医生的胳膊，拉他走开了。“我想请你去一趟我的书房，医生先生，“他一边说，一边领着医生朝房子里踱过去，“给我做个检查。”

“怎么了，你有什么不舒服吗？”走进房子时，钦斯顿问。

“有段时间了，”福瑞特波利说，“我担心我有心脏病。”

医生目光锐利地盯着他，然后摇摇头。

“不可能，”他乐呵呵地说，“人们常常有这样的错觉，他们觉得自己得了心脏病，但是十个里面倒有九个都是自己想象出来的。”他又滑稽地补充了一句：“除非那人碰巧是个年轻人。”

“啊！如此说来，你觉得我很健康喽？”福瑞特波利说着，两人已经进了书房，“罗尔斯顿说人都是疯狂的，你怎么看？”

“这说法很有趣，”钦斯顿一边说，一边坐下，福瑞特波利先生也坐下来。“我只能说，我认为这世界上不为人知的疯子远比我们所知道的多。”

“的确如此！”

“是的。你还记得狄更斯在《匹克威克外传》里提到的那个恐怖故事吗？那个男人疯了，他自己也知道，然而他成功地将疯病隐藏了许多年。我相信世界上有很多那样的人，那些人的一生就是与疯病的长期搏斗，然而他们仍然与其他同胞一起吃喝玩乐，一样很快乐、轻松。”

“多么不寻常啊。”

“一半的谋杀和自杀都是在暂时性的精神错乱中发生的，”钦斯顿说，“如果一个人总是在寻思什么事情，那么他潜在的疯狂必然迟早要爆发。但是，当然了，有些情况下，一个完全理智的人可能一时冲动犯下了谋杀罪，但我认为这种人在犯罪的那一刻是疯狂的。但是，我再说一次，谋杀可能是以最冷血、最冷静的方式谋划和实施的。”

“那么，在最近这桩谋杀案中，你认为杀手是疯子吗？”福瑞特波利问道，他没有抬眼看医生，只是玩着一把裁纸刀。

“是的，我是这么认为的。”医生坦率地回答，“他就和任何谋杀犯一样疯狂，因为他觉得他杀人是遵从上帝的安排——然而这只是他疯狂头脑中的一种理论。例如，我相信那次双轮马车谋杀案，你也被卷进——”

“我没有被卷进案子。”福瑞特波利打断对方，脸色因愤怒而苍白。

“抱歉。”钦斯顿淡然回答，“口误而已，我本来想说的是菲兹杰拉德。对了，我相信这桩谋杀案是有预谋的，犯案的凶手是疯子。毫无疑问，他现在正逍遥法外，行动举止和你我一样理智，然而疯狂的因子就存在于他体内，迟早他将会犯下另一桩凶案。”

“你怎么知道是有预谋的？”福瑞特波利突然问道。

“任何人都能看出这点，”医生回答，“当晚怀特被人跟踪了，而且菲兹杰拉德一离开，那人就准备去假冒他，衣着都一样。”

“那没什么，”福瑞特波利先生反驳道，目光锐利地盯着同伴，“墨尔本有十几二十个男人都穿着晚礼服、短大衣，戴着软毡帽——事实上，我通常也这样穿。”

“啊，那可能是个巧合。”医生非常不耐烦地说道，“然而凶手使用了三氯甲烷，这就显而易见了，没有人经常随身带着三氯甲烷。”

“我想也是。”福瑞特波利回答说。这个话题就此打住。钦斯顿给福瑞特波利先生做了个检查，检查结束后，他的脸色异常严肃，然而他还是对满脸忧虑的福瑞特波利先生笑了笑。

“没事，”他快活地笑道，“心脏活动略有些衰弱，就这个问题。”他又加重语气说道，“只是有一点，避免激动——避免激动。”

福瑞特波利先生刚刚穿上外套，就有人敲门了，接着玛奇进来了。

“布莱恩走了。”她说。“噢，打扰了，医生——爸爸生病了吗？”一种突如其来的恐惧击中了她。

“没事，孩子，没事。”福瑞特波利先生匆忙回答，“我很好，我原以为我的心脏感染了，幸好不是。”

“一点也没有，”钦斯顿再次保证道，“都很好——只是要避免过于激动。”

福瑞特波利先生转过身子，朝门口走去。玛奇则一直盯着医生的脸，想知道到底有多么严重。

“危险吗？”他们在门口停了一下，玛奇抓住医生的胳膊问道。

“不！不危险！”他匆忙回答。

“我看有危险。”她坚持着，“把最坏的情况告诉我，最好让我知道真相。”

医生怀疑地看了她一会儿，然后把手搁在她肩头。

“我亲爱的小姐，”他神情肃穆地说，“我不敢告诉你的父亲，但是我把实话告诉你。”

“什么？”她低声问道，脸色变得惨白。

“他的心脏感染了。”

“很危险吗？”

“是的，很危险。如果受到任何打击——”他犹豫不决地说道。

“那么——”

“他可能会一头栽倒在地上，再也醒不过来。”

“我的上帝！”

## 基尔斯普的推理

卡尔顿正坐在办公室里读一封刚收到的信，是菲兹杰拉德写来的。从他脸上洋洋自得的笑容可知，信的内容让他满意至极。

我知道，现在你已经接手了这桩案子，我想如果不弄个水落石出，你肯定不会停手的。可我希望让这事就此为止，所以，我向你坦白一切。你的猜测是对的，我知道一些事情，这些事情会帮助警方找出杀害怀特的凶手。可是，当我告诉你我隐瞒此事的原因后，我相信你是不会责怪我的。请注意，我并没有说我知道凶手是谁，但是我怀疑某人有嫌疑——极大的嫌疑——真希望罗珊娜·莫尔在告诉我这个秘密之前就已经死去！尽管如此，我会把一切告诉你，让你来判断我是否应该隐瞒实情。下周某个时间我会去你的办公室，到时你就知道罗珊娜·莫尔告诉我的事情了。一旦你知道实情，你肯定会怜悯我的。

“真是非同寻常，”卡尔顿倒向椅背，放下信，默默地思考着，“难道他要告诉我最终还是他自己杀了怀特，而萨尔·罗林斯为了救他作了伪证！不可能，无稽之谈！否则她肯定会选择在一个更好的时机出现，而不会冒险等到最后关头才出面拯救布莱恩。尽管我向来不会因为任何事情吃惊，但我仍希望布莱恩·菲兹杰拉德的坦白会让我大吃一惊。我从没有见过如此离奇的案件，从各方面看，我们都远没有触及这桩案子的真相。毕竟，现实远比小说离奇。”

这时响起一声敲门声，有人去应门，来客回答说是主人有请，于是门开了，基尔斯普悄悄地进门了。

“你没有约会吧，先生？”他用柔软、低沉的声音问道。

“噢，没有，先生，”卡尔顿漫不经心地回答，“请进——请进！”

基尔斯普轻轻地关上门，然后以他惯常的猫似的蹑手蹑脚溜过来，坐在卡尔顿身边的一把椅子上，把帽子放在地板上，目光锐利地盯着大律师。

“噢，基尔斯普，”卡尔顿打了个哈欠，拨弄着他的表链，“有什么好消息吗？”

“啊，没有什么特别的新闻。”侦探先生搓着双手，发出猫似的咕噜声。

“没有新闻，没有真相，什么事儿也没有。”卡尔顿引用艾默生的话，问道，“那么，你来见我是为什么事情？”

“双轮马车谋杀案。”侦探先生安静地回答。

“见鬼！”卡尔顿出于他的职业性义愤，大喊一声，“你发现是谁干的了吗？”

“没有。”基尔斯普十分沮丧地回答，“不过，我有个猜想。”

“戈比也有一个猜想，”卡尔顿冷冷地反驳道，“不过他的猜想已经成了泡影。你有什么特别的证据吗？”

“暂时没有。”

“那就是说，你要去找到证据。”

“如果可能的话。”

“‘如果’是个好词。”卡尔顿引用了一句莎士比亚的话，然后拿起一支铅笔，在吸墨纸上无聊地乱画，“那么，你怀疑是谁？”

“啊哈！”基尔斯普谨慎地应了一声。

“我不认识什么‘啊哈’，”对方淡淡地回答，“他姓‘骗子’吧，我猜。别废话了！你怀疑是谁？”

基尔斯普谨慎地环视了一圈，确认四周无人之后，以舞台上的那种高声耳语说道：“罗杰·莫兰！”

“就是那个出庭作证说明怀特醉酒原因的那个年轻人？”

基尔斯普点点头。

“那么，你是怎么怀疑他有犯罪嫌疑的？”

“你还记得那两个车夫——罗尔伊斯顿和兰肯的证词吗？他们都证实当晚和怀特进马车的那个男人在右手食指上戴了一枚钻石戒指。”

“那又怎样？墨尔本每个有头脸的男人几乎都会戴一枚钻石戒指。”

“但是不会戴在右手食指上。”

“哦！莫兰是那样戴戒指的吗？”

“是的！”

“只不过是巧合而已。这就是你全部的证据。”

“迄今为止获得的全部证据。”

“这个证据非常薄弱。”卡尔顿不屑地回答。

“最薄弱的证据可以连接起一条绞死一个人的锁链。”基尔斯普口出妙语。

“莫兰的证词很清楚，”卡尔顿站起身，在房间里来回踱步，“他去见了怀特，两人一起喝醉酒。怀特走出酒店，莫兰拿着被怀特落下的外套紧随其后，然后有人从他手上抢走了外套。”

“啊，是吗？”基尔斯普快速打断他的话头。

“莫兰是这么说的。”卡尔顿突然停下，“我知道了，你认为莫兰并没有像他表面上喝得那么醉。在跟上怀特后，他穿上怀特的外套，和怀特一起进了马车。”

“这正是我的推理。”

“十分高明。”大律师说道，“可是莫兰为什么要谋杀怀特？他有什么动机吗？”

“那份文件——”

“呸！又是戈比的想法。”卡尔顿气愤地回答，“你怎么知道真的有这样一份文件？”

事实上，在听到菲兹杰拉德的解释之前，卡尔顿并不想让基尔斯普知道怀特的确拥有那份文件。

“还有一件事情，”卡尔顿继续走动起来，“如果你的理论是正确的话——不过我并不这么认为——那么怀特的外套到哪里去了？莫兰拿走了吗？”

“不，他根本没有拿起外套。”侦探先生断然回答道。

“看来你非常确定这一点。”大律师停顿片刻后，问道，“你是否向莫兰问起这件事情？”

基尔斯普白皙的脸上流露出责备的神色。

“我还没有那么稚嫩。”他挤出一个微笑，说，“我还以为你觉得我很老练呢，卡尔顿先生。问他？没有。”

“你是怎么发现的？”

“事实上，莫兰现在在袋鼠酒店里做酒吧招待。”

“酒吧招待！”卡尔顿重复道，“他可是以一位拥有独立财产的绅士的身份出现在大家面前的。为什么？见鬼，伙计，这点足以证明他没有谋杀怀特的动机了。莫兰非常依赖怀特，他没理由要杀死他的金鹅，然后去做一个酒保——算了，真是荒谬。”

“喔，这事儿你可能说对了。”基尔斯普气愤地说，“如果戈比会犯错，那么我也不必假装自己是万无一失的。不过，不管怎样，当我在酒吧里看到莫兰在右手食指上戴着一枚银戒指时——”

“银戒指可不是钻石戒指。”

“的确，但是这说明他习惯把戒指戴在食指上。看到这点，我就决定搜查他的房间。我趁他外出时搜查了一番，发现——”

“扑空了？”

基尔斯普点了点头。

“那么，你的空中楼阁轰然倒塌了。”卡尔顿戏谑地说，“你的想法很荒谬，莫兰和你我一样清白。为什么呢？因为他那晚醉得没法干任何事情了。”

“嗯——他是这么说的。”

“哦，人不会没来由地抹黑自己。”

“这是为了避免更大的危险，”基尔斯普冷冷地说，“我敢肯定，莫兰当晚没有喝醉。他这么说，只是避免回答棘手的问题，譬如盘问他的行踪。据此，我猜他知道的比他供出的多。”

“那么，你打算怎样查清这个问题？”

“首先我要从找到那件外套开始。”

“你认为他藏起了外套？”

“我敢肯定。我的推测是这样的：当莫兰在坡勒特街走下马车时——”

“但是他没有。”卡尔顿生气地打断了他的话头。

“让我们假设一下——就当是在论证——他这么做了，”基尔斯普安静地回答，“我说，他走下马车后，沿着坡勒特街向北，然后左拐上了乔治街，穿过菲兹洛伊花园回到了城里。因为知道那件外套惹眼，他就把外套给扔了，或是藏起来了，然后离开花园，穿过墨尔本城——”

“穿着晚礼服——那可比外套更惹眼。”

“他没有穿晚礼服。”基尔斯普安静地回答。

"哦,晚礼服也没穿。"回忆起审判时的证词,卡尔顿激动地反驳道,"又一个漏洞。杀手穿着晚礼服——马车夫是这么说的。"

"是的,但是那是因为他在几分钟之前看见菲兹杰拉德穿着晚礼服,而且以为和怀特进马车的那个人就是菲兹杰拉德。"

"噢,那又怎样?"

"你还记得吗?第二个人的外套是扣起来的。莫兰穿着黑色裤子——至少我是这样认为的——把外套扣起来之后,车夫就很容易产生错觉,以为他就是菲兹杰拉德。事实也的确如此。"

"这还差不多,"卡尔顿若有所思地问道,"那么你打算怎么办?"

"到菲兹洛伊花园去找那件外套。"

"哼!白费劲。"

"可能吧。"基尔斯普站起身,准备走。

"下次什么时候见到你?"卡尔顿问。

"噢,就在今晚。"基尔斯普在门口停下脚步,"我差点忘了,流浪儿妈妈想见你。"

"为什么?发生什么事了?"

"她要死了,想要告诉你一个秘密。"

"天哪!罗珊娜·莫尔!"卡尔顿说,"她会告诉我罗珊娜·莫尔的事情。这次我能追查到底了。很好,八点钟我在这儿等你。"

“很好，先生！”侦探先生轻手轻脚地走出去了。

“真想知道那个老女人知道些什么？”卡尔顿一边坐回自己的位置，一边自言自语道，“她可能偷听到了怀特和他情妇之间的对话，打算向我透露。哇哦，恐怕在菲兹杰拉德坦白真相之前，我就已经提前知道了一切。”

## 流浪儿妈妈归西了

基尔斯普准时赴约，八点整来到卡尔顿的办公室，他要负责护送卡尔顿穿过那肮脏破烂的迷宫般的贫民窟。他发现大律师正焦急地等着他。事实上，卡尔顿已经深信罗珊娜·卡尔顿就是解开整个谜团的关键，他发现的每一个新证据都进一步坚定了他的这个想法。罗珊娜·莫尔临死时，她肯定对流浪儿妈妈坦白了一些事情，这些信息可能会涉及真凶的名字。他强烈怀疑那个老巫婆收了一笔封口费，所以才守口如瓶。有好几次卡尔顿差点想去找她，试图从她口中探听到那个秘密——如果她知道的话——现如今，命运似乎站在了他的这边，而且心甘情愿的坦白远比强行逼供得来的消息更为可信。

基尔斯普出现时，卡尔顿正处于极度兴奋的状态。

“我想我们最好马上动身。”他点燃了一支雪茄，对基尔斯普说道，“那个老巫婆可能随时咽气。”

“很有可能。”基尔斯普表示同意，但他怀疑地说，“但是，如果她又活过来，我也不会感到半点惊奇，这种老女人就像猫一样，有九条命。”

“也不是不可能。”卡尔顿反驳道，这时他们已经走上了灯火通明的大街，“在我看来，她的本性就像一只猫。不过，请告诉我，她怎么了——是年纪太大？”

“这是一部分原因。我猜，酗酒也是一方面原因。”基尔斯普回答，“另外，她居住的环境不太卫生，她那些放荡的习惯也送了她的命。”

“希望不是什么传染病。”穿过伯克街的人群时，大律师不由得打了个寒战，说道。

“我可不知道，先生，我可不是医生。”侦探先生不动神色地回答。

“噢！”卡尔顿沮丧地叹息道。

“没事的，先生。”基尔斯普安慰道，“我来过这儿不下二十次了，我都没事。”

“我敢说，”大律师反驳道，“我要是去一次，肯定就能感染上，不管是什么病。”

“请相信我，先生，她无非就是年纪大了，加上酗酒。”

“她请医生了吗？”

“她绝不让医生靠近她半步——她自己给自己开药方。”

“松子酒吗，我猜？嗯！的确不比那些寻常的药难喝。”

不一会儿，他们就已经到了小伯克街，在穿过一条黑暗狭窄的小巷后，他们就来到了流浪儿妈妈的老巢门前。这一次，卡尔顿多多少少已经熟悉了这些小道。

他们爬上摇摇晃晃的楼梯，楼梯在他们的重压下呻吟般嘎吱作响。他们发现流浪儿妈妈躺在房间角落的床上，交易桌上点着一支淡牛油蜡烛，借着昏暗的灯光，上次那个精灵般的黑头发女孩正在和另一个邋里邋遢的女孩在玩牌。

陌生人进入时，她们立刻站起来，那个精灵般的孩子阴沉着脸把一张破椅子朝卡尔顿先生推去，另一个女孩则拖着脚走到房间较远的角落里，像小狗似的蹲在那里。老巫婆本来已经陷入不安宁的睡梦，他们进门时把她惊醒了。她从床上坐起来，把衣服裹紧。见她那副可怕的模样，卡尔顿不禁望而却步。她的白头发披散着，像积雪般一团团地堆积在肩头。她的脸上爬满皱纹和干纹，那鹰钩般的鼻子和老鼠眼睛似的小黑眼珠子向前凸起，她那骨瘦如柴的两只胳膊一直裸露到肩膀处，当她伸出爪子般的双手去抓床单时，胳膊就开始疯狂地舞动起来。那只酒瓶子和破杯子就放在她身边，她给自己倒了一点酒，开始贪婪地舔起来。

酒一下肚，就刺激得她剧烈咳嗽起来，直到那精灵般的孩子上前来猛地拍她的背，并把酒杯从她手上夺走。

“贪婪的老狗！”那友善的孩子望向杯底，嘀咕道，“我看，你把酒喝光了。”

“是的。”老妇人虚弱地喃喃道，“他们是谁，丽兹？”她把一只颤抖的手搭在双眼上方，瞧向卡尔顿和侦探。

“那个警察和那个公子哥儿，”丽兹突然回答，“来看你翘辫子。”

“我还没死呢，你这狗崽子。”老妖婆突然有了力气，她咆哮道，“等我起床了，看我让你翘辫子。见鬼。”

丽兹发出一阵不屑的尖利笑声。基尔斯普走上前。

“闭嘴。”他突然开口说道，然后抓起丽兹一边瘦弱的肩膀，把她推到另一个女孩蹲着的地方，“站在那儿，我不开口，你就不许动。”

丽兹把她一头乱蓬蓬的黑发一甩，正打算出言不逊，这时另一个女孩伸出一只手，把丽兹拉到了身边，她显然更年长，也更明智。

这时，卡尔顿正在对角落里的老女人说话。

“你想要见我？”卡尔顿抑制住心中的厌恶，轻声问道——因为她毕竟是个女人，而且命不久矣。

“是的。”流浪儿妈妈沙哑着嗓子回答。她躺下身子，把油腻腻的被子拉到脖子处，突然怀疑地问道：“你不是牧师？”

“不，我是律师。”

“我可不要让一个天杀的牧师出现在这儿。”老巫婆恶毒地吼叫着，“我还不会死，我会活得好好的，还要活很久。”

“恐怕你不会好了。”卡尔顿温和地说，“你最好让我请一位医生来。”

“不，我不要。”老巫婆反驳道，同时积聚起所有微弱的力气，朝他打过去，“我可不要吃那些愚蠢的药。我不要牧师也不要医生，都不要。我也不想要律师，不过我想要写一份遗嘱。”

“我能得到那块表吗？”丽兹从角落里喊道，“如果你把它给了萨尔，我就把她的眼睛挖出来。”

“安静！”基尔斯普厉声喊道，丽兹低声咒骂了一声，又坐回了角落里。

“她那张嘴，比蛇牙还尖利，”恢复安静后，老太婆哀述道，“那个小魔头是我喂养大的，现在她变心了，天杀的。”

“好——好。”卡尔顿有些不耐烦了，“你要见我，是为什么？”

“不要着急。”老巫婆怒目而视，说道，“如果我什么都告诉你，我会遭怪罪的，我发誓。”

她显然已经非常虚弱了，所以卡尔顿向基尔斯普转过身子，朝他耳语，叫他请个医生。侦探先生掏出纸写了张便条，递给丽兹，让她拿去找医生。见此,另一个女孩站起身,挽着丽兹的胳膊,两人一起走了。

“让那两个姑娘走了?”流浪儿妈妈说,“你是对的,因为我也不想让我要说的话登上报纸。”

“你要说的是什么事情?”卡尔顿向前探出身子。

老妇人又喝下一口杜松子酒,这口酒似乎为她注入了生命,因为她又从床上坐起来,说话的声音也变快了,似乎害怕还没把秘密说出口她就咽气了。

“你之前来过吗?”她用一根枯瘦的手指指向卡尔顿,“你想要调查她的一切,但是你没有成功。她不让我说,因为她是个骄傲的公主,在她可怜的母亲忍饥挨饿的时候,她却在翩翩起舞。”

“她母亲?你是罗珊娜·莫尔的母亲?”卡尔顿震惊不已。

“如果我不是,就让我死。”老巫婆嘎嘎喊道,“她可怜的父亲是喝酒喝死的,天杀的,我也要跟他去了。那时候你还没有出生,否则你也会被她迷住的。天杀的。”

“被罗珊娜迷住?”

“就是她。”流浪儿妈妈说,“她在舞台上跳舞时,啊,我的宝贝,她是多么美,所有的小伙子都愿意为她去死,她跳进了他们的黑心肝里,天杀的。她一直对我很好,直到他出现了。”

“谁出现了?”

“他！”老妇人喊道，她用胳膊撑起身子，双眼闪着复仇的怒火，“他！他带着钻石和黄金来到这里，毁了我可怜的姑娘。这些年来，他是那样高昂着他那光闪闪的头，仿佛他是个圣人！天杀的——我诅咒他！”

“她指的是谁？”卡尔顿对基尔斯普耳语道。

“谁！”流浪儿妈妈耳朵很尖，听到卡尔顿悄声问的问题后，她尖声喊道，“谁！马克·福瑞特波利！”

“我的老天！”卡尔顿在震惊中站起身，就连基尔斯普难以捉摸的表情中也流露出了几分惊讶。

“啊，他当时可是个花花公子。”流浪儿妈妈继续说道，“他追着我的女儿调情，天杀的，毁了她，然后抛下她和她的孩子，让她们饿肚子，和那些黑心肠的混蛋没什么两样。”

“一个孩子！她叫什么？”

“呸！”老妖婆轻蔑地反驳道，“说得好像你不认识我的外孙女萨尔似的。”

“萨尔？是马克·福瑞特波利的女儿？”

“是的，和他的另一个女儿一样美，可惜她生错了地方。噢，我见过她穿着丝绸衣服走路的样子，仿佛我们是灰尘似的——我说的是萨尔同父异母的妹妹。天杀的！”

因为费力地说出这番话而耗尽了气力，老妇人又倒在了床上，卡尔顿则茫然呆坐着，思考着她刚刚揭示的惊人真相。罗珊娜·莫尔是马克·福瑞特波利的情妇，他并不惊讶，毕竟这位百万富翁也只是个男人，他年轻时不会比他的朋友好到哪里去，也不会坏到哪里去。罗珊娜·莫尔很漂亮，显然也属于那种真正放荡的女人，更喜欢做情妇的无拘无束的自由，而不愿戴上做妻子的沉重枷锁。在道德问题上，可以说很多人都住在玻璃房子里，很少有人能经得起石头敲击般的追究。卡尔顿并没有把马克·福瑞特波利先生年轻时的蠢事想得很不堪。但令他诧异的是，马克·福瑞特波利竟然如此冷酷无情，把自己的亲生骨肉抛给一个像流浪儿妈妈这样的老巫婆来抚养。这与他认识的福瑞特波利简直判若两人，因此他倾向于认为那个老太婆是在耍花招。

“福瑞特波利知道萨尔是他的孩子吗？”他问道。

“他不知道。”流浪儿妈妈得意洋洋地嗥叫道，“他以为她死了，他是这么认为的，罗珊娜是这么告诉他的。”

“你为什么不告诉他？”

“因为我想要让他心碎,如果他有心的话。”这个老泼妇恶毒地回答，“萨尔很快就变坏了。如果她被抓进了监狱，我就要去告诉他，跟他说：‘瞧瞧你的女儿。哈！我毁了你的女儿，就像你毁了我的女儿一样。’”

“你这个邪恶的女人！”卡尔顿对这个恶毒的计划反感不已，“为了报仇，你牺牲了一个清白无辜的女孩！”

“你不用在这儿说教，”老巫婆阴沉着脸反驳道，“没有人把我当圣人养大，我可不是圣人——我只想让他恶有恶报——他花了大价钱让我保守我女儿的秘密，我都藏在了这儿。”她把手放在枕头上，说：“全都是金子，货真价实的金子——都是我的。天杀的！”

卡尔顿站起身，在这人性堕落的表演面前他感觉很反胃，只想赶紧离开。他戴上帽子时，两个女孩和一个医生走了进来，医生对基尔斯普点了点头，锐利的眼光打量了一下卡尔顿，然后走到病床前。两个女孩又回到房间角落，静静地等待。流浪儿妈妈已经躺倒在床上，一只鸡爪似的手紧紧捂住枕头，似乎在保护她心爱的黄金。一片死亡的惨白在她脸上蔓延开来，医生那双经验丰富的眼睛一瞧，就知道死神已经逼近。他跪在床边，端着蜡烛照着那临死的老女人的脸，仔细看了片刻。老女人睁开双眼，迷迷糊糊地低声说道——

“你是谁？走开！”这时，她似乎又弄清了状况，于是开始厉声尖叫。她的尖叫声是如此的怪诞、恐怖，令听者不寒而栗。

“我的钱！”她喊着，同时用枯瘦的胳膊抱紧了枕头，“都是我的，你们得不到它的——天杀的！”

医生站起身，耸了耸肩。

“一切都无济于事了。”他冷冷地说，“她马上就要死了。”

听到这话，一直抱着枕头低声咕哝的老女人放声大哭起来。

“死！死！我可怜的罗珊娜，长着金头发的罗珊娜，在他把你带走之前，你总是那么爱你可怜的母亲。现在她要死了——死了——噢！”

她的声音渐渐变成一声拉长的凄凉哀号，这哀号令角落里的两个女孩颤抖起来，她们用手指堵住了耳朵。

“我的好女人，”医生向前探身说道，“你想要请一位牧师吗？”

她用那双明亮的黑珠子似的小眼睛盯着他——那眼睛已然蒙上了一层死亡的迷雾，并因此变得有些晦暗——用沙哑的声音低声问道：

“为什么？”

“因为你的时间不多了，”医生温和地说道，“你要死了。”

流浪儿妈妈一跃而起，猛然抓住他的胳膊，同时发出一声恐怖的尖叫。

“死，死——不！不！”她扯着他的袖子，恸哭道，“我不想死——天杀的！救救我——救救我。我不知道我要去哪儿，我发誓——救救我。”

医生试图摆脱她的手，可她以惊人的力气攥住。

“救不了了。”他简短地回答。

老巫婆一下子跌倒在了床上。

“我给你钱，救我！”她尖声叫道，“货真价实的钱——都是我的，我的。瞧——瞧——这儿——金币。”说着，她把枕头撕开，掏出一个帆布袋，闪闪发亮的金子倾泻而出。金子——金子——滚得满床满地都是，甚至滚到了黑暗的角落里，然而没有人去碰，仿佛被那临死的女人求生的可怕场景惊呆了。她抓起几块闪亮的金币，举到默默站在床前的三个男人面前，然而她的手颤抖不已，她手中的金币不断掉落到地上，发出清脆的叮当声。

“都是我的——都是我的！”她大声尖叫道，“救救我的命——金子——钱——我诅咒你们——我为它出卖了灵魂——救救我——救救我的命。”说着，她伸出战栗的双手，想把钱塞给他们。他们一语不发，只是静静地站在那里望着他，角落里的两个女孩则搂在一起，恐惧得瑟瑟发抖。

“别光看着我——不！”老妖婆又倒下了，倒在了金光闪闪的金币中，“你们想让我死——我不会死——我不会死——给我金币。”她伸手攫住散落的金币，说：“我要带着它——我不会死——上——上——”她低声道，“我什么也没有做——让我活下去——给我一本《圣经》——救救我——上——天杀的——上——上——”话音未落，她已经轰然倒在了床上，断气了。

蜡烛微弱的光在闪亮的金币上跳跃，光影在那张被蓬乱白发包围的毫无生气的脸上摇曳着。那三个男人心情沉重，只是默默地转身出门去找人帮忙，然而那声疯狂的尖叫依然在他们耳边回响——“上——救救我——上！”

# 马克·福瑞特波利的访客

根据我们的经验可知："拖延是时间的小偷。"现在，布莱恩发现这是一句至理名言。他回城已经快一周了，但他还没有去见卡尔顿。每天早上——或是快到早上的时候——他就出发了，打算直接去大法官巷，但他从未成功抵达。他总是绕回东墨尔本的住处，要么在房子里要么在花园里度过一天。如果因为出售农庄的事情他不得不进城的话，他就会坐着马车直接去指定地点，然后径直回家。奇怪的是，他也尽力避免见任何朋友。他敏锐地感觉到了在被告席上的那种感受。即使他想像往常那样沿着雅拉河散步，他也会有一种不安的感觉——感觉他成了人们猎奇的对象，出于某种病态的欲望，人们会转过身看他，看看是谁曾经差点被当作谋杀犯被绞死。

他决定等农庄一卖掉，和玛奇的婚礼举行完毕，他就离开澳大利亚，再也不踏上这块土地。然而，在离开这个地方之前，他不愿意见到任何人，也不愿意再和从前的朋友混在一起，他怕极了被人盯着看。他回来时，萨姆森太太用尖锐刺耳的欣喜呼唤表示热烈欢迎，如今见他这样封闭自我，她非常不满。

“你的眼睛都凹陷下去了，”这只充满同情的蟋蟀叫道，“这很正常，因为你缺乏新鲜空气了。我丈夫的叔叔是个有钱的药师，住在科林伍德，他说人们是多么需要“奥克斯艾金”——总之是个法国名字[1]，就是空气。总之，缺乏新鲜空气很可怕，会让人身体衰弱，失去胃口，你看你几乎都没吃东西，你的胃现在都没有一只蝴蝶大。”

“哦，我很好。”布莱恩点燃一根雪茄，漫不经心地听着房东太太的唠叨，“如果有人上门，就告诉他们我不在家。我不想被登门的客人打扰。”

“就像所罗门所说的那样不说话就是了——毫无疑问，他见到示巴女王时肯定身体很好，人们是这么说的——”萨姆森太太精力充沛地回答说，“在我情绪低落时，我经常有这种不想说话的感觉。我听说苏

1　指“Oxygen”，即“氧气”。

打水对情绪低落有效果，你可以用苏打水兑一点儿白兰地，这肯定对你有好处——哦，有人按门铃了。”前门的门铃响了，她一边急匆匆地去应门，一边说，“干这么多活儿，我的老腿要不行了。”

布莱恩满足地坐下抽烟，萨姆森太太的离去让他如释重负，她实在太唠叨了。不过很快，他又听到她走上了楼梯。她拿着一份电报走进房间，递给了布莱恩。

“希望信里没有什么坏消息。”说着，她就退到了门外，“我不喜欢有坏消息的信，我小时候曾经收到过这样一封信，说是我叔父的祖父死了，死于肺结核，我们家的人都可能会得这种病。现在，如果你允许的话，先生，我要去吃晚餐了，我习惯每天定时吃晚餐，我曾经仔细研究过我自己的身体，它很容易感觉不适，所以我永远不可能当水手。”

萨姆森太太终于耗尽了自己的精力，她走出了房间，一路嘎吱嘎吱地走下了楼梯，留下布莱恩在房间里读电报。他撕开信封，发现电报是玛奇发来的，她说他们已经回城，并邀请他今晚和他们共进晚餐。菲兹杰拉德折好电报，从椅子上站起身，双手插在衣袋里，闷闷不乐地在房间里踱着步。

“他在那儿。”这个年轻人大声说道，“所以，我必须得见他，还要和他握手，可我心里知道他是什么人。要不是为了玛奇，我宁愿马上离开这个地方。我落难时她那样支持我，如今我要是抛下她，我就是个胆小鬼。”

正如玛奇猜想的那样，她父亲在一个地方待不长，所以在布莱恩回到墨尔本一个星期之后，他们也回来了。这愉快的一群人在火车站分道扬镳，各奔东西。彼得森动身去新西兰了，他要去探寻热湖奇观；老殖民者即将动身去英国，打算重温儿时的记忆；罗尔斯顿夫妇俩回到了墨尔本，可怜的菲利克斯不得不再次投身政治；钦斯顿医生则恢复执业，继续给人看病。

玛奇很高兴回到墨尔本，她已经恢复了健康，对兴奋刺激的城市生活充满渴望。现在距谋杀案的发生已经有三个多月了，这轰动一时的事件已经属于过去了。目前最激动人心的一个话题是澳大利亚是否会与俄罗斯开战，而殖民者们正忙于攻击可能的敌人。鉴于西班牙国王正从墨西哥和秘鲁搜刮财富，白人沙皇也有可能把魔爪伸向澳大利亚的黄金储藏。然而，守卫在这里的可不是未经开化的野蛮人，而是曾在阿尔马和巴拉克拉瓦战场上让俄罗斯军队铩羽而归的民族的子子孙孙。因此在暴风骤雨般的战争传闻中，奥利弗·怀特的悲惨命运几乎已经被人遗忘了。

审判结束后，包括侦探事务所的侦探在内的每个人都已经放弃了这个案件，而且打心底将其归进了疑难悬案的行列。尽管警方高度警惕，仍然没有发现新的线索，似乎杀害奥利弗·怀特的凶手将会永远逍遥法外了。在墨尔本，只有两个人仍然持相反的观点，那就是卡尔顿和基尔斯普。这两个人都发誓要揪出那怯懦地躲在暗处的凶手。尽管似乎看不到成功的希望，他们仍然坚持不懈。基尔斯普怀疑凶手是死者的好友罗杰·莫兰，但他的猜测非常模糊，充满了不确定性，因此看来验证这些猜测的希望非常渺茫。大律师尚未对任何特定的对象产生怀疑，尽管流浪儿妈妈临终前的自白给此案带来了新的希望，但他总想着等菲兹杰拉德把罗珊娜·莫尔的秘密告诉他之后，真正的凶手很快就会浮出水面，或者，至少能发现一些能帮助侦破案件的新线索。因此，鉴于此事取决于马克·福瑞特波利回墨尔本的时间，卡尔顿便耐心地等待菲兹杰拉德的坦白，之后再采取行动。基尔斯普则在暗中行动，寻找不利于莫兰的证据。

收到玛奇的电报后，布莱恩决定晚上进一趟城，但不吃晚饭，因此他就照这个意思回复了玛奇。他不想见马克·福瑞特波利，当然了，他没有把这话告诉给玛奇，因此，玛奇独自用了晚餐，因为她父亲去了俱乐部，也没有说什么时候回来。晚饭后，她披上一件轻便的斗篷，回到露台上等待她的情人。月光下的花园看起来迷人极了，茂密的丝柏树的黑影矗立在夜空下，大喷泉喷出凉爽的银色水花。门口有一棵枝叶浓密的橡树，于是她沿着小径走到门口，站在它的黑影下，聆听它无数的树叶发出的沙沙低语。说来也怪，月光仿佛赋予了万物一种超凡脱俗的魅力，尽管玛奇熟悉花园里的每一朵花、每一棵树和每一丛灌木，但在这清冷的白色月光下，一切都显得如此奇异。她走到喷泉旁，在池边坐下来，好玩似的把手伸进冰凉的水中，然后把手拿出来，让水像银色的雨水般滴落在水池中。这时，她听见铁门开关的哐当声，便连忙起身，看见一个穿着短大衣和戴软毡帽的人沿着小径走过来。

“噢，你终于来了，布莱恩？”她一边叫，一边沿着小径跑过去迎接他，“你为什么不早点来？”

“我不是布莱恩，所以我不能回答这个问题。”是她父亲的声音。玛奇大笑起来。

“多么可笑的错误。”她叫道，“我以为你是布莱恩。”

“怎么会！”

“是的，你穿着外套，戴着帽子，在月光下我分不清你们。”

“噢，”她父亲笑着把帽子往后推了推，“月光是完成魔咒的必要一环，我猜是？”

“当然了。”女儿回答，“如果没有月光，哎呀，情人们可怎么办！”

“啊，的确如此，”她父亲回答说，“情人们就会像恐鸟一样绝迹。但是，你的眼神也太差了，你怎么会把我这样的老头子当作你那青春年少的洛秦瓦那[1]。”

“真的，爸爸，”玛奇不以为然地回答，“穿着那件外套，戴着那顶帽子，你真的很像布莱恩，就连我都分辨不出你俩，除非你开口说话。”

“胡说八道，我的孩子。”福瑞特波利粗暴地打断了她，“你真爱幻想。”说着，他调转方向，朝屋子快速走去，抛下玛奇惊奇地盯着他的背影，她有理由表示惊奇，因为她父亲从未如此粗暴地对她讲话。她呆呆地站在原地，不明白父亲为何突然发火。这时身后传来一阵脚步声，接着又响起了一声柔和、低沉的口哨，她惊叫一声，转过身，发现布莱恩正微笑着看着她。

“哦，是你啊！”她噘起嘴说道。布莱恩搂住她，吻了吻她。

“当然是我。”布莱恩说，“失望了吗？”

“噢，真是可怕。”她快活地笑了笑，然后两人手挽手朝屋子走去。她说：“你不知道，刚才我犯了一个奇怪的错误，我把爸爸当成了你。”

“多么奇怪！”布莱恩漫不经心地回答，因为他正倾慕地望着玛奇迷人的脸，月光下她的脸显得如此纯洁、甜美。

“的确很奇怪，难道不是吗？”她回答说，“他穿上短大衣，戴上软毡帽，和你有时的穿着打扮一样，而且你们俩一样高，所以，我才

---

1 沃尔特·斯科特爵士的《玛密恩》中刻画的民谣中的英雄。

会把他当作你。”

布莱恩没有回答，他心底生出一种冰冷的感觉，因为他发现他最可怕的猜想有被证实的可能，就在刚才那一刻，一个念头在他脑海一闪而过：进入双轮马车的那个男人穿着打扮恰好和他很相似。如果——“胡说。”他大声说着，把自己从刚才因玛奇认错人而引发的一系列联想中拉回来。

“我敢肯定不是的。”在过去五分钟，玛奇一直在谈别的事情，“你真是一个非常粗鲁的年轻人。”

“抱歉，”布莱恩回过神来，“你刚才说——”

“马是所有动物中最高贵的——千真万确。”

“我不明白——”布莱恩迷惑不解地开口说道。

“你当然不明白了。”玛奇赌气打断他的话头，“你想想看，刚才十分钟里，我一直在对一个聋子滔滔不绝地说话，而且这聋子还又聋又跛。”

为了证明这“聋子”同时还是跛子，她突然跑开了，布莱恩赶紧追上去。他追了很久，因为玛奇身手敏捷，而且对花园的地形更加熟悉，不过，就在她跳上台阶跑进屋子时，布莱恩把她抓住了。不过紧接着，追逐游戏又重演了。

他们走进起居室，发现福瑞特波利先生已经进了书房，他不希望被人打扰。玛奇便在钢琴边坐下，可不等她弹响第一个音符，布莱恩就抓住了她的手。

“玛奇，”玛奇转过身时，他严肃地问道，“你认错人的时候，你父亲是怎么说的。”

“他很生气，”玛奇回答说，“非常恼火，我也不知道为什么。”

布莱恩松开她的手，叹息一声，正要回答时，门铃响了。他们听见仆人前去应门，然后有人上了楼，进了福瑞特波利先生的书房。

侍者进来点亮瓦斯灯时，玛奇问他：“登门拜访的人是谁？”

“我不知道，小姐，”他回答说，“他说他要见福瑞特波利先生，所以我带他进了书房。”

“可是，我记得爸爸说过不想让人打扰他。”

“是的，小姐，不过那位先生和他有约。”

“可怜的爸爸，”玛奇转过身子，坐在钢琴面前，“他总是有很多事情需要处理。”

只剩他们两人了，玛奇便开始演奏瓦尔德退费尔最新的一首圆舞曲，这是一曲令人难忘的梦幻般的旋律，带着一丝淡淡的忧伤。布莱恩懒洋洋地躺在沙发上欣赏。然后，她唱了一首欢快的法国小曲，是关于爱情和一只蝴蝶的，副歌部分颇具嘲讽意味，布莱恩听得大笑起来。

“来自奥芬巴赫的记忆，”说着，他站起身走到钢琴旁，“我们自然不能责备法国人写出这些无忧无虑的琐事。”

“这些小曲不能令人满意，我觉得，”玛奇的手指在琴键上跳跃，“它们毫无意义。”

“当然没有意义，”布莱恩回答说，“难道你忘了吗？德昆西说过，《伊利亚特》里也没有任何或大或小的寓意。”

“噢，我认为《芭芭拉 · 爱伦》要比那些华而不实的东西更具音乐性，”玛奇优美地皱了皱眉头，“来吧，我们来唱一曲。”

“那是五幕剧葬礼。”布莱恩嘀咕着站起身，准备遵命，“让我们唱一曲《加利阿文》吧。”

然而，别的歌曲都不符合钢琴前这位任性的姑娘的心意，因此布莱恩用他悦耳的嗓音唱起了那首古老的小曲，讲述了冷酷无情的芭芭拉 · 爱伦轻蔑地对待她那垂死的爱人的故事。

“约翰 · 格雷厄姆先生是个傻子，”布莱恩唱完之后评论道，“否则，他就不会如此愚蠢地死去，而是应该马上娶了她，而且不用征求她的同意。”

“我认为不值得娶她，”玛奇说着，翻开了一本门德尔松的二重奏曲谱，“否则她不会因为别人没有向她祝酒而小题大做。”

“据此看来，她是一个平庸的女人。”布莱恩严肃地回答，“她生气，是因为她和其他乡村美女一样没有得到敬酒。我想那年轻人是幸免一难，因为她总会拿他这次不幸的疏忽来说事。”

“你似乎把她的性格分析得非常透彻。”玛奇有些索然无味地回答，“不管怎样，让我们把芭芭拉·爱伦的缺点放置一旁，来唱这首歌吧。”

这是门德尔松的一首迷人的二重奏，《但愿我的爱》，是布莱恩的最爱之一。他们正唱着，突然玛奇停下来，因为她听到了一个响亮的叫声，显然是从她父亲书房里传来的。回想起钦斯顿医生的警告，玛奇迅速跑出房间，跑上楼梯，抛下布莱恩一个人为她的陡然离开感到迷惑不解。他也听到了叫声，但他没有当一回事。

玛奇敲了敲书房的门，然后试着去开门，却发现门从里面锁住了。

“是谁？”他父亲从里面严厉地问道。

“是我，爸爸。”她回答说，“我以为你——”

“不！不！——我很好。”她父亲迅速答道，“你先下楼，我马上来找你们。”

玛奇回到起居室，对这番解释不甚满意。她发现布莱恩在门口等着，一脸焦虑。

“怎么了？”见玛奇在楼梯底下停留了片刻，布莱恩问道。

“爸爸没说什么。”她回答道，“不过我敢肯定，他肯定吓到了，因为他从没有像这样大叫过。”

她把钦斯顿医生对于她父亲心脏的诊断转述给了布莱恩，布莱恩也震惊不已。他们都没有回起居室，而是走到了阳台上。给玛奇披上一件斗篷后，菲兹杰拉德点燃了一根香烟。他们坐在阳台一端的一团阴影里，可以看到大厅的门敞开着，一道柔和、温暖的光从厅内倾泻而出，外面的一切则笼罩在清冷的银色月光下。大概过了一刻钟，玛奇对父亲的担忧有所减退，他们开始谈论一些不相干的事情。这时，一个人从大厅门口走出来，在阳台的台阶下停留了片刻。他穿着一套相当时髦的衣服，尽管夜里还是很热，他的脖子上却围着一条厚厚的白色丝巾。

“真是个怕冷的家伙。”布莱恩把雪茄从双唇间取下，说道。“我猜——老天！”他大喊一声，站起身来，这时陌生人转过身子看了看房子，然后取下帽子——“那是罗杰·莫兰。”

那人吓了一跳，然后迅速朝阳台这边他们藏身的黑影处扫了一眼，紧接着戴上帽子，迅速走下台阶，然后他们听到门关上的声音。

一缕月光恰好照在布莱恩的整张脸上，见到他脸上的表情，玛奇感到一阵突如其来的恐惧。

“谁是罗杰·莫兰？”她碰了碰他的胳膊，问道。“啊！我想起来了。”恐惧突然向她袭来，“是奥利弗·怀特的朋友！”

“是的，”布莱恩沙哑地低声回答道，“庭审时的一名证人。”

# 卡尔顿先生的好奇心得到满足

那天晚上，布莱恩没怎么睡着。他几乎是立即离开玛奇回家了，但他没有上床休息。他心乱如麻、坐立不安，根本无法入睡，大半个晚上他都在房间里走来走去，沉浸在悲伤的思绪中。他心里一直在想罗杰·莫兰和马克·福瑞特波利的会面究竟意味着什么。庭审时莫兰给出的所有证词，无非是他去见了怀特，当晚两个人喝了酒，然后怀特出了门，那是莫兰最后一次看见怀特。现在的问题是，他去见马克·福瑞特波利是为了什么？福瑞特波利先生与莫兰并没有来往，却说自己与他有约。他有可能陷入贫困，而这位富翁又是一位众所周知的非常慷慨的人，莫兰登门拜访可能是为了钱的事情，这倒是有可能。然而，会面后不久福瑞特波利先生发出的那声呼喊证明他被吓到了。玛奇跑上楼，却发现门锁上了，而且福瑞特波利先生拒绝让她进门。他为什么那么紧张，担心被人看见莫兰？他肯定有了什么惊人的发现，菲兹杰拉德感觉这事与双轮马车谋杀案有关。他猜测着各种可能，把自己弄得精疲力竭，天快亮时他终于累倒在了床上，和衣而卧，一直沉沉睡到次日中午十二点。起床后照镜子时，他被镜中憔悴、疲乏的自己吓了一大跳。从醒来的那一刻起，他的思绪又回到了罗杰·莫兰登门拜访马克·福瑞特波利先生这件事上。

“罩着他的网已经收紧了。”他对自己喃喃低语道，“我看他难以逃脱了。噢！玛奇！玛奇！该知道的，你总会知道的。但愿你能免于这种痛苦！还有那个不幸的女孩——父亲的罪孽即将降临于子女身上——上帝保佑他们！”

他洗了个澡，穿上衣服，然后走进起居室，在那里喝了一杯茶，这令他的精神大为振奋。萨姆森太太欢快地嘎吱嘎吱上了楼，还带来一封信，见到布莱恩的变化，不由得大声惊呼起来。

“我的老天！”她喊道，“先生，你怎么了——我知道你有按时睡觉的习惯，更不要说天这么热，让人昏昏欲睡——但是请恕我直言，先生，你看起来好像一宿没合眼似的。”

“不，我睡了一会儿。”布莱恩无精打采地伸出手，打算去拿那一封信，“不过我昨晚在房间里来来回回走了一晚——恐怕走了几英里呢。”

“啊！这让我想起了我可怜的丈夫。”老蟋蟀开始唧唧叫了，“他是个印刷工，像猫头鹰一样习惯在夜里生活，如果晚上他在家，就会走来走去，把地毯都磨破了。那可是一块很贵重的地毯，是我结婚时买的。唯一能让他停下来的方法，就是给他喝点镇静的东西，先生，你应该试试——威士忌加点柠檬和糖，不过我听说三氯甲烷——”

“不用了。”布莱恩匆忙打断她的话头，也顾不得礼貌了，“够了。”

“毫无疑问，可以治牙疼。”老太太一边往门口走，一边说，“我经常这样做，我们家牙口都不好，我的更是厉害。从前，我有个住客是牙医，他活儿干得漂亮，不用付房租，离开房子时他的盒子里装满了砖头。”

见布莱恩没有对这些家常的回忆表现出特别兴趣，而是希望单独待着，萨姆森太太便伴着最后一声嘎吱声走下了楼梯，到厨房里和另一个邻居聊起天来，她打算把钱从储蓄银行里取出来，以防万一俄罗斯入侵墨尔本。布莱恩则独自一人，盯着窗外尘土飞扬的街道和屋前高大的白杨树投下的黑色阴影。

“我必须离开这个地方。”他自言自语道，“任何一句无心的话似乎都和那桩谋杀案有关，我真不希望这件扫兴的事一直伴随我的左右。”

他突然想起了手中拿着的信，这会儿他才看了它第一眼。信是玛奇写的，布莱恩手忙脚乱地把信拆开读起来。

她写道：

> 我不知道爸爸是怎么回事。自从那天晚上那个莫兰离开后，爸爸就把自己关在书房里写东西，一写就是好几个小时。今天早上我上楼去看他，他却不让我进门。他也不下楼吃早餐，我越来越不安。明天来看我吧，因为我很担心他的健康，我敢肯定莫兰对他说了什么令他心烦意乱的事情。

“写东西？”布莱恩把信塞进口袋，“写些什么？或许他在考虑自杀！如果是这样，我不会阻止他。自杀固然可怕，但是这种情况下，这可能是最好的选择。”

尽管布莱恩决心要去向卡尔顿坦白一切，但他那天并没有去找卡尔顿。他觉得很不舒服，又累又困，而且忧虑重重，这些都给他造成了不良影响，使他看起来比怀特谋杀案之前要老上十岁。烦恼给他光滑的前额和嘴角刻上了一道道皱纹。如果一个人有精神上的烦忧，生活于他就成了痛苦的深渊。精神折磨与肉体折磨一样可怕，甚至更可怕。晚上要伴着对烦恼的苦苦思索入睡，而黎明的第一线微弱曙光照亮时，烦恼再次重现，终日对疲倦的大脑不停地痛击。但是，当能入睡时，生活至少还是可以忍受的——在上帝赐予的所有恩典中，再没有什么比桑丘·潘沙所说的那种“像斗篷般包裹着每个人”的睡眠更为珍贵的了。布莱恩感觉自己急需休息，便给卡尔顿发了一份电报，请他次日早上过来一趟，然后又给玛奇发了一份电报，说明天会去她家吃午餐。他整天都待在室内，吸吸烟，看看书，以此打发时间。他很早就上床睡觉了，这次他睡得很沉，因此第二天早上醒来时觉得神清气爽、精神焕发。

早上八点半，他正在吃早餐，这时他听到了一阵车轮的“骨碌”声，紧接着门铃响了。他走到窗前，看到卡尔顿的双轮马车停在了门口。片刻之后，马车的主人就出现在了房间里。

“哇哦，你真是个好伙伴。”寒暄之后，卡尔顿大声说道，“我一直在这儿苦苦等你，以为你还在乡下呢。”

“你要吃点儿早餐吗？”布莱恩问道。见卡尔顿如此愤慨，他不禁笑了。

“有什么吃的？”卡尔顿看了看餐桌，“火腿和鸡蛋。哼！你的房东太太的厨艺非常有限啊。”

“大多数房东太太都是如此。”菲兹杰拉德一边反驳，一边继续吃早餐，“除非上天再创造出一些新的动物，否则房客们只能继续靠牛羊肉果腹，偶尔来点肉丁土豆换换口味，就这样一直吃到世界末日。”

“身在罗马，不能说教皇的坏话。”卡尔顿扮了个鬼脸，回答说，“你觉得你的房东太太能给我来点白兰地兑苏打吗？”

“应该可以。”菲兹杰拉德站起身，按响了铃，“不过，喝这个是不是有点太早了？”

“有一句关于玻璃房子的谚语，”卡尔顿正色道，“很适合你现在的情况。”

听闻这话，菲兹杰拉德大笑起来。卡尔顿得到他要求的白兰地兑苏打后，便准备切入正题。

“不消说，我是多么迫不及待地想听你的故事。”说着，他靠在了椅背上，“但是，我也高兴地告诉你，你的秘密我已经知道了一半。”

“当真！”菲兹杰拉德看起来颇为震惊，“既然如此，我就不用——”

“不，你要讲。”卡尔顿回答说，“我说了，我只知道一半。”

“哪一半？”

“嗯——这个问题很难回答——不过，我会把我所知道的告诉你，然后你来补充。我已经准备好了——继续——等等——”

他站起身，小心翼翼地把门关好。

“你知道吗？”他回到座位上，“流浪儿妈妈在前几天的一个晚上死了。”

“她死了？”

“千真万确。”卡尔顿平静地回答，“多么可怕的临终场景——她的尖叫仍在我耳边回荡——不过她临死前派人找我，告诉我——”

“什么？”

“她是罗珊娜·莫尔的母亲。”

“是的！”

“萨尔·罗林斯是罗珊娜的女儿。”

“她父亲呢？”布莱恩压低嗓子问道。

“马克·福瑞特波利。”

“啊！”

“那么，现在你要告诉我什么？”

“没了！”

“没了？”卡尔顿重复了一句，惊讶地问道，“那么，这就是罗珊娜·莫尔在临死前告诉你的秘密？”

“是的！”

“那么你为什么弄得这么神秘兮兮？”

“你问这事？”菲兹杰拉德抬起目光，惊讶地问道，“难道你看不出来？如果我说出了这个秘密，这会对玛奇造成多大的影响！”

“我敢说我看不出来。”大律师反驳道，他完全被弄糊涂了，“我猜你是指福瑞特波利与罗珊娜·莫尔的关系？关于这个，当然了，她是不是做过福瑞特波利的情妇，这还不是一件非常确定的事情呢，但是——”

“他的情妇？”菲兹杰拉德抬起头，目光敏锐地盯着他，“那么你还不知道全部的秘密。”

“你说什么——她不是他的情妇？”

“不是——是他妻子！”

卡尔顿一下子跳起来，惊诧地大叫一声。

“他妻子！”

菲兹杰拉德点点头。

“噢，流浪儿妈妈不知道这件事——她以为罗珊娜只是他的情妇。”

“福瑞特波利先生是秘密结婚的。”布莱恩回答，“婚后不久，他妻子就和别人跑了，所以他也从没有向别人透露。”

“我现在知道了。”大律师缓缓说道，“因为如果马克·福瑞特波利和罗珊娜·莫尔是合法夫妻，玛奇就是私生女。”

“是的，而且她现在占着萨尔·罗林斯——或者更准确地说，萨尔·福瑞特波利——的位置。”

“可怜的姑娘。”卡尔顿有些悲伤地说道，“但是，所有这一切并不能解释怀特被谋杀之谜。”

“让我来告诉你。”菲兹杰拉德迅速说道，“罗珊娜离开她的丈夫后，就和一个年轻男子私奔到了英国，那男人厌倦并抛弃她之后，她就重回舞台，成了一个著名的滑稽剧女演员，艺名为缪斯爱特。在那儿，她遇到了怀特，正如你朋友调查得到的消息，他们一起来到了澳大利亚，企图敲诈勒索福瑞特波利。他们到达墨尔本之后，罗珊娜自己隐藏起来，让怀特出面处理所有的事情。她把结婚证给了怀特，怀特被谋杀当晚是随身带着结婚证的。”

“那么戈比是对的！”卡尔顿激动地打断了菲兹杰拉德，“这个文件对某个人至关重要，正是这个人谋杀了怀特！”

“你还有什么不信的？那个人就是——”

“不是马克·福瑞特波利吧？”卡尔顿冲口而出，“当然不会是马克·福瑞特波利！”

布莱恩点点头：“是的，就是马克·福瑞特波利。”

屋子里沉默了一会儿工夫。卡尔顿因为这个发现而吃惊得说不出话来。

“你是什么时候发现的？”过了一会儿，他问道。

“你第一次来监狱看我的时候。”布莱恩说，“在那之前我并没有疑心他。但是当你说，怀特是因为某份文件被谋杀时，我立刻猜出是马克·福瑞特波利杀了怀特，因为我很清楚那是什么文件以及那文件对什么人不利。他的目的就是得到那份文件，埋藏自己的秘密。”

“那么，现在毫无疑问了。”大律师深叹了一口气，“这就是之前福瑞特波利先生希望玛奇嫁给怀特的原因了——她的婚姻就是让怀特保持沉默的代价。当收回承诺后，怀特就威胁着要将此事曝光。我还记得怀特被谋杀当晚是在非常激动的状态下离开福瑞特波利的房子的。福瑞特波利一定尾随他回到了城里，和他一起进了马车，用三氯甲烷谋杀了他，然后在怀特的秘密口袋里找到了结婚证，逃之夭夭。”

布莱恩跳起身，急躁地在屋子里走来走去。

“现在，你知道过去几个月里我都过着什么样的可怕生活了吧。”他说，“我明明知道怀特是他谋杀的，可我还得和他坐在一起，一起吃饭、喝酒，明知他是凶手，而且玛奇——玛奇是他的女儿！”

就在这时，有人敲门了，萨姆森太太拿着一份电报走了进来，她把电报递给布莱恩，便转身走了。萨姆森太太一出门，布莱恩就撕开电报，才扫了一眼，他就惊恐地大叫一声，电报也随之飘落在了他的脚边。

听到这声叫喊，卡尔顿迅速转过身子，发现他面色惨白地倒在一把椅子上，便捡起电报看了一眼，马上他的脸色也变得和菲兹杰拉德一样苍白、惊惧。只见他举起一只手，神色肃穆地说道：

“这是上帝的审判！”

# 复仇女神

据古希腊人说，人，“不过是诸神的玩物”。诸神高踞于奥林匹斯山之巅，他们将邪恶的欲望注入凡人的心灵，等邪恶的思想孕育出邪恶的行径时，他们就会在一旁观看这些受害者们为了逃避冷酷无情的复仇女神所做的徒劳无益的抵抗——因为这位女神会对凡人的恶行实施惩罚——并以此为消遣。对神而言，这无疑是非常有趣的，然而人类是否如此认为，还是很值得怀疑的。然而，厌倦了作弄和折磨的微不足道的凡人，看腻了自知无处可逃的凡人的悲泣和哀哭之后，诸神开始了相互仇杀，复仇女神将注意力从演员转向旁观者，她的怒火席卷了整个奥林匹亚的神族，她捣毁了他们的祭坛，推倒了他们的雕像。

在干尽这些坏事之后，她发现自己最终损人不利己。通俗地说，她割了自己的鼻子，伤害了自己的脸，因此她也成了被嘲笑和怀疑的对象，不得不退到其他神祇被流放的籍籍无名的地方去了。但是人类发现，她并非一个完全无用的替罪羊，人们可以将他们的所有缺点归咎于她的身上。于是，他们又创造了一个新的神祇，名叫命运女神，并将降临于自身的所有不幸都归咎于她身上。对命运女神的崇拜至今仍然非常普遍，在懒惰和不幸的人中尤其如此，他们从不会振作自己，因为他们认为，不管他们是否振作，他们的命运早已经被命运女神所决定。毕竟，乔治 · 艾略特曾对崇拜命运女神的背后真相进行过批判，她说，我们的人生就是我们行为的结果。你可以树立一个你喜欢的偶像，但凡生活不幸或是抱负落空，都可以怪罪于偶像，尽管如此，真正的根源还是在人们自己身上。我们的任何行为，无论善恶，都有其相应的回报，马克 · 福瑞特波利明白了这一点，因为他如今老了，要为年少时做的错事受到惩罚。毫无疑问，在那遥远的过去，当生命之杯盛满了美酒时，玫瑰丛中也没有隐藏毒蛇时，他轻率地犯下了错误。但是，复仇女神是个隐形的旁观者，她看到了他所有这些轻率的过错，现在，她来要求她应得的报酬了。他现在的心情，和浮士德在靡菲斯特提议拜访冥王哈迪斯时的心情一样，因为浮士德多年一直享受着通过魔法获得的青春和魔力，如今却要为其付出代价了。

很久以前，他和罗珊娜·莫尔结了婚，自罗珊娜离开之后，他似乎完全说服了自己，说这只不过是一个梦——一个愉快的美梦，只是在不悦中醒来。罗珊娜离开后，他试图忘记她，因为他意识到她是多么配不上一个好男人的爱。后来听说罗珊娜在伦敦的一家医院去世了，他为逝去的爱深深叹了一口气，然后就永远将她从脑海中抹去了。他的第二次婚姻很美好，第二位妻子的死令他痛惜不已。妻子死后，他把所有的爱都倾注在了女儿身上，他本以为他会在安宁中度过晚年。然而，事与愿违，当怀特从英国带来他的前妻仍然活着，而他的第二个女儿将沦为私生女的消息时，他仿佛五雷轰顶般。怀特威胁要揭露这一切，福瑞特波利立刻同意了他的任何条件，可怀特的要求越来越离谱，福瑞特波利拒绝了他。怀特一死，他终于能再次自由呼吸了，可是，突然又有第二个人——罗杰·莫兰掌握了他那致命的秘密，并登门勒索来了。正如邓肯死后，班柯也不得不死，这样麦克白才能获得安全一样，他预见到只要罗杰·莫兰活着，他的生活就将是漫长的折磨。他知道，怀特的那个朋友将会成为他的主人，而且在他的余生永远不会放过他，在他死后，此人仍有可能将这个可怕的故事全部公之于众，使生前广受尊敬的福瑞特波利名声扫地。莎士比亚是怎么说的？

“无论男人女人，名誉是他们灵魂中最切身的珍宝。”

在过了这么多年毫无污点、慷慨好施的生活之后，他难道要被一个像莫兰这样的人拖入耻辱和堕落的深渊吗？在假想中他仿佛已经听到同胞大声嘲笑的声音，看到他们轻蔑的手指指向他——他，了不起的马克·福瑞特波利，因为诚实、正直、慷慨而名扬整个澳大利亚。不！不能这样！然而，如果他不采取防范手段，这一幕肯定会发生。

见过莫兰的第二天，他知道自己的秘密已经不再安全，因为掌握秘密的这个人可能随时会因为醉酒，或者因为出于纯粹的恶意将其泄露出去。那天，他一直坐在桌前奋笔疾书。写了一会儿，他放下了笔，拿起面前摆放的亡妻的画像，久久地、深情地凝视。看着画像，他的思绪飘回了和她一见钟情的初次相遇。正如浮士德离开奥尔巴克粗俗、放荡的地窖，走进格雷琴纯净、宁静的闺房的情形，福瑞特波利从此走进了和平、宁静的家庭生活，将年少时放荡的生活抛在了身后。过去与罗珊娜·莫尔的狂热生活，似乎变得如梦一场般虚幻、荒诞，毫无疑问，他与莉莉丝，就像是亚当与夏娃。眼前似乎只有一条路，可以摆脱如影随形般的命运女神的无情脚步。他可以写下忏悔书，把遇到罗珊娜以来的一切一五一十地写出来，然后——自杀。这样，他就可以断绝所有的麻烦，这个秘密就安全了。安全了吗？不！只要莫兰活着，这个秘密就不安全。他死了，莫兰会来找玛奇，用她父亲犯下的错来折磨她的生命——是的——他必须活下去，保护玛奇。他在有生之年必须始终拖曳着那条令人疲惫的苦涩回忆的锁链，让那可怕的达摩克利斯之剑永远高悬头顶。尽管如此，他还是必须写下这份忏悔书，在他死后——不管死神何时来临——就算这份忏悔书无法为他开脱，但仍是有帮助的，至少能为这个被命运捉弄的男人赢得几分同情。一旦下定决心，他就马上付诸实施，于是整整一天，他都在桌前奋笔疾书，将那辛酸往事一页一页地写下来。一开始，他写得没精打采，因为是在做一件不愉快的但不得不做的事情。然而，很快他对这件事情产生了兴趣，并从中获得了一种奇特的快感，他不厌其烦地写下每一个对他处境更为不利的细节。他处理这些细节的态度，更像是一名控方律师而非罪犯，他把自己的行为描绘得比事实上阴暗得多。一天行将结束时，在通读之前写下的文字后，他突然产生了一种厌恶感，觉得对自己过于残酷，便又着手为自己的行为写了一份辩护书，说明造化弄人，命运的力量太过强大。固然这是一项薄弱的论据，但他仍然认为这是他唯一可做的辩护。写完这些时，天色已经很黑了，他坐在暮色中，神情恍惚地望着桌上散落的信纸，这时他听到敲门声，接着传来女儿的声音，问他是否要来吃饭。整整一天，他都闭门不见任何人，但是现在任务完成了，便收拾起所有这些写的密密麻麻的信纸，放进写字台的一个抽屉里，上了锁，然后才来开门。

“亲爱的爸爸！”玛奇飞进来，两只胳膊搂住他的脖子，叫道，“你一整天都在这里做什么？”

“写东西。”她的父亲一边温柔地把她的胳膊放下了，一边简洁地回答道。

“是吗？我还以为你生病了呢。”玛奇忧虑地望着他，问道。

“没有，亲爱的。”他轻声回答，“没有生病，只是有点担心。”

“我知道，准是昨晚那个可怕的男人跟你说了一些事，你才这么担心。他是谁？”

“哦！我的一个朋友。”福瑞特波利迟疑地回答。

“什么——罗杰·莫兰？”

她父亲惊了一下。

“你怎么知道那是罗杰·莫兰？”

“噢！他出门时，布莱恩认出他了。”

福瑞特波利先生迟疑了一会儿，又开始整理桌上的文件，接着又低声回答：“你说对了，是罗杰·莫兰——他的手头很拮据，因为他是可怜的怀特的朋友，所以他请我资助他，我也就伸出援助之手了。”

他讨厌听到自己蓄意撒谎，但是别无他法。只要他能隐瞒真相，玛奇就永远不会知道。

“你就是这样的。”玛奇说着，怀着对父亲的骄傲轻轻地吻了吻他，“你是一个最优秀、最善良的人。”

被吻到的那一刹那，他微微颤抖了一下，想到如果她知道了这一切，将会对他多么疏远。毕竟，某位愤世嫉俗的作家称："青春的幻觉大多数源于经验的匮乏。"玛奇对这个世界还非常无知，她非常珍惜她这些愉悦的幻想，在过去一年的考验中许多幻想已经被摧毁了，但是她父亲仍渴望让她保留这种心态。

"现在下去吃饭吧，亲爱的。"他送玛奇到门口，"我马上就来。"

"别太久。"他女儿回答，"不然，我还会上来催你的。"说着，她就跑下了楼梯，心里有一种奇怪的轻松感。

她父亲一直望着她的背影，直到她消失不见，才懊悔地叹了一口气。他回到书房，把散落的信纸拿出来捆扎在一起，放回到抽屉。"如果这叠信纸里的事情被大家知道了，"他大声说着，离开了房间，"世人会怎么说？"

那晚吃晚餐时，他显得异乎寻常的神采飞扬。他平素是个非常严肃、内敛的人，那晚却谈笑风生，喜气洋洋，就连仆人都注意到了这一变化。事实上，卸下了心头重负，他感觉有一种解脱感，而且他觉得写下这份忏悔书，也令那多年来困扰他的幽灵得到了安息。见到他的变化，他女儿非常高兴，但那年老的苏格兰保姆却摇了摇头。玛奇还是个婴儿时，保姆就已经在这里做事了。

"他古怪得很。"保姆神色肃穆地说，"他在这个世界上的时间不多了。”

当然，保姆被嘲笑了，因为笃信不祥预感的人通常会遭到嘲笑。然而，尽管如此，她仍然坚持自己的观点。

那天晚上，福瑞特波利先生很早就上床睡觉了，事实证明，最近几天的兴奋和刚才那种狂热的快乐对他而言太过强烈了。他头一碰枕头就沉沉入睡了，在平和的熟睡中，他忘却了清醒时的所有烦恼和忧虑。

那时才九点钟，所以玛奇独自坐在宽敞的起居室里，读着一本新出的小说，这本小说轰动一时，书名叫作“可爱的紫罗兰眼睛”。可惜它浪得虚名，因为不多久就被玛奇厌恶地扔在了桌子上。她站起身，在房间里走来走去，心里暗暗向某位善良的仙女祈祷，希望布莱恩知道有人在想他。如果男人是一种群居动物，那么女人不是更是如此吗？这并不是什么复杂难解的问题，而是一个简单的事实。“一个女版鲁滨逊·克鲁索会因为找不到人说话而发疯。”一位自诩为“人性的敏锐观察者”的作家称。这话虽然有些言过其实，然而却包含了几分真理，因为一般来说，女人的话比男人多，她们更善于交际，至少在文明社会里是找不到厌世小姐的——贾斯丁·麦卡锡笔下的女人除外。福瑞特波利小姐既不厌世也不是哑巴，所以她开始想找个人聊天，于是她按铃叫萨尔过来。这两个女孩已经成了好朋友，玛奇尽管年纪小两岁，却扮演了导师的角色，在她的指导下，萨尔进步神速。命运让这两个同父异母的孩子走到一起，真是绝妙的讽刺。她们俩身世迥异：一个在富贵乡里长大，从不知缺衣少食的滋味；一个在臭水沟里长大，因为所过的生活失去了女性的柔美，并被抹上了污点。“斗转星移，报应不爽”，这恐怕是马克·福瑞特波利在人世间最不愿意见到的场景：罗珊娜·莫尔的孩子，他以为已经死掉的孩子，如今正和她女儿玛奇在同一个屋檐下生活。

听到玛奇按铃，萨尔马上来到起居室，两人很快愉快地聊起天来。整个房间几乎都笼罩在黑暗中，只有一盏油灯亮着。马克·福瑞特波利非常讨厌瓦斯灯耀眼的光芒，因此在他的起居室里只有油灯。萨尔和玛奇坐在起居室的一端，那里只有一张小小的桌子，桌子上点着一盏大大的油灯，透过半透明的灯罩，在桌子周围洒下了一圈淡淡的、柔和的光，而屋子的其他部分则处于一种半明半暗中。玛奇和萨尔坐在灯旁愉快地交谈着，在左手边，她们可以看到门敞开着，来自大厅的温暖光芒如潮水般从门口涌进来。

她们已经聊了好一会儿，萨尔的耳朵很尖，这时，她听到有脚踩在柔软的地毯上的声音，她迅速转过身来，看到一个高大的身影朝起居室走来。玛奇也看到了，认出那人是她父亲之后，惊讶不已。只见他穿着睡衣，手里拿着一张什么纸。

“怎么了，爸爸。”玛奇惊异地问，“我——”

“嘘！”萨尔抓住玛奇的胳膊，悄声道，“他在梦游。”

他的确是在梦游。他的大脑过于兴奋，身体尽管疲倦不堪，仍然听从大脑指挥从床上爬起来，到房子里游荡。两个女孩连忙缩到阴影里，屏住呼吸，看着他缓缓地朝房间这边走过来。过了一会儿，他就已经处于那圈光亮之中了，他悄无声息地走过来，把手中的纸放在了桌子上。文件装在一个破旧的蓝色大信封里，信封上有红色墨水的字迹。萨尔马上认出了这个信封，她曾在那个死去的女人手中看到过这个信封，她本能地感觉到有什么不对劲，便试着把玛奇往后拉——玛奇正怀着某种强烈的奇异感情望着父亲的举止，仿佛中了魔。马克·福瑞特波利打开信封，从中拿出一张泛黄的、磨损的纸，在桌子上展开来。玛奇把身子探出去要去看，萨尔突然感到一阵恐怖袭来，赶紧把她往后拽。

“看在上帝的分上，别看！”她喊道。

但为时已晚，玛奇已经看到了那张纸上的两个名字——“结婚证——罗珊娜·莫尔——马克·福瑞特波利”——可怕的全部真相突然在她脑海闪现。这就是罗珊娜·莫尔拿给怀特的文件，这份文件对谁至关重要，谁就是杀死怀特的凶手。

“啊！是我的父亲！”

她跌跌撞撞地扑向前方，伴着一声尖利的叫声，她倒在了地上。

她倒地时撞在了她父亲身上，他那时仍站在桌子旁边。他突然惊醒，听到耳边那声疯狂的叫声，他睁大了双眼，同时伸出虚弱的双手，仿佛是要把什么抢回来。只见他发出一声哽咽的惊呼，就倒在了女儿身边的地板上，气绝身亡。萨尔惊恐万分，但并没有失去沉着的头脑，她一把抓过桌上的文件，将其塞进口袋，然后才大声呼叫仆人。仆人们早已听到玛奇那声疯狂的尖叫，他们匆忙赶来，却发现百万富翁马克·福瑞特波利先生倒在地上，一命呜呼，他女儿则躺在他尸体旁，晕死过去了。

# 封口费

一接到宣告马克·福瑞特波利先生死讯的电报，布莱恩马上戴上帽子，坐上卡尔顿的马车，和卡尔顿直奔弗林德斯街的圣基尔达车站而去。到了车站，卡尔顿打发马车先回去，还让车夫给他的书记员捎去一张便条，然后和菲兹杰拉德一起奔往圣基尔达。一到那儿，他们发现全家上下安静而有序，这要感谢萨尔·罗林斯的出色管理。她已经接手了家里的一切，尽管仆人们都知道她的过去，对她这样发号施令颇有微词，但见她坚强果断、精明能干，便也听从她的吩咐。马克·福瑞特波利先生的遗体已经被安置到了他的卧室，玛奇也被送回了床上，萨尔还马上派人去请了钦斯顿医生和布莱恩。他们到了之后，见一切有条不紊，不由得对萨尔·罗林斯主持家务的出色能力表示赞赏。

“她是个聪明的女孩。”卡尔顿对菲兹杰拉德低声说，“奇怪的是，她竟然在她父亲家里获得了她应有的地位。命运女神可比我们凡人想象的要聪明得多。”

布莱恩正要回答，钦斯顿医生进了房间。他神情肃穆，菲兹杰拉德则惊惶不安地盯着他。

“玛奇——玛奇·福瑞特波利小姐——”他结结巴巴地问道。

“病得很重。”医生回答，“她得了脑膜炎。后果如何，我也说不准。”

布莱恩往沙发上一坐，茫然地盯着医生。玛奇病情危重——可能会死。如果她死了怎么办？如果失去这个对他矢志不渝，在他落难时不离不弃的姑娘，他该怎么办？

“振作起来。”钦斯顿拍拍他的肩膀，说，“活着就有希望，我会想尽一切办法救治她的。”

布莱恩默默地抓住医生的手，他心里有太多话，却说不出来。

“福瑞特波利先生是怎么死的？”卡尔顿问。

“心脏病。”钦斯顿说，“他的心脏已经严重感染，一两个星期之前我就发现了。看样子他是在梦游中走进了起居室，结果吓到了福瑞特波利小姐，福瑞特波利小姐尖叫起来，而且肯定碰到了他。他突然醒来，可怕的结果自然发生了——他倒地身亡了。”

“是什么使福瑞特波利小姐受到了惊吓？”布莱恩用手捂着脸，低声问道。

“我猜是看到她父亲梦游的样子吧。”钦斯顿扣上手套上的扣子，说道，“她间接导致了她父亲的死，这重击恐怕是她患上脑膜炎的原因。”

“福瑞特波利小姐不是那种会大惊小怪以至于惊醒梦游者的女人。”卡尔顿肯定地说，“她知道这样做很危险。肯定有别的原因。”

“这个姑娘会告诉你一切。”钦斯顿对萨尔点点头，这时她刚好走进房间，“她当时在场，事情发生后，她把家里打理得井井有条，令人钦佩。现在我得走了。”说着，他与卡尔顿和菲兹杰拉德握了握手：“振作起来，小伙子，我会帮助她渡过难关的。”

医生一离开，卡尔顿就立刻转向萨尔·罗林斯，罗林斯则站在那儿等他问话。

他猝然问道：“你能告诉我是什么使福瑞特波利小姐受到了惊吓吗？”

“可以，先生。”她轻声回答，“福瑞特波利先生死时，我就在起居室里——但是——我们最好到楼上的书房去说。”

“为什么？”卡尔顿惊奇地问。说话间，他和菲兹杰拉德跟着她上了楼。

等他们进了书房，她锁上了门，这才说道：“因为，先生，我不想让除了你们之外的任何人知道我要告诉你们的事情。”

“又一桩秘密。”卡尔顿嘀咕着，瞥了一眼布莱恩，然后在写字台前坐下。

“福瑞特波利先生昨晚很早就上床了。”萨尔平静地说，“玛奇小姐和我在起居室里聊天，他突然走进来了，他是在梦游，手里拿着一份文件。”

卡尔顿和菲兹杰拉德都大吃一惊，后者变得面无人色。

“他朝房间这边走过来，借着桌子上的台灯，把一张纸在桌上展开。玛奇小姐弯腰要去看那张纸，我试图阻止她，但太晚了。她尖叫了一声，然后倒在了地板上。倒下去的时候，她碰巧撞到了她的父亲。她的父亲惊醒过来，也倒在地上，死去了。”

“那文件呢？”卡尔顿不安地问道。

萨尔不说话，但从口袋里掏出了文件，放在了他手上。

卡尔顿默默地把信封打开，布莱恩探出身子去看。见到那张结婚证，两人都发出了惊恐的叫声，因为他们都知道这就是罗珊娜给怀特的那张结婚证。最可怕的猜疑被证实了，布莱恩转过头，害怕遇到大律师的目光。后者则沉思着叠好了文件，放到了自己口袋里。

“你知道这是什么吗？”他目光锐利地盯着萨尔，问道。

“我没法说我不知道。”她回答，“这证明罗珊娜·莫尔是福瑞特波利先生的妻子，而且——”她犹疑不决了。

“继续。”布莱恩望着她，沙哑着嗓子说道。

“这就是她给怀特的文件。”

“很好！”

萨尔静默了一会儿，然后红着脸抬起头。

“你们不用担心我会泄露出去。”她傲然答道，“你们知道的一切，我都知道，但是我会守口如瓶，像墓地一样安静。”激动时，她的伯克街俚语又蹦出来了。

“非常感谢。”布莱恩热切地握住她的手，说道，“我知道你很爱她，不会把这个可怕的秘密泄露出去。”

“我会感恩图报的。”萨尔轻蔑地回答，“她把我从贫民窟解救出来，带在身边。像我这样的可怜姑娘，无亲无故，现在外祖母也死了。”

卡尔顿快速向上看了一眼。很显然，萨尔对罗珊娜·莫尔是她母亲的事情一无所知。这样更好，他们可以继续隐瞒下去，或许瞒不了一世，但现在告诉她真相无疑是愚蠢的。

“我现在要去照顾玛奇小姐了。”说着，她走向了门口，“我不来见你们了。她现在有点好转了，我不会让其他任何人接近她的。”说完，她就离开了房间。

“将你的粮食撒在水面，因为日久必能得着。”卡尔顿说道，“福瑞特波利小姐对那个可怜孤儿的善心已经结出了善果——感恩是最稀罕珍贵的品质，甚至比谦逊更为稀罕珍贵。”

菲兹杰拉德没有作答，只是呆呆地望向窗外，他想到他的爱人正卧病在床，危在旦夕，他却无能为力。

“喂！”卡尔顿大声叫道。

“噢，对不起。”菲兹杰拉德困惑地转过目光，“我想，得要宣布遗嘱以及诸如此类的东西了。”

“是的。”大律师回答道，“我就是其中一位遗嘱执行人。”

“还有谁？”

“你和钦斯顿。”卡尔顿回答道。他转向桌子，说道：“那么，我想我们可以看看他的文件，看看是否一切妥当。”

“是的，我想可以。”布莱恩木然回答道。他的思绪已然飘远，这时又转身望向窗外。突然，卡尔顿发出一声惊叫，布莱恩匆匆转过身子，看到卡尔顿手握一卷厚厚的文件，那是从书桌抽屉里拿出来的。

“瞧，菲兹杰拉德。”卡尔顿极度兴奋地说，“这是福瑞特波利的忏悔书——看！”他把那卷纸高高举起。

布莱恩惊讶地向前扑去。终于，双轮马车谜案的真相要水落石出了。毫无疑问，这叠纸中完整地记叙了罪案的发生过程。

“毫无疑问，我们要读读看。”他犹豫地说道，又有点希望卡尔顿建议立刻将其烧毁。

“是的。”卡尔顿说，“三个遗嘱执行人必须读过这个文件，然后把它烧毁。”

“这样更好。”布莱恩忧郁地回答，“福瑞特波利已经死了，法律对此案已经无能为力了，所以最好避免将这桩丑闻公之于众。但是，为什么要告诉钦斯顿？”

“必须告诉他。”卡尔顿非常果断，“他肯定会从玛奇的呓语中获知真相，再说，可以让他知道一切。他非常安全，他会守口如瓶的。但是，想到要告诉基尔斯普，我更加为难。”

“那个侦探？我的老天，卡尔顿，你肯定不会告诉他的！”

“我必须告诉他。”大律师安静地回答，“基尔斯普坚信莫兰是凶手，我是如此地害怕他的执拗，就像你害怕我的执拗一样。他会发现一切的。”

“是福不是祸，是祸躲不过。”菲兹杰拉德攥紧了拳头，说，“但是我希望不要再让其他人知道这个悲惨的故事了，譬如莫兰。”

“啊，是的。”卡尔顿若有所思地回答，“那天晚上他来登门拜访福瑞特波利了，你说过？”

“是的，我也想知道他是为何而来。”

“只有一个答案。”大律师缓缓说道，“那天他离开酒馆时，肯定看到福瑞特波利先生在跟踪怀特了，因此他来是为了敲一笔封口费。”

“不知他得手了没有。”菲兹杰拉德问道。

“噢，这个很快就能查清楚。”卡尔顿又打开了抽屉，把福瑞特波利先生的支票本拿出来，“让我看看他最近开了什么支票。”

大部分支票仅填了小笔金额，只有一两张上是一百元左右。卡尔顿找不到莫兰可能要求的大笔款项。不过，翻到支票本最后，他发现一张支票被撕了下来。

“你看。”他得意洋洋地把支票本递给菲兹杰拉德，“他没那么傻，会把那个数目写在支票上，他会把支票撕下来，然后写上那个数字。”

“那支票怎么了？”

“当然是给了他了。”卡尔顿耸耸肩，“这是让他闭嘴的唯一办法。”

“我猜他昨天已经把支票兑现了，现在已经跑路了。”布莱恩停顿片刻后说。

“这样更好。”卡尔顿冷笑道，“不过我不认为他跑路了，否则基尔斯普现在肯定已经通知我了，而他会从莫兰口中得知所有事情，这样整个墨尔本就都知道这个秘密了。鉴于此，我们应该把忏悔书拿给基尔斯普看，让他不要去找莫兰，这样就可以让两件事情都平息掉。”

“我想，我们得见见钦斯顿？”

“是的，当然。我会给他和基尔斯普发电报，请他们今天下午三点到我办公室来一趟，然后我们把整件事情给解决掉。”

“萨尔·罗林斯呢？”

“哦！我差点忘记她了。”卡尔顿有些困惑地说，“她对自己父母是谁一无所知。当然了，福瑞特波利至死都以为她早死了。”

“我们必须告诉玛奇。”布莱恩阴郁地说道，“瞒着她于事无补。按理说，萨尔才是她死去的父亲的财产继承人。”

“这要取决于遗嘱。”卡尔顿冷冷地回答，“如果遗嘱上指明财产由‘我女儿玛格丽特·福瑞特波利’继承，那么萨尔·罗林斯就没有权利要求继承财产。如果是这样，告诉她她的身份没有任何好处。”

“那么该怎么办？”

“萨尔·罗林斯，”对于布莱恩的话，这位大律师并没有留意，他继续说，“显然从没有想过她的父亲或母亲的事情，毫无疑问，那个老巫婆发誓他们已经都死了。所以，我认为最好保持沉默——也就是说，她父亲一直以为她死了，所以没有留给她任何钱。这种情况下，最好给她一份收入。你可以很容易找到一个借口，来解决这个问题。”

“可是，假设根据遗嘱的措辞，她有权继承所有财产呢？”

“这种情况下，”卡尔顿严肃地说，“只有一个办法——必须告诉她所有事情，财产的分割则只能取决于她的慷慨大度了。不过，我认为你不必担心，我可以担保玛奇就是继承人。”

“金钱不是我所考虑的问题，”布莱恩脱口而出，“我宁愿分文不要，只要玛奇。”

“好小伙子，”大律师说着，亲切地把手放到布莱恩肩头，“如果你娶了玛奇，你会得到比金钱更宝贵的东西——一颗金子做的心。”

# 对于死者唯有称美[1]

“只有一切都是未知这一点是确定的。”一句法国谚语如是说，从每天发生在我们身上的种种不可预料之事来看，这句话毫无疑问千真万确。如果某天有人对玛奇·福瑞特波利说，第二天她会病倒在床上不省人事，对这个世界和它的运转毫无知觉，那么她肯定会对这预言付之以轻蔑一笑。然而预言成真了，她如今正在病床上翻来覆去，与这张痛苦的病榻相比，普罗库斯提之床简直就是铺满玫瑰的安乐窝。萨尔坐在床边，密切关注她需要些什么，聆听着从她口中吐出的狂野、

1 原文为拉丁语：De Mortuis Nil Nisi Bonum。

语无伦次的话语，陪她度过明亮的白天和寂静的夜晚。玛奇不停地呼叫父亲来拯救自己，一会儿又会对布莱恩说话，有时支离破碎地唱起歌，有时又哽咽着诉说起死去的母亲的事情，听得萨尔心如刀割。除了萨尔，别人都不允许进她的房间，钦斯顿医生尽管见惯了这种情况，听到她说的那些话，也会有些畏缩。

“你手上有血！”玛奇叫着，在床上坐起来，一头长发乱糟糟地披在肩头，“鲜红的血！你洗不掉它。噢！该隐！上帝救救他！布莱恩，你是无辜的。是我父亲杀了他。上帝啊！上帝！”说着，她又倒在了凌乱的枕头上，痛哭起来。

钦斯顿医生什么也没说，但他很快告辞了，临走时他告诉萨尔，任何情况下都不要让别人来探视病人。

“绝不会的！”萨尔以厌恶的语调回答道，同时关上了房门，“我可不是那条咬死农夫的毒蛇。”她近来学习有了突飞猛进的进步，由此可见一斑。

与此同时，钦斯顿医生已经收到了卡尔顿的电报，而且对此大为吃惊。在指定时间到达卡尔顿的办公室后，他更是惊讶得无以复加，他发现除了卡尔顿和菲兹杰拉德之后，屋里还有一个他从未见过的人。卡尔顿向钦斯顿医生介绍道，这个陌生人是侦探办公室的基尔斯普先生，这令可敬的钦斯顿先生十分不安，因为他弄不懂这是怎么一回事。

尽管如此，他什么也没说，只是在卡尔顿先生推过来的椅子上坐下，准备听个究竟。卡尔顿锁上办公室的门，然后走回办公桌前，其他三人在他面前呈半圆形坐下。

“首先，”卡尔顿对医生说，“我得让你知道，你是刚刚去世的福瑞特波利先生在遗嘱里指定的遗嘱执行人之一，这也是今天我请你来的原因。其他两位执行人是菲兹杰拉德先生和我。”

“哦，原来如此。”医生先生礼貌地喃喃自语道。

“那么，现在，”卡尔顿看着他，“你还记得双轮马车谋杀案吗？几个月之前，这桩案子引起了巨大轰动。”

“是的，我还记得。”医生惊异无比，他问道，“但是那件事情和遗嘱有何关系？”

“与遗嘱毫无关联。”卡尔顿严肃地回答，“但是，事实上，福瑞特波利先生与这件事有关联。”

钦斯顿先生把探询的目光投向布莱恩，但布莱恩摇了摇头。

“此事与我被捕无关。”他忧伤地回答。

这时，玛奇病中的谵妄之语霎时掠过了医生的脑海。

“你是什么意思？”他深吸一口气，把椅子往后推了推，“他是怎么受到牵连的？”

“我也无可奉告。”卡尔顿回答说，“除非读完他的忏悔书。”

"啊！"基尔斯普开始变得专注。

"是的。"卡尔顿先生转向基尔斯普，"你对莫兰的追踪是白费力气，因为奥利弗·怀特的凶手已经浮出水面了。"

"浮出水面了！"基尔斯普和医生异口同声地惊呼道。

"是的，凶手的名字是马克·福瑞特波利。"

基尔斯普从明亮的黑眼睛射出一道鄙视的光芒，同时发出不相信的低声嗤笑；医生则愤怒地把椅子往后一推，猛地站起来。

"无稽之谈！"盛怒之下，他大声说道，"我绝不会安坐在这儿听你们指控我死去的朋友。"

"不幸的是，这是千真万确的事实。"布莱恩悲伤地说道。

"你怎么能这么说？"钦斯顿生气地转向他，"再说，你马上要迎娶他的女儿！"

"解答这个问题的唯一方法，"卡尔顿冷冷地说，"就是我们必须读读他的忏悔书。"

"但是为什么这个侦探要在场？"医生很不友好地说着，又坐回了椅子上。

"因为我希望让他亲耳听听，是福瑞特波利先生犯下了谋杀案，这样他才可以保持沉默。"

"在我逮捕他之前，我不会保持沉默。"基尔斯普坚定地说道。

“但是他已经死了。”布莱恩说。

“我说的是罗杰 · 莫兰。”基尔斯普反驳道，“因为谋杀奥利弗 · 怀特的正是他，不是别人。”

“这倒是更有可能。”钦斯顿说。

“我告诉你，不可能。”卡尔顿激动地说，“天知道我多么想维护马克 · 福瑞特波利先生的好名声，我今天把大家召集来，也是为了这个目的。我来读忏悔书，你们知道真相后，我希望你们都能对此保持沉默，因为马克 · 福瑞特波利已经去世了，把他的罪行公之于世对任何人都没有好处。”

“我知道，”卡尔顿转向基尔斯普，继续说道，“你内心坚信自己是对的，我是错的。但是，如果我告诉你，马克 · 福瑞特波利死时手中拿着的那份文件，就是令怀特丧命的那份文件，你怎么想？”

基尔斯普的脸顿时拉长了不少。

“什么文件？”

“马克·福瑞特波利和罗珊娜·莫尔——那个死在贫民窟的女人——的结婚证。”

基尔斯普很少感到惊讶，但他现在的确大吃一惊。钦斯顿医生则倒在了椅子上，因惊讶而茫然地盯着大律师。

“此外，”卡尔顿得意洋洋地说道，“你知道吗，两天前莫兰去找马克·福瑞特波利，敲了一大笔封口费。”

“什么！”基尔斯普惊呼道。

“是的。莫兰从酒馆出来时，显然看到了福瑞特波利先生，所以威胁要揭露他的罪行，除非他付一笔封口费。”

“非常奇怪。”基尔斯普喃喃自语道，脸上浮现出大失所望的神色，“但是莫兰为什么等了这么久才敲诈。”

“无可奉告。”卡尔顿回答，“不过，毫无疑问，这份忏悔书将会解开所有谜团。”

“那么，看在老天的份上，请读吧。”钦斯顿医生忍不住插嘴道，“我真是一片茫然，你们说的我全都听不懂。”

“稍等片刻。”基尔斯普从椅子下面抽出一卷东西，一边展开一边说，“如果你是对的，那么这是什么？”他举起一件短大衣，脏兮兮的，显然经历了风吹雨打。

“这是谁的？”卡尔顿惊讶地问道，“不是怀特的吧？”

“正是怀特的。”基尔斯普带着极大的满足感说，“我在菲兹洛伊花园找到的，就在通往东墨尔本乔治大街的大门口，挂在一棵冷杉树上。”

“那么，福瑞特波利先生肯定是在坡勒特大街下了车，步行到乔治街，然后穿过菲兹洛伊花园回到城里。”卡尔顿说。

基尔斯普毫不理会卡尔顿的这番话，而是从外套口袋里掏出一个小瓶子，举到大家面前。

“我找到了这个。”他说。

“三氯甲烷！”每个人都惊叫起来，因为立刻猜到了这就是那只失踪的药瓶。

“对极了。”基尔斯普把药瓶放回去，“这就是那只盛放——呃——我们就说是凶手所用的毒药药瓶。药师的名字就在瓶身标签上，我去找他，问出了买药的人的名字。现在，你们知道是谁吗？”他一脸的胜利感。

“福瑞特波利先生。”卡尔顿断然回答。

“不，是莫兰！”钦斯顿脱口而出，他显得激动万分。

“都不是。”侦探先生平静地反驳道，“买这瓶药的人就是奥利弗·怀特本人。”

“他自己？”布莱恩重复道。现在他已经完全震惊了，事实上，其他所有人都是如此。

“是的，我没费什么气力就查到了，这要感谢毒药法令。我知道，没人会蠢到让三氯甲烷在自己口袋里放很长时间。我跟药师说谋杀案发当日可能就是购买日，药师翻开购买记录，发现怀特就是购买者。”

“那么，他为什么要买这个东西？”钦斯顿问。

“这我就无可奉告了。”基尔斯普耸耸肩，说，“本子上写着，是为了药用用途而购买，这就意味着任何可能。”

“毒药法令要求买药要有人证。”卡尔顿谨慎地说，“谁是人证？”

基尔斯普再次胜利地笑了。

“我猜，”菲兹杰拉德说，“是莫兰？”

基尔斯普点点头。

“我想，”卡尔顿略带讽刺地说，“这就是你怀疑莫兰的另一个证据。他知道怀特随身带着三氯甲烷，因此当晚一路跟踪，伺机谋杀？”

“呃，我——”

“一派胡言。”大律师不耐烦地说，“没有任何证据证明莫兰有嫌疑。如果他杀了怀特，那么是什么原因让他去见马克·福瑞特波利？”

“但是，”基尔斯普像圣贤似的点点头，“如果，正如莫兰所说，在谋杀案之前他拿着怀特的外套，那么为什么后来我会在菲兹洛伊花园的一棵冷杉树上找到它呢？口袋里还有一个空的三氯甲烷药瓶？”

“他可能有个同谋。”卡尔顿提醒道。

“光在这里瞎猜有什么用？”钦斯顿不耐烦了，他已经彻底烦透了这番讨论，“快读忏悔书吧。我们马上就可以知道真相了，完全不需要在这里乱猜。”

卡尔顿表示同意。大伙儿都准备好听他念，他便读起了福瑞特波利先生的绝笔。

# 忏悔书

以下文字是我亲笔所书。我写下这些文字，与18日墨尔本双轮马车惨案相关的真实情况才能大白于天下。我欠世人一份忏悔书，尤其是欠布莱恩·菲兹杰拉德，因为见他被指控为本案凶手，我却不敢站出来。尽管我知道他已经通过合法程序被无罪释放，但是我仍然希望他知道关于本案的一切。虽说如此，从他对我态度大变来看，我相信他知道很多内情，然而不愿意全都说出来。要解释清楚奥利弗·怀特谋杀案，我必须从我来到这块殖民地之初讲起，这样才能展现最终导致这桩谋杀案的一系列事情是如何发生的。

倘若为了司法正义，要将这份供认书公之于众，那么我对采取这样的程序毫无怨尤。然而，倘若能考虑我和我亲爱的女儿玛格丽特——是她用爱和热情抚慰和照亮了我的生命——的名声而秘而不宣，那么我将不胜感激。

但是，如果她必须知道这几页纸上的内容的话，我希望她能宽大地看待一个经历了痛苦考验和诱惑的人的回忆。

18×× 年，我来到当时的维多利亚殖民地，也就是今天的新南威尔士。此前，我一直在伦敦给一个商人做职员，但是看不到什么晋升的机会，于是我四处打探，看看有没有机会出人头地。我听说了大洋彼岸的那块新大陆，我想，要不是后来爆发的淘金热使它变成了一个黄金国度，说实话，它的名声可真不太好，因为囚犯都被运送到了那里。尽管如此，我还是渴望到那儿开始新的生活。不幸的是，我并没有什么去那儿的门路，我眼前最好的路子不过是做一个伦敦职员，苦闷度日，因为凭我微薄的薪水，我根本攒不到去澳大利亚的盘缠。巧的是，我母亲的一位老处女姨妈过世了，给我留下了几百英镑的遗产。拿着这笔钱，我来到澳大利亚，立志要成为一个有钱人。我先是在悉尼逗留了一段时日，然后来到菲利普港，也就是现在大家所称的“神奇的墨尔本”，我打算在这儿安营扎寨。我发现这是一块年轻的崛起中的殖民地，当然了，我是在淘金热之前来到这里的，我从没想过这块大陆会迅速崛起，成为一个国家。那些日子里，我小心翼翼地存钱，但说实话，那是我一生中最幸福的时光。

每攒到一点钱，我就去买土地，到了淘金热的时候，我就算得上有点钱了。然而，发现金子的呼声越来越高，各个国家的人都瞄准了澳大利亚和她闪闪发亮的金矿，人们从世界的各个地方蜂拥而至，"黄金时代"拉开了序幕。我开始迅速致富,很快就被认为是殖民地最富有的人。我买了一个农庄，抛下墨尔本喧嚣、狂热的城市生活，到乡下去生活。我很享受那儿的生活，因为野外的露天生活对我而言充满了莫大魅力，而且有一种我从未感受过的自由感。然而，人是一种群居动物，我开始厌倦了孤独和与大自然母亲的交流，于是到墨尔本城里去玩，在那儿遇到了和我一样快活的同伴，和他们在一起，我挥金如土，正如老话所说，我看清了生活。我刚刚承认自己热爱乡村自然纯粹的生活，现在又说自己喜欢城里放荡不羁的生活，这听起来很奇怪，然而事实如此。我既不是约瑟夫也不是圣安东尼，我喜欢波希米亚式的生活，喜欢它有趣的伙伴和迷人的晚餐，这晚餐往往在子夜举行，机智和幽默在席间大放异彩。就是在一次这样的晚餐中，我第一次见到了罗珊娜·莫尔，这个注定要让我一生蒙羞的女人。她是个滑稽剧女演员，当年所有年轻人都发了疯似的爱上了她。确切地说，她算不上美人，但是她身上散发着一种让人难以抗拒的夺目光彩和迷人魅力。初次见面时，我并没有迷上她，反而在同伴们热烈谈论她时加以嘲笑。可等我和她越来越熟悉之后，我却发现她的迷人魅力并非名不副实，我最终无可救药地爱上了她。我调查了她的私生活，发现她的私生活无可指摘，因为她有位不折不扣的母龙似的母亲守卫着，不让任何人接近女儿。我不必在我的追求经过上大费笔墨，因为人生的这些阶段大抵是相同的，然而，我说决定要娶她做妻子，我想这就足以证明我对她情深似海了。然而，这段婚姻是有条件的，条件就是我们的婚姻必须保密，直到我愿意公开的那天。我之所以这样做，是因为我父亲还在世，他是一个固执的长老会成员，如果听说我娶了一个演员，他是绝不会原谅我的。他年事已高，身体也不行了，我不希望让他知道我结婚的事情，担心对于这位健康状态本就堪忧的老人而言，这个打击太大了。我告诉罗珊娜我愿意娶她，但是希望她离开她母亲，因为她母亲总爱发怒，不是一个容易相处的人。因为我年轻、富有，长得也不难看，罗珊娜同意了我的求婚。于是，一次她在悉尼演出时，我赶到那里，和她结了婚。她从未告诉她母亲她已经嫁给了我，至于为什么，我无从得知，我也没有逼着她向她母亲坦白。她母亲为这事大闹了一场，但是我给了罗珊娜一大笔钱去安抚她母亲，那老泼妇收了钱，动身去了新西兰。罗珊娜跟着我到了我的农庄，在那儿我们以夫妻的名义生活，然而，在墨尔本，她却被当作我的情妇。到了后来，我觉得这种生活让我感觉很堕落，于是我希望公开我们的秘密，但罗珊娜不同意。我感到十分惊讶，然而找不到原因，因为在很多方面罗珊娜对我而言都是一个谜。后来，她厌倦了宁静的乡村生活，渴望回到闪亮、炫目的舞台灯光之下。我拒绝了，从那一刻起她就开始讨厌我了。后来，我们的孩子出生了，有一段时间，她全身心地照顾着这个孩子，但很快就厌倦了这个新的玩物，再次逼迫我让她返回舞台。我再次拒绝了她，我们开始彼此疏远了。我变得忧郁、易怒，并习惯独自骑马长途旅行，经常离家好几天。那时我有个好朋友，是附近一家农庄的农庄主人，年轻、英俊，名叫弗兰克·凯利，性格活泼，讨人喜欢，又很幽默。他发现我经常不在家，又认为罗珊娜只是我的情妇，便过来安慰她，直到有一天我骑行归来时，我发现罗珊娜已经跟他私奔了，还带走了我们的孩子。罗珊娜留下一封信，说她从未真正在乎过我，她嫁给我只是为了我的钱——她会对我们的婚姻保密，并打算回归舞台。我跟踪我那不忠的朋友和不忠的妻子回到墨尔本，但为时已晚，他们刚刚动身去了英国。因为憎恨被如此对待，我陷入了放浪形骸的漩涡，试图抹去对我不幸的婚姻生活的回忆。我的朋友们安慰我，不过是失去了一个情妇，没什么大不了——当然了，他们有理由这样认为。很快，我自己也开始怀疑自己是否真的结过婚，因为前一年的生活似乎已经如此遥远、虚幻。我这种放荡的生活持续了六个月左右，突然之间，就在濒临毁灭的边缘，我被一位天使俘获了。我这样说是经过深思熟虑的，因为如果世界上真的有天使的话，那就是她——后来成为我妻子的那个女人。她是一个医生的女儿，正是她的影响将我从放浪形骸、挥霍无度的不归之路上拽了回来。我对她很关注，事实上，我们两人给人一种已经订婚的感觉。但是我知道，我仍然和那个被诅咒的女人绑在一起，因此不能向她求婚。就在我面临生命的第二次危机之时，命运女神再次介入，我收到一封来自英国的信，信中说罗珊娜·莫尔在伦敦街头被人发现，后来死在了一家医院里。写信的是一个照顾过她的年轻医生，于是我回信请他寄给我一份死亡证明，这样我才能确信罗珊娜已经不在人世。他照办了，同时还寄来一份登在报上的说明。当时我真的觉得自己自由了，以为人生中最黑暗的一页已经永远被封存了，我开始期待未来。我又结婚了，我的家庭生活无比幸福。随着殖民地的日益壮大，我变得一年比一年富有，并得到了同胞们的敬仰和尊敬。当我亲爱的女儿玛格丽特出生时，我觉得我的幸福之杯已经斟满了。可突然之间，我收到了一个令人不快的来自过去的提醒。一天，罗珊娜的母亲露面了——那是一个外表可恶的老家伙，全身散发着杜松子酒的味道，在她身上根本找不出原先那个穿着体面，陪着罗珊娜去剧院的女人的影子。她早就把我给她的钱花得一干二净，自此越来越堕落，直到后来沦落到了小伯克街的贫民窟。我问她那个孩子怎么样了，她说孩子早死了。罗珊娜没把孩子带去伦敦，而是丢给了母亲，毫无疑问，看护不周和营养不良是孩子夭折的原因。如今似乎我和过去没有什么联系了，除了那个老巫婆，但她对我们的婚姻一无所知。我不想告诉她实情，但是同意给她足够的钱，只要她承诺绝不再来骚扰我，并对有关我与她女儿关系的一切保持沉默。她满口答应了，便回到了她那贫民窟的脏窝子里，据我所知，她仍然活着，因为我的律师每个月都会定期付给她一笔钱。此后，我再也没听说过她的消息了，以为这是与罗珊娜有关的最后一件事情，并对此相当满意。岁月推移，澳大利亚的发展和我的生意一样蒸蒸日上，我是如此幸运，人们都认为我的好运气就像传奇故事一样。可是，唉！正当我似乎获得世界万物的青睐之时，我的妻子过世了，自此整个世界都变样了。但是，我还有我亲爱的女儿宽慰我，她的爱和热情帮助我接受了失去爱妻的事实。一个年轻的爱尔兰绅士来到了澳大利亚，他叫布莱恩·菲兹杰拉德。很快，我发现我女儿爱上了他，他也爱上了我的女儿，对此我很高兴，因为我一直非常敬重他，我期待他们早日成婚。可突然之间，发生了一连串事件——读到这几张纸的人对这些事必定还记忆犹新。一位来自伦敦的先生——奥利弗·怀特先生——登门拜访，并带来一个惊天消息：我的第一任妻子罗珊娜·莫尔仍在人世，她死在医院的故事只是为了欺骗我而精心捏造的。正如报纸登载的，她遭遇了一场事故，被送到了医院，但最后康复了。给我寄死亡证明的那个年轻医生爱上了她，一心想和她结婚，所以才欺骗我罗珊娜已死，以此让我淡忘我和她的过去。不幸的是，婚后不久医生就去世了，罗珊娜也不愿费心让我知道真相。她以“缪斯爱特”的艺名登上了伦敦的滑稽剧舞台，而且似乎因她的挥霍无度和声名狼藉而扬名。怀特在伦敦遇到了她，她成了怀特的情妇。他似乎对她产生了奇妙的影响，因为她把自己的过往全告诉他了，包括她和我的婚姻。罗珊娜在伦敦的人气日渐低落，因为她已经老了，得为年轻的女演员让位了，怀特建议两人一起来澳大利亚敲诈我。他来找我，就是为了这个目的。这个恶棍以最冷酷的方式告诉了我这一切，我知道他掌握了我生命中的秘密，但我无法怨恨命运。我拒绝见罗珊娜，但我告诉怀特我会同意他的条件。可这个恶棍提出了两个条件：一是向罗珊娜支付一大笔钱，二是让我女儿嫁给他。对于第二个条件，我一开始断然拒绝，可他威胁要公开我的过往，这就意味着向全世界宣告我的女儿将沦为私生女。我只能同意了，他开始向玛奇求婚，但玛奇拒绝了他的求婚，还告诉我她已经和菲兹杰拉德私下订婚了。因此，经过一番激烈的思想斗争，我告诉怀特不同意将玛奇嫁给他，但是我会给他一笔钱，数目随他说。在他被谋杀的当晚，他来见我，并把我和罗珊娜·莫尔的结婚证拿给我看。他拒绝收钱，他说除非我同意把玛奇嫁给他，否则就把这件事公之于众。我求他给我一点时间考虑考虑，他说就给我两天时间，然后就带着结婚证离开了房子。我陷入了绝望，发现只有一条路可以自救，就是设法拿到结婚证，然后否认一切。想到这里，我就跟着怀特到了城里，看到他与莫兰会了面，两人一起喝酒。两人走进了罗素街的一家酒店，十二点半，怀特离开了酒店，喝得酩酊大醉。

他朝着伯克和威尔斯纪念碑附近的苏格兰教堂走去，我一路尾随，到教堂附近时，他抱住了角落里的一根灯柱子。见他醉成这副模样，我本以为可以趁机抢走结婚证，谁知一个身穿短大衣的先生出现了——我当时不知道那是菲兹杰拉德——他走到跟前，给怀特叫来一辆马车。

见没机会动手了，我绝望地回到家中等待第二天的到来，因为害怕他会采取实际行动。然而第二天毫无动静，我开始以为怀特已经放弃了他的想法，这时我才听说他前晚在一辆双轮马车里被谋杀了。我非常担心有人会在他的尸体上找到那张结婚证，然而报纸上没有提到这件事，对此我完全无法解释。我知道他随身带着结婚证，我只能断定那个凶手——不管他是谁——从怀特身上搜走了这一纸婚书，而且迟早会上门来敲诈勒索，因为知道我不敢告发他。菲兹杰拉德被捕了，后来被无罪释放，因此我开始相信结婚证已经丢失，我的烦恼终结了。但是，我总是心里惴惴不安，总感觉一把剑高悬头顶，而且迟早会落在我身上。

我的预感是正确的，两天前的一晚，怀特生前的好朋友罗杰·莫兰上门来找我，他把结婚证给我看，还提出以五千英镑的价格卖给我。恐惧中，我指控他谋杀了怀特，他先是矢口否认，但后来承认了，他说我为了保全自己是绝不敢出卖他的。我身处恐惧之中，几乎就要疯了，我一方面害怕女儿成为私生女，另一方面也是害怕让一个凶手逃脱惩罚。我最终同意保持沉默，并给他开了一张五千英镑的支票以换取结婚证。之后，我要求莫兰发誓离开殖民地，他欣然同意，说墨尔本太危险了。他离开之后，我思考了我所处的可怕处境，几乎就要决定一死了之，但是，感谢上帝，我免于犯下这桩罪行[1]。我写下这份忏悔书，是希望在我死后怀特之死的真相能大白于天下，而任何其他可能被指控的人不会遭受不应有的惩罚。我对莫兰最终会罪有应得不抱希望，因为他犯罪的所有痕迹都已经丢失了。我不会毁掉这张结婚证，但会将它

1 指自杀。

和其他文件放在一起，这样有关我的故事的真相才能为世人知晓。最后，我请求我的女儿玛格丽特原谅我的罪行，我的罪行已经影响到了她，但是她自己可以看到，我实在是身不由己。希望上帝的无边仁慈能让她原谅我，也希望她不要过于责怪她死去的父亲，可以的话，能不时来我坟前为我祈祷。

# 正义之手

读到最后一句悲伤的祈求时，卡尔顿的声音有点颤抖，在一片死寂中，他把手稿放在了桌上。布莱恩率先打破了沉默。

“感谢上帝！”他用敬畏的语气说，“感谢上帝！他是无辜的！”

“困扰了我们如此之久的谜团终于解开了，斯芬克斯[1]也永远地沉默了。”卡尔顿说道，带着几分讽刺。

“我就知道他不会做这种事。”钦斯顿大声说道。他激动得到现在才开口。

---

1　斯芬克斯，狮身人面像，在希腊神话中，斯芬克斯说话惯用谜语。

基尔斯普一直在倾听他们对死者的赞颂之词，他发出惬意的咕噜声，显得十分满意，就像一只捉到老鼠的猫。

“你瞧，先生，”他对大律师说道，“最终还是我对了。”

“是的。”卡尔顿坦率地回答，“我承认自己失败了，但是现在——”

“我现在就去逮捕莫兰。”基尔斯普说。

众人沉默了半晌，还是卡尔顿先开口了。

“我认为是应该逮捕莫兰——可是，可怜的姑娘——可怜的姑娘。”

“我为那位年轻的小姐感到抱歉。”基尔斯普用他柔软、低沉的嗓音说道，“但是你看，不能仅因为感情，就让一个危险的犯罪分子逃之夭夭。”

“当然不会。”菲兹杰拉德厉声说道，“必须马上逮捕莫兰。”

“但是他会供认一切。”卡尔顿愤怒地说，“这样，每个人都会知道福瑞特波利先生的第一次婚姻了。”

“随他们去。”布莱恩苦涩地反驳道，“她好起来之后，我们就马上结婚，永远离开澳大利亚。”

“但是——”

“我比你更了解她。”年轻人固执地回答，“我知道，她宁愿马上终结这件痛苦的事情。逮捕凶手，让他受到应有的惩罚。”

“好吧，我也如此认为。”卡尔顿叹了一口气，说道，“但是福瑞特波利小姐将遭到恶语中伤，这似乎太残酷了。”

布莱恩的脸色有些惨白。

“在这个世界上，父亲恶行的苦果往往会落到儿孙头上。”他痛苦地说道，“但是，当最开始的剧痛平息后，置身于新的大陆，身处新的面孔之中，她会渐渐淡忘痛苦的过去。”

“那就这样决定了，逮捕莫兰。”卡尔顿说，“怎么实施逮捕？他还在墨尔本吗？”

“极有可能。”基尔斯普满意地说道，“最近两个月他身边一直有我的耳目，这会儿正有人替我监视他呢——相信我，他的举手投足我都一清二楚。”

“啊，真的吗？”卡尔顿迅速回答，“那么，你知道他是否已经去过银行，兑现了福瑞特波利给他的那张五千英镑的支票？”

“噢，说到这个，”基尔斯普停顿片刻后，继续道，“你知道，当你告诉我他收到了这么一张支票时，我真是大吃一惊。”

“为什么？”

“因为数额太大了。”侦探先生回答说，“要是我知道有这么一笔钱进了他的账户，我肯定对他起疑了。”

“那么他去过银行了？”

“去银行？是的。他昨天下午两点去了银行，也就是拿到支票的第二天。然后，这张支票被送到了福瑞特波利先生的银行，直到次日才会返回。然而其间福瑞特波利先生去世了，我猜支票还没有兑现，因为莫兰还没有拿到钱。”

“我想知道接下来他会怎么做。”钦斯顿说道。

“去找银行经理大吵大闹。”基尔斯普冷冷地说，“银行经理肯定会告诉他最好去见福瑞特波利先生的遗产执行人。”

“可是，我的朋友，银行经理并不知道谁是遗产执行人。”卡尔顿不耐烦地说，“你忘记了，遗嘱还没有宣读呢。”

“那么，银行经理会告诉他，去找福瑞特波利先生的律师，我猜他应该知道是谁。”基尔斯普反驳道。

“辛顿和塔尔比特。”卡尔顿若有所思地说，“但是莫兰会不会去找他们，这还是个问题。”

“他为什么不去，先生？”基尔斯普迅速回答，“他压根儿不知道这件事儿。”他指指忏悔书，说道：“这张支票可是真家伙，他绝不会轻易放弃五千英镑。”

“让我来告诉你他会不会。”卡尔顿思索了半晌，说道，“我去马路对面拜访一下辛顿和塔尔比特，如果莫兰去找他们，就让他们把他打发到我这儿来。”

“这主意好极了。”基尔斯普摩拳擦掌道，“到时我就可以逮捕他了。”

“可是逮捕令呢？”卡尔顿起身戴上帽子，这时布莱恩提出了异议。

“在这儿呢。”说着，侦探先生拿出了逮捕令。

“天哪。你十分确信他有罪了。”钦斯顿冷冷地说道。

“当然。”基尔斯普以一种满意的口吻说道，“我把找到外套的地点告诉地方法官，并提醒他莫兰在庭审时作证说，谋杀案发之前外套一直在莫兰手中，法官立刻就明白了务必要逮捕莫兰。”

“四点半了。”卡尔顿在门口驻足片刻，看了看手表，“恐怕今天逮捕莫兰有些为时过晚，不过，我得去见见辛顿和塔尔比特，看看他们知道什么。”说着，他出了门。

其他人都坐着等他回来，聊着双轮马车谜案的古怪结局。十分钟之后，卡尔顿急匆匆地冲进来，迅速关掉身后的门。

“命运站在了我们这边。”呼吸平缓之后，他说道，“正如基尔斯普推测的，莫兰去见了辛顿和塔尔比特，但是他们都出门了，于是他说五点之前再来。我告诉他们的职员，他如果再来，就马上带他来我这儿，所以，他随时都可能出现在这儿。”

“如果他够蠢的话。”钦斯顿说道。

“噢，他会来的。”侦探先生信心十足地说着，他手中的一对手铐咔嗒作响，“他觉得自己做得万无一失，而且非常得意，所以他会自投罗网的。”

天色渐暗，四个男人都激动万分，但他们掩藏得很好，装出一副若无其事的样子。

“多么戏剧化的场景。”布莱恩说道。

“就像古罗马斗兽场的古老过去，”钦斯顿轻轻地说，“扮演俄耳甫斯的演员在表演结束时将会被大熊撕成碎片。”

“这将是他在舞台上的最后一次亮相，我猜。”卡尔顿说。不得不说，这话听起来有几分残酷。

这时，基尔斯普仍然安坐在椅子上，一边哼唱一首歌剧音乐，一边伴奏似的敲击着手铐。他对自己满意至极，想到这次逮捕之后他将凌驾于戈比之上，他就愈发满意了。“那么戈比会说什么？戈比，他会嘲笑自己的一切设想是那么愚蠢，他从一开始就大错特错。要是——”

“嘘！”卡尔顿举起一只手指，这时门外响起了脚步声，“他来了，我想。”

基尔斯普从椅子上站起来，轻悄悄地遁到窗户边，好奇地朝外观望了一眼。随后，他转身朝屋里的人点点头，把手铐藏进了口袋里。他刚刚藏好手铐，门口就响起了敲门声。卡尔顿连忙回答“请进”，这时辛顿和塔尔比特的职员进来了，身后跟着罗杰·莫兰。跨入门口时，莫兰略有些踌躇，他看到卡尔顿并非孤身一人，似乎有些想离开。然而，显然他觉得自己的秘密十分安全，不可能被人撞破，便鼓足勇气，摆出一副轻松自信的样子进了屋子。

“先生，就是这位先生想要了解那张支票的事情。”辛顿和塔尔比特的职员对卡尔顿说。

“噢，是吗？”卡尔顿心平气和地回答，“很高兴见到他。你可以走了。”

那职员鞠了个躬就出去了，还把身后的门关上了。莫兰在卡尔顿正前方的椅子上坐下来，背对着门。见此，基尔斯普若无其事地穿过房间，趁卡尔顿和莫兰讲话时把门锁住了。

“你有事要见我，先生？”卡尔顿在椅子上坐下，问道。

“是的。但是我要单独见你。”莫兰不安地回答。

“噢，这几位先生都是我的朋友。”卡尔顿轻声回答，“你要说的话都很安全。”

“他们是你的朋友，而且很安全，这与我无关。”莫兰傲慢无礼地回答，“我希望和你私下谈。”

“你不想认识认识我的朋友吗？”卡尔顿无视莫兰的回答，冷冷地说道。

“我——你的朋友吗，先生！”莫兰高声喊道，愤怒地从椅子上站起来。

卡尔顿笑着为莫兰介绍屋里的其他人。

"钦斯顿先生、基尔斯普先生，还有菲兹杰拉德先生。"

"菲兹杰拉德！"莫兰喘息着，脸色煞白，"我——我——那是什么！"他尖声叫道。他看到了怀特的外套，外套因日晒雨淋而变色，现在正放在旁边的一张椅子上。他立刻认出来了。

"那是用来绞死你的绳子。"基尔斯普从莫兰身后逼近，轻声说道，"罪名是谋杀奥利弗·怀特。"

"上帝的圈套——"那可怜的男人喊道，他迅速转而面向基尔斯普，只见莫兰一跃而起，扼住了侦探先生的喉咙，两人扭打着滚到了地板上，但后者实在太强大了，一阵激烈的扭打之后，他把手铐铐在了莫兰手腕上。其他人十分安静地在一旁观战，因为知道基尔斯普不需要帮忙。见没机会逃脱了，莫兰似乎变得顺从了，他阴沉着脸从地板上爬起来。

"我会让你为此付出代价的！"他咬牙切齿地嘶吼着，脸色因绝望而惨白，"你什么也证明不了。"

"是吗？"卡尔顿摸摸那份忏悔书，"你错了，这是马克·福瑞特波利临死前写下的忏悔书。"

"那是谎言。"

"法官自有决断。"大律师冷冷地回答，"法官下判决之前，你将会在墨尔本地牢里度日。"

"啊！或许他们会给我分配你蹲过的那间牢房。"莫兰转向菲兹杰拉德，冷酷无情地笑了，“因为那间牢房和你的旧交情，我或许会喜欢那儿。”

布莱恩默不作声，他拿起帽子和手套，准备离开。

“别走！”莫兰恶狠狠地喊道，“我知道我完蛋了，但是我不会像个懦夫似的躺着等死。我赌了一把大的，但是输了。要是我不那么傻，第二天再去兑钱，就可以远走高飞了。”

“放聪明点还是有必要的。”卡尔顿说。

“说到底，”莫兰不理会卡尔顿的话，自顾自地漠然说道，“我不知道我有什么好抱歉的。自从杀了怀特之后，我就一直过着地狱般的生活。”

“那么你承认自己有罪了？”布莱恩静静地问。

莫兰耸耸肩。

“我告诉过你们，我不是个懦夫。”他冷漠地回答，“是的，是我杀的。都是怀特逼我的。那天晚上我见到了他，他告诉我福瑞特波利是怎样拒绝他的求婚的，但他说他绝不善罢甘休，还给我看了那张结婚证。我想，只要我能拿到那张结婚证，我就可以从福瑞特波利那儿赚上一小笔。所以，怀特继续闷头喝酒时，我没有跟着他一起喝。他从酒店出去后，我穿上了他落在身后的外套。我看见他站在那根灯柱子旁边，菲兹杰拉德走上前，然后又走开了。”他又转向菲兹杰拉德，继续说道，“当你沿着街道往南走时，我就躲在阴影里。等你走过我的身边，我就跑上前，那时马车夫正扶着他走进马车。他把我当成了你，我就将计就计，但我发誓，我跟进马车时绝没有杀害怀特的想法。我试图抢过文件，但他不让我得手，而且还开始大喊大叫。当时，我想到了我身上穿着他的外套，外套口袋里有三氯甲烷，我就把药瓶拿出来，发现瓶塞已经松了。我还把外套里怀特的手绢掏出来，把一瓶三氯甲烷都倒在手绢上，然后把药瓶放回口袋。我再次试着把文件抢过来，这次没有用三氯甲烷，但是没有成功。于是我把手绢蒙在他嘴上，几分钟之后他就晕过去了，我拿到了结婚证。我以为他只是昏过去了，直到第二天看到报纸，我才知道他死了。我在圣基尔达路叫停了马车，然后下了马车，进了另一辆进城的马车。到坡勒特大街下车后，我脱下外套，用手拎着。我沿着乔治大街一路向南，朝菲兹洛伊花园走去，在那儿找了一棵树把衣服扔上去。”他又转向基尔斯普，继续道：“我猜你就是在那里找到外套的。我步行回到了家里——所以我很好地瞒过了你们，但是——”

“最后还是被捕了。”基尔斯普平静地说道。

莫兰跌进一张椅子，一副疲惫不堪、筋疲力尽的样子。

“没人会比命运更加强大。”他若梦若醒地说，“我输了，你们赢了。人生就是一盘棋，我们终究都是命运手中的提线木偶。”

说完，他拒绝再吐露一个字。卡尔顿和基尔斯普留下来看守他，布莱恩和医生走出门，叫了一辆马车。马车来到法院入口处，卡尔顿的办公室就在那儿，这时，莫兰仿佛梦游般，离开房间走进了马车，他身后跟着基尔斯普。

“你知道吗？”他们站在门前望着马车开走时，钦斯顿若有所思地说，“你们知道这家伙的命运会是怎样的？”

“关于这点，不需要先知来预言，”卡尔顿冷冰冰地说，“他会被绞死。”

“不，他不会被绞死。”医生反驳道，“他会自寻短见。”

# 唯爱永存

人生中总有某些阶段，仿佛命运已经坏得无以复加，对于任何可能降临的更深重不幸，都会听天由命般木然接受，这是因为先前可怕的苦难经历已经让人心生绝望。菲兹杰拉德就处于这种心境，他很平静，但这是一种绝望的平静——过去一年的不幸似乎已经达到高潮，他正以一种叫他自己都吃惊的漠然等待着这个悲惨的故事被公之于众。届时，他的名字、玛奇的名字，还有玛奇过世的父亲的名字，都将成为街谈巷议的热点，然而对于人们会怎么议论这件事，他却完全无动于衷。只要玛奇一康复，他们就可以离开澳大利亚以及那里的苦涩回忆，到世界的另一个地方生活——所以他不在乎。莫兰将会罪有应得，他们再也不会听到和这件事有关的消息。与其拼命隐藏恶名和耻辱——但随时会被人发现——还不如干脆把事情公开，忍受暂时的痛苦。这时，杀害奥利弗·怀特的凶手被捕的消息已经传遍了整个墨尔本，凶手的供词将会揭露马克·福瑞特波利生前一段令人震惊的过去。布莱恩很清楚，只要试图隐藏，世人就会对被隐藏的恶行睁一只眼闭一只眼，然而世人会对被曝光的人极度残忍，而且那些在私生活比可怜的马克·福瑞特波利更应受谴责的人会第一个站出来诽谤他。然而，公众的好奇心注定永远得不到满足，因为第二天他们得到消息，罗杰·莫兰当晚在牢房悬梁自尽了，而且没有留下任何供词。

听到这个消息，布莱恩不由得默默祷告，由衷地感谢上苍让自己得以解脱。他去卡尔顿的办公厅找卡尔顿，却发现他正和钦斯顿、基尔斯普深谈。他们都得出一个结论：既然莫兰已死，那么公开马克·福瑞特波利的忏悔书毫无益处，所以他们一致同意烧毁它。看到那记录着一段苦涩过去的忏悔书在壁炉里化为一堆黑色灰烬时，菲兹杰拉德顿感卸下了心中重负。卡尔顿、钦斯顿和基尔斯普都承诺保持沉默，而且他们都高尚地信守了诺言，因为再也没有听说与奥利弗·怀特的死因有关的消息，人们都认为是死者的朋友罗杰·莫兰在争执中杀死了死者。

菲兹杰拉德并没有忘记基尔斯普对自己的善意帮助，为此向基尔斯普馈赠了一笔钱。这笔钱能保证他一生衣食无忧，但他仍然坚守老本行，因为他热爱这个行当带来的刺激和兴奋，而且作为侦破著名的双轮马车谜案的名侦探，他一直深受尊重。在与卡尔顿几次促膝深谈之后，布莱恩终于决定向萨尔·罗林斯隐瞒她是马克·福瑞特波利之女的事实，因为告诉她也毫无裨益，遗嘱已经清楚地写明遗产由玛奇继承，说明实情并不能给她带来物质上的好处，而且因为她的身世，她也配不上新的地位。因此，他们决定继续隐瞒她的父母身份，另外每年支付给她一笔足以令她衣食无忧的钱。萨尔·罗林斯过去的生活显然对她影响很深，于是她决定致力于拯救那些堕落的姐妹们。她对贫民窟里一切阴暗复杂的情况了如指掌，这点帮助她做出了很多了不起的善事，很多不幸的妇女得以脱离肮脏、艰难的贫民窟生活，这都得益于萨尔·罗林斯的善意帮助。

菲利克斯·罗尔斯顿成了议会成员，他在议会上的演讲虽说不很深刻，但至少很有趣。在众议院里，他的言行举止颇像个绅士，令他的议员同僚无可指摘。

玛奇慢慢康复了。遗嘱中明确指定她为马克·福瑞特波利的巨额财富的继承人，她把所有产业都交给卡尔顿来打理，卡尔顿、辛顿和塔尔比特将担任她在澳大利亚的代理人。玛奇痊愈后就听说了她父亲的第一次婚姻，但卡尔顿和菲兹杰拉德都向她隐瞒了萨尔·罗林斯是她同父异母的姐姐的事实，因为揭露真相有害无益，只会酿成丑闻，因为除了真相，不能给出其他解释。玛奇和菲兹杰拉德结婚后不久，两人就迫不及待地离开了澳大利亚，将所有悲伤、苦涩的回忆抛在了那片大陆。

她和丈夫并肩站在一艘半岛东方公司轮船的甲板上，看着船头犁开霍布森湾的蓝色海水，翻起雪白的泡沫，看着落日余晖下墨尔本逐渐淡出他们的视线。他们仍可望见展览馆和法院的两个圆屋顶，还有高耸于绿树之间的市政厅塔尖。背后是一片红得发亮的天空，一团团黑云飘浮在空中，城市上空笼罩着一团柩衣似的烟雾。西沉的落日发出耀眼的红光，怒视着汹涌的海水，轮船似乎正在穿过一片血海。玛奇紧紧挽着丈夫的胳膊，看着她的出生地在眼前缓缓消逝，双眼不由盈满了泪水。

“别了。”她温柔地喃喃低语，“永别了。”

“你没有后悔吧？”布莱恩低头问她。

“后悔？没有。”她充满爱意的眼睛望向他。

“有你在身旁，我什么也不怕。毫无疑问，我们的心曾在苦难的熔炉里锤炼过，但我们的爱因此得到净化，变得纯粹。”

“我们对世上的一切都毫无把握。”布莱恩叹息道，“但是，经历了过去的一切悲伤和痛苦，但愿未来平平安安。”

“平平安安！”

突然，一只海鸥展开雪白的翅膀从绯红的海面一跃而起，在他们上空飞快地盘旋着。

“幸运之兆。”她抬起头，深情地看着丈夫沉重的脸，“预示了你我的生活。”

他低下头吻了吻她。

巨轮缓缓驶向大海深处，他们手握手站在甲板上，带着咸味的清新海风猛烈地扑向他们的脸颊，载着他们进入即将降临的安宁、美丽的夜，奔着旧世界和新生活而去。

**图书在版编目（CIP）数据**

双轮马车谜案 /（澳）费格斯·休姆著；田慧译
. —— 上海：上海文艺出版社，2020（2021.11重印）
（域外故事会侦探小说系列．第一辑）
ISBN 978-7-5321-7337-2

Ⅰ．①双… Ⅱ．①费… ②田… Ⅲ．①侦探小说－澳大利亚－近代 Ⅳ．①I611.44

中国版本图书馆CIP数据核字(2019)第176277号

## 双轮马车谜案

著　　者：[澳] 费格斯·休姆
译　　者：田　慧
责任编辑：蔡美凤　朱崟滢
装帧设计：周艳梅
责任督印：张　凯

出　　版：上海文化出版社
出　　品：上海故事会文化传媒有限公司
（201101　上海市闵行区号景路159弄A座3楼　www.storychina.cn）
发　　行：上海文艺出版社发行中心
（上海市闵行区号景路159弄A座2楼206室）
印　　刷：上海中华印刷有限公司
开　　本：889毫米x1194毫米　1/32　印张12
版　　次：2021年2月第1版　2021年11月第2次印刷
I S B N：978-7-5321-7337-2/I·5833
定　　价：35.00元